世界经典
微型小说

骆玉香◎主编

团结出版社

图书在版编目（CIP）数据

世界经典微型小说 / 骆玉香主编 . —北京 ：团结
出版社，2018.1
ISBN 978-7-5126-5927-8

Ⅰ．①世… Ⅱ．①骆… Ⅲ．①小小说－小说集－世界
Ⅳ．①I14

中国版本图书馆 CIP 数据核字（2017）第 310907 号

出　　版：团结出版社
　　　　　（北京市东城区东皇根南街 84 号　　邮编：100006)
电　　话：(010) 65228880　 65244790 （出版社）
　　　　　(010) 65238766　 85113874　 65133603 （发行部）
　　　　　(010) 65133603　　（邮购）
网　　址：http：//www. tipress. com
E－mail：65244790@163. com （出版社）
　　　　　fx65133603@163. com （发行部邮购）
经　　销：全国新华书店
印　　刷：北京中振源印务有限公司
开　　本：165 毫米×235 毫米　16 开
印　　张：20
印　　数：5000 册
字　　数：200 千
版　　次：2018 年 1 月第 1 版
印　　次：2018 年 6 月第 2 次印刷
书　　号：978-7-5126-5927-8
定　　价：59.00 元

前　言

　　微型小说又叫小小说，它以篇幅短小、立意新颖、情节严谨、结局新奇而著称。微型小说出现于 20 世纪初，其名称正式出现源于美国。美国作家欧·亨利被认为是微型小说的创始人。他的近 300 篇作品情节生动、笔调幽默，结局出人意料，读来令人大快朵颐。经过一个多世纪的发展，世界涌现出了很多著名的微型小说家和优秀的微型小说作品。

　　微型小说或主题新颖，或意蕴动人，或构思精巧，或文字颇有韵味，它能用简短的笔墨捕捉纷繁世事的一个点，绘制人情冷暖的一幅画，勾勒出百态人生，让人们在瞬间感受一种美、一份力量，发出一声赞叹，领悟一种智慧，获得一些启迪。微型小说短小精悍，长不过三两千字，短则只有几百字，就能将一个故事的来龙去脉交代清楚，易读，好读，只占用人们日常的一点儿空余时间即可，非常适合现代人快节奏的生活。

　　一直以来，市面上的微型小说可谓泥沙俱下、鱼龙混杂，既有值得典藏和细细回味的稀世珍品，也有生活琐事胡乱堆砌成的无聊之作，缺乏深刻的内涵与让人回味的魅力。这就需要我们睁大慧眼，去寻找、甄别好看的微型小说，用好看的精品充盈我们的精神生活。

　　好看的微型小说最大的优势，一是容易看，浅显易懂。它文字质朴、不晦涩，行文简约而不简单，一气呵成，让人能够轻松阅读。二是引人入胜。别看它短小，却甚是曲折、热闹，亮点和包袱不断。微型小说通常在短小的篇幅中呈现了一段完整的故事，情节不复杂却也总是千回百转，结局更是出乎意料，能从头到尾吸引读者的注意力。

　　好看的微型小说给读者提供了认知世界的新视角和对世界的新认知。每一篇好的微型小说背后都有作者对生活的感知、对世界的认识、对人生的把握，作者正是通过作品把这些传达给读者。不管这种认知是褒是贬，是臧是否，读者都能从中感受到世界的多样和纷繁，从而更深刻地了解和认识这个世界。

　　好看的微型小说是繁忙生活的调味剂，是难得的艺术瑰宝，也是让人获益良多的人生导师。它呈现了一个故事，又不止呈现故事，更重要的是将深刻的道理寓于故事当中，让人感慨万千。当然，它没有枯燥的说理，没有冷面孔的教训，而是让读者自己从故事中去发现、去感悟。著名教育家苏霍姆林斯基曾说过，能够激发人进行自我教育才是最好的教育。那么，阅读微型小说无疑恰恰是促进人自我教育的有效手段之一。

　　好看的微型小说具有反思的力量。它能瞬间击中人的神经，让人有所顿悟；它更是能让人长久品玩，如同黄昏炊烟袅袅，让人在掩卷之后，忍不住回味咀嚼，感受其中绵绵无尽的弦外之音。笑过之后可能是泪，泪的背后又折射着绵绵的情思和坚定的信念，韵味十足——这就是微型小说。它可能在潜移默化中影响我们的人生信条，改变我们的人生轨迹。

　　世界小说浩如烟海，一个人要想在短暂的一生中遍读小说大师们的短篇佳作，既不现实，也不科学。鉴于此，我们阅读了万余篇世界微型小说，以好看作为挑选的唯一标准，从中遴选了近 300 篇精当的世界微型小说，辑录成此书，为的是使广大读者能够用宝贵的时间来阅读经典之作，以收获最多最好的人生体验和感悟，以此滋养我们的心灵和生活。阅读其间，你时而在惊险悬疑的案件中悚然而惊，时而为体察入微的真情潸然泪下，时而又涌动着想针砭时弊的激情……掩卷而思，人性的美丑，世事的善恶，人生际遇的变幻无常不禁让人感慨万千。

　　除了精彩的选文，本书的一大特色是每篇小说后面还设置了"与你共品"板块，为读者提供了一个切入和反思故事的角度，以期达到抛砖引玉的效果。读故事、品人生、悟哲理，阅读的过程也是启迪心智、陶冶性情的过程。

　　希望这本《世界经典微型小说》能够成为你的良师益友，在你寂寞的时候给你慰藉，在你烦躁的时候给你宁静，在你无所事事的时候给你充实，在你激情奋斗的时候给你力量！

目　录

第一辑　拍案叫绝

女巫的面包/〔美〕欧·亨利/著 ……………………………………………… 2

油价涨了/〔美〕希区柯克/著 ……………………………………………… 6

爱的契约/〔美〕威尔·斯坦顿/著 ………………………………………… 9

神秘的凯迪拉克/〔美〕阿·尼科鲍姆/著 ………………………………… 12

回家路上/〔不丹〕萨姆费尔·诺布/著 …………………………………… 16

穿雨衣的人/〔法〕皮埃尔·贝勒玛尔/著 ………………………………… 18

厕中成佛/〔日〕川端康成/著 …………………………………………… 21

咖啡店/〔美〕约翰·塞维奇/著 …………………………………………… 24

纽扣/〔日〕内海隆一郎/著 ……………………………………………… 26

心与手/〔美〕欧·亨利/著 ……………………………………………… 28

遗产/〔美〕欧·亨利/著 ………………………………………………… 31

一小时的故事/〔美〕凯特·肖邦/著 ……………………………………… 35

韩米顿的烦恼/〔英〕鲍威尔/著 ………………………………………… 38

我的私有财产/〔美〕德米勒/著 ………………………………………… 42

雪夜出诊/〔美〕比利·罗斯/著 …………………………………………… 45

第二辑　醍醐灌顶

虚度的时光/〔意大利〕布扎蒂/著 ………………………………………… 48

礼物/〔美〕斯宾塞·约翰逊/著 …………………………………………… 50

生命的五个恩赐/〔美〕马克·吐温/著 …………………………………… 53

梯子/〔新加坡〕周粲 ·· 56

聘任/〔英〕埃克斯雷/著 ·· 59

浮冰上的两者/〔丹麦〕哈夫·B·卡威/著 ······················ 62

稀薄的白菜汤/〔俄〕屠格涅夫/著 ···································· 65

妈妈和房客/〔美〕凯·福布斯/著 ···································· 67

价值8头奶牛的妻子/〔印度〕K·穆默德/著 ······················ 70

不愿上天堂/〔印度〕哈里希·约哈里/著 ·························· 73

自然之道/〔英〕迈克尔·布卢门撒尔/著 ·························· 76

花/〔美〕诚若谷/著 ·· 79

我的保护神/〔俄〕阿纳托利·特鲁什金/著 ······················ 81

半张纸/〔瑞典〕斯特林堡/著 ··· 84

阿庆基/〔芬兰〕本蒂·韩佩/著 ·· 87

大智大慧/〔苏联〕盖冒克利德哉/著 ································· 90

数不清的月亮/〔美〕詹姆斯·瑟伯/著 ····························· 93

第三辑　会心一笑

徒劳无功/〔美〕阿莱克/著 ·· 96

一个小偷与失主的通信/〔德〕内尔比/著 ·························· 98

强盗的苦恼/〔日〕星新一/著 ··· 102

忙碌经纪人的浪漫史/〔美〕欧·亨利/著 ························· 105

天堂之门/〔英〕马克/著 ·· 109

婚姻/〔不丹〕卡尔马·次陵/著 ······································ 111

谁想一夜暴富/〔俄〕米哈伊尔·卡佐夫斯基/著 ················ 113

查尔斯是谁/〔美〕雪利·杰克逊/著 ······························· 116

威胁/〔俄〕契诃夫/著 ·· 119

坐/〔美〕H·E·弗朗西斯/著 ·· 120

窍门/〔苏联〕左琴科/著 ·· 122

招牌/〔美〕哈里特·思勒/著 ··· 125

一封寄给上帝的信/〔墨西哥〕格雷戈里奥·洛佩兹/著 ······· 128

老两口儿/〔日〕都筑道夫/著 ·· 132

失眠/〔俄〕A·卡聂夫斯基/著 ······································· 134

悲惨命运/〔英〕威·毛姆/著 ·················· 136

鼓手的遭遇/〔波兰〕姆罗热克/著 ·················· 139

来自赌城的电话/〔美〕阿特·布屈沃德/著 ·················· 142

第四辑　情深意长

爱的磨难/〔美〕欧·亨利/著 ·················· 146

穷苦人/〔俄〕列夫·托尔斯泰/著 ·················· 148

雪夜/〔日〕星新一/著 ·················· 151

妈妈的秘密/〔日〕赤川次郎/著 ·················· 154

父母心/〔日〕川端康成/著 ·················· 157

一角钱的玫瑰/〔美〕克里斯·罗斯/著 ·················· 160

父亲/〔挪威〕边尔生/著 ·················· 163

一颗豆粒/〔日〕铃木健二/著 ·················· 167

无言电话/〔日〕古贺准二/著 ·················· 170

午夜电话/〔美〕利斯蒂·克雷格/著 ·················· 173

艾米，我们爱你/〔美〕阿兰·舒兹/著 ·················· 176

看不见的爱/〔美〕威廉·戈尔丁/著 ·················· 179

网上继母/〔美〕朱迪·卡特/著 ·················· 181

天堂里也有葡萄吗/〔美〕娜塔莎·弗兰德/著 ·················· 183

第五辑　咄咄怪事

有什么新鲜事吗？/〔匈牙利〕厄尔凯尼/著 ·················· 188

神秘之球/〔美〕迈克尔·克莱顿/著 ·················· 191

花园里的独角兽/〔美〕詹姆斯·瑟伯/著 ·················· 194

特技/〔日〕星新一/著 ·················· 196

飞过窗口的年轻人/〔俄〕阿卡登·爱沃琴科/著 ·················· 198

给心灵装上爱的程序/〔美〕史蒂文·卡维/著 ·················· 201

近乎完美的答卷/〔日〕船木和明/著 ·················· 204

苏醒/〔美〕杰尼·著莱奇塔/著 ·················· 206

新鲜空气可以使你致命/〔美〕阿·布奇沃德/著 ·················· 209

庄严的仪式/[日]星新一/著 ···································· 212

旅途的终点/[日]都筑道夫/著 ······························ 216

梦/[日]夏目漱石/著 ·· 218

墙上的窟窿/[以色列]埃德加·凯里特/著 ················· 221

第六辑　成长时分

旧金山公路上的 20 美元/[美]丹尼斯·爱德华/著 ········· 224

第一瓶香槟酒/[德]柯里德/著 ······························ 227

天鹅的诞生/[美]盖伊·芬雷/著 ···························· 229

幼犊/[美]克莱恩尔/著 ······································ 231

儿子的鱼/[加拿大]P·珀金斯/著 ·························· 235

养家的孩子/[英]莱斯利·霍沃德/著 ······················ 237

一个团伙的解散/[美]艾德·威切斯/著 ··················· 240

多莉姑姑的帽子/[美]马伦达/著 ··························· 243

沃夫卡和祖母/[苏联]阿·阿克谢诺娃/著 ················· 246

三分钱的朵拉/[美]贝特·克拉姆帕斯/著 ················· 249

那一天，我终于读懂了爱/[美]卡伦·奥菲泰莉/著 ······· 253

一件小事的震动/[美]索尔·贝娄/著 ······················ 257

快乐时光/[美]艾萨克·阿西姆/著 ························· 259

仙鹤/[苏联]贝里耶夫/著 ···································· 262

荷包/[苏联]伊娜戈弗/著 ···································· 265

我是小偷/[印度]拉斯金·邦德/著 ························· 269

第七辑　智术深长

别墅的主人/[德]舍伦施密特/著 ··························· 274

锁进保险箱里的指纹/[美]休斯顿·凯恩/著 ··············· 277

幸运的骗子/[俄]安东·马胡尼/著 ························· 280

塞格林根的小理发师/[德]黑贝尔/著 ····················· 282

精明过人的城里人/[美]R·诺林/著 ······················ 284

老手表：100 英镑的典当/佚名/著 ························· 286

逃离海啸/佚名/著 ·· 290

残破的钞票/〔日〕村田浩一/著 ····························· 293

小精灵/〔美〕劳伦斯·威廉斯/著 ························· 297

意外赏金/〔德〕梅洛利/著 ································ 302

我是杀手哦/〔日〕星新一/著 ····························· 304

魔术师的报复/〔加拿大〕李柯克/著 ······················ 308

第一辑

拍案叫绝

他的脸涨得通红，帽子推到后脑勺上，头发揉得乱蓬蓬的。

他攥紧拳头，狠狠地朝马莎小姐摇晃。竟然向马莎小姐摇晃。

女巫的面包

[美] 欧·亨利/著　佚　名/译

马莎·米查姆小姐是街角上那家小面包店的女老板（那种店铺门口有三级台阶，你推门进去时，门上的小铃就会丁零丁零响起来）。

马莎小姐今年四十岁了，她有两千元的银行存款、两枚假牙和一颗多情的心。结过婚的女人可不少，但同马莎小姐一比，她们的条件可差远啦。

有一个顾客每星期来两三次，马莎小姐逐渐对他产生了好感。他是个中年人，戴眼镜，棕色的胡子修剪得整整齐齐的。

他说的英语带有很重的德语口音。他的衣服有的地方磨破了，经过织补，有的地方皱得不成样子。但他的外表仍旧很整饬，礼貌又十分周全。

这个顾客老是买两个陈面包。新鲜面包是五分钱一个，陈面包五分钱可以买两个。除了陈面包以外，他从来没有买过别的东西。

有一次，马莎小姐注意到他的手指上有一块红褐色的污迹。她立刻断定这位顾客是艺术家，并且十分穷困。毫无疑问，他准是住阁楼的人物，他在那里画画，啃啃陈面包，呆想着马莎小姐面包店里各式各样好吃的东西。

马莎小姐坐下来吃肉排、面包卷、果酱和红茶的时候，常常会好端端地叹起气来，希望那个斯文的艺术家能够分享她的美味的饭菜，不必待在阁楼里啃硬面包。马莎小姐的心，我早就告诉你们了，是多情的。

为了证实她对这个顾客的职业猜测得是否正确，她把以前拍卖来的一幅绘画从房间里搬到外面，搁在柜台后面的架子上。

那是一幅威尼斯风景。一座壮丽的大理石宫殿（画上这样标明）竖立在画面的前景——或者不如说，前面的水景上。此外，还有几条小平底船（船上有位太太把手伸到水面，带出一道痕迹），有云彩、苍穹和许多明暗烘托的笔触。艺术家是不可能不注意到的。

两天后。那个顾客来了。

"两个陈面包，劳驾。"

"夫人，你这幅画不坏。"她用纸把面包包起来的时候，顾客道。

"是吗?"马莎小姐说，她看到自己的计谋得逞了，大为高兴。"我最爱好艺术和——"（不，这么早就说"艺术家"是不妥的）"和绘画，"她改口说。"你认为这幅画不坏吗?"

"宫殿，"顾客说，"画得不太好。透视法用得不真实。再见，夫人。"他拿起面包欠了欠身，匆匆走了。

是啊，他准是一个艺术家。马莎小姐把画搬回房间。

他眼镜后面的目光是多么温柔和善啊！他的前额又多么宽阔！一眼就可以判断透视法——却靠陈面包过活！不过天才在成名之前，往往要经过一番奋斗。

假如天才有两千元银行存款、一家面包店和一颗多情的心作为后盾，艺术和透视法将能达到多么辉煌的成就啊——但这只是白日梦罢了，马莎小姐想。

最近一个时期，他来了以后往往隔着货柜聊一会儿。他似乎也渴望同马莎小姐进行愉快的谈话。

他一直买陈面包。从没有买过蛋糕、馅儿饼，或者她店里的可口的甜茶点。她觉得他仿佛瘦了一点，精神也有点颓唐。她很想在他买的寒酸东西里加上一些好吃的东西，只是鼓不起勇气。她不敢冒失，她了解艺术家高傲的心理。

马莎小姐在店堂里的时候，也穿起那件蓝点子的绸背心来了。她在后房里熬了一种神秘的榅桲和硼砂的混合物，有许多人用这种汁水美容。

一天，那个顾客又像平时那样来了，把五分镍币往柜台上一搁，买他的陈面包。马莎小姐去拿面包的当儿，外面响起一阵嘈杂的喇叭声和警钟声，一辆救火车隆隆驶过。

顾客跑到门口去张望，遇到这种情况，谁都会这样做的，马莎小姐突然灵机一动，抓住了这个机会。

柜台后面最低的一格架子里放着一磅新鲜黄油，送牛奶的人拿来还不到十分钟。马莎小姐用切面包的刀子把两个陈面包都拉了一道深深的口子，各塞进一大片黄油，再把面包按紧。

顾客再进来时，她已经把面包用纸包好了。

他们分外愉快地扯了几句。顾客走了，马莎小姐情不自禁地微笑起来，可是心头不免有点着慌。

她是不是太大胆了呢？他会不高兴吗？绝对不会的。食物并不代表语言，黄油并不象征有失闺秀身份的冒失行为。

那天，她的心思老是在这件事上打转，她揣摩着他发现这场小骗局时的情景。

他会放下画笔和调色板。画架上支着他正在创作的图画，那幅画的透视法肯定是无可指责的。

他会拿起干面包和清水当午饭。他会切开一个面包——啊！

想到这里，马莎小姐的脸上泛起了红晕。他吃面包的时候，会不会想到那只把黄油塞在里面的手呢？他会不会——

前门上面的铃铛恼人地响了，有人闹闹嚷嚷地走进来。

马莎小姐赶到店堂里去。那儿有两个男人，一个是叼着烟斗的年轻人——她以前从没有见过，另一个就是她的艺术家。

他的脸涨得通红，帽子推到后脑勺上，头发揉得乱蓬蓬的。他攥紧拳头，狠狠地朝马莎小姐摇晃。竟然向马莎小姐摇晃。

"笨蛋！"他扯开嗓子嚷道，接着又喊了一声"千雷轰顶的！"或者类似的德国话。

年轻的那个竭力想把他拖开。

"我不走，"他怒气冲冲地说，"我非同她说个明白不可。"

他擂鼓似的敲着马莎小姐的柜台。

"你把我给毁啦，"他嚷道，他的蓝眼睛几乎要在镜片后面闪出火来。"我对你说吧，你是个惹人讨厌的老猫！"

马莎小姐虚弱无力地倚在货架上，一手按着那件蓝点子的背心，年轻人抓住同伴的衣领。

"走吧，"他说，"你骂也骂够啦。"他把那个暴跳如雷的人拖到门外，自己又回来。

"夫人，我认为应当把这场吵闹的原因告诉你，"他说，"那个人姓布卢姆伯格，他是建筑图样设计师。我和他在一个事务所里工作。"

"他在绘制一份新市政厅的平面图，辛辛苦苦地干了三个月，准备参加有奖竞赛。他昨天刚上完墨。你明白，制图员总是先用铅笔打底稿的。上好墨之后，就用陈面包擦去铅笔印。陈面包比擦字橡皮好得多。"

"布卢姆伯格一向在你这里买面包。嗯，今天——嗯——你明白，夫人，里面的黄油可不——嗯，布卢姆伯格的图样成了废纸，只能裁开来包三明治啦。"

马莎小姐走进后房。她脱下蓝点子的绸背心，换上那件穿旧了的棕色哔叽衣服。接着，她把榲桲和硼砂煎汁倒在窗外的垃圾箱里。

与你共品

小说讲述了马莎小姐出于好意给布卢姆伯格的陈面包涂上黄油，却毁了布卢姆伯格花了三个月才设计出来的建筑图的故事，极其深刻地揭示了社会中所存在的戏剧性的生活情景。

小说的戏剧性来源于马莎小姐在对布卢姆伯格毫不了解的情况下做出了鲁莽的决定，这样的决定却往往与我们预期的结果相悖。因此，我们要想获得他人的好感，真诚的沟通远比过于含蓄、未经调查就作出的盲目示好更加稳妥。

赠人玫瑰，固然会手留余香。但在我们给予别人帮助时，须三思，不要自作主张，而要先弄明白事情的来龙去脉，才能够以正确的方式将事情办好，不然会适得其反。

（曾小桃）

这里温度极低，炉子里的火只够烧几个小时，火一灭谁都受不了，而且也没吃的，达克绝望了："你太狠了，我只是诈了你一加仑汽油的钱，你却要我以生命来抵偿！"

油价涨了

［美］希区柯克/著　佚　名/译

这是一个北风呼号、大雪纷飞的冬夜，屋子里只住着达克一个人，他是单身汉，这里又十分偏僻，没什么好消遣的，达克正坐在火炉前看杂志。

"咚咚咚"，有人敲门，十分急促，达克刚把门一开，一个"雪人"连同雪花一起被卷进了屋里。达克连忙插上门，回头一看，进来的那人穿着一件很厚的羽绒服，脚上穿的是雪地靴。他进来后在火炉前烤了好一会儿才说："我叫莱可，我的汽车没油了，在8里外熄了火，需要油，我走了很远的路才来到这里，太太还在车里呢……而且我只需2加仑就够了……"

"你先别着急嘛！"达克不紧不慢地说，"我记起来了，我的卡车坏了后就把汽油抽了出来，或许可以卖一些给你。"莱可一听大喜，忙问："那汽油要多少钱？"

达克盯着莱可的包，说："今晚这样的天气认识您算咱俩有缘，就算50元一加仑吧！"

莱可一听简直不敢相信自己的耳朵："多少？50元一加仑？你这是在抢劫！"

达克平静地说："现在油价涨了，再说，您想想，像这样的风雪天，人在外面很快就会冻死的，您的太太在车里肯定也快受不了啦……"

莱可实在没法，他开始数包里的钱，可钱包里只有60元，只够买一加仑，莱可愿把手表一起留下，但达克不答应给2加仑的油，他说："我不需要您的手表，这样吧，您先把一加仑油拿回去，如果您太太带着钱，你们可以再来加油，要是没带钱，我这里可以为你们提供最便宜的食宿。"达克一边说着，一边接过了钱，走进里屋加油。一会儿，莱可便拿着仅装了一加仑油的罐子，快步走出屋门，消失在暴风雪中——他还得来，他必须从太太那儿拿了钱，再回来加一加仑的汽油！

不知过了多少时候，"嘀嘀"，门外响起了汽车声，达克上前开了门，只见莱可扶着他的太太海伦从车里走出来，她显然已被冻得快支撑不住了，他们进了屋，在炉子前依偎着坐下。

海伦对达克说："我丈夫说了有关汽油的事，幸好我这里还有一点儿钱，我们还想买一加仑汽油。"

达克连连点头："完全可以，不过现在油价又涨了，65元一加仑。"

"没问题，我们买了！"海伦说着，打开了随身带着的皮包，取出了一沓钱，朝着达克扔了过去："这足够了吧！"

"够了，够了……"达克弯腰去捡地上的钱，突然，他发现这些钱上面都标着香柏银行的字样，号码是连着的！他十分吃惊，但等他抬起头来，莱可的手枪已经顶到了他的额头，莱可的声音是冷冰冰的："我们的车里还有好多这样成捆的钱……"

"这么说你们抢劫了香柏银行？"

"你很聪明，但既然你已知道了，我们就不能让你活着。"莱可说着情不自禁地笑了起来，"本来我们是不想杀你的，但你的油价太高，为了再要一加仑的油，我们只能回来，而且也只能给这些香柏银行的钱！"

莱可找来了绳子，把达克的双手结结实实地捆在椅子上，使他连站都没法站起来。这种偏僻的鬼地方几天之内都不会有人来，这里温度极低，炉子里的火只够烧几个小时，火一灭谁都受不了，而且也没吃的，达克绝望了："你太狠了，我只是诈了你一加仑汽油的钱，你却要我以生命来抵偿！"

"是吗？你不是说油价涨了吗？它的价格足以和你的生命相比。"莱可说完就走出了屋子，和海伦一起开车走了，汽车渐渐远去，没人能听到达克绝望的呼救声……

与你共品

充满悬念、惊险曲折的故事情节给读者展现了一场不断增长的贪欲心的斗争。达克不断地以"油价涨了"为借口想获取利益，不料想莱可夫妇是抢劫犯，达克最终被莱可夫妇绑在偏僻的地方，用生命来抵偿油价的上涨。

在我们现实生活中的某一个角落，总有一些像达克这样的人，拥有着永远满足不了的欲望与贪心。也正是这该死的欲望，它使人们抛弃了快乐，使人们步入悲惨的人生结局，亦如达克步入生命的终点。

人生最需要的是理想，最可怕的是欲望。欲望过重，贪心如火；贪则望利而奔，巧取捷径，最终导致悲惨的结局。

（曾小桃）

她停顿了一下，意味深长地说，"爱的契约不是签订在纸上的，它只能体现在情人的相互体谅和关怀之中。"

爱的契约

［美］威尔·斯坦顿/著　徐伯钧/译

我和玛吉结婚的时候，经济上很拮据，且不说买汽车和房子，就连玛吉的结婚戒指还是我分期付款购置的。可是如今却大不相同了，人们结婚不但讲排场摆阔气，而且还聘请婚姻顾问，签订夫妇契约。听说有些学校还要开设什么婚姻指导课呢！

我真希望我和玛吉也能领受一下这方面的教益，这倒并不是说我们的夫妻生活不和睦。不，绝非如此。要知道，我们在婚前就有了一个共同点——玛吉和我都不爱吃油煎饼。瞧，这不是天生的一对？然而我们结合的基础仅此而已。

我想，签订一份契约也许会使我们的家庭生活走上正轨。于是，我决定和玛吉谈谈。

"玛吉，"我说，"婚姻对人的一生至关重要。可是我们结婚的时候……"

"你在胡扯些什么？"她不由得一愣，手里的东西掉了下来。

"瞧，香蕉皮都掉在地上了。"我有意岔开她的话题，"垃圾筒都满了。要是你及时去倒，就不会有这种事了。"

"四个孩子，十间房间，你关心的却是香蕉皮。"她生气地说。

我从口袋里掏出一本名为《婚姻指南》的手册："这本书是我从药房里买来的。"没等我说完，玛吉已拎起垃圾筒赌气地往外走去。没关系，结婚教会我最大的秘诀就是忍耐，忍耐就是成功。她回到屋里后，我接着说："这里有一份夫妇契约的样本，是由一对名叫莫里森和罗沙的夫妇签订的，它适用于任何夫妇。"

玛吉显然对这话题感兴趣，"讲下去。"她催促道。

我打开书念道："第一，分析每对夫妇过去的生活——是否有遗传病或精神病史，是否有吸毒嗜好和犯罪历史，是否有……"

"别说了，我不想再听下去。"她失望地说，"只有傻瓜才会和这种人结婚。"

"当然，"我解释说，"这并不是说莫里森和罗沙也有过这类事情。但是，了解情人的过去总要比蒙在鼓里一无所知好得多。这样蜜月结束后，即使碰上令人难堪的事情，你也不会感到束手无策了。"

"这些对我们来说已经为时过晚了。"

"怎么会为时过晚呢？一切可以从头开始。要是我们现在也签订一份契约的话……"

"签订什么？"玛吉吃惊地问。

"签订契——约。"我故意拖长了音调。

"为什么？"玛吉疑惑地问。

"因为契约有着一种不可抗拒的约束力。另外，它还能合理地分配我们之间的责任和权利。"我停顿了一下，建议说，"让我们也签订一份契约吧！比如每逢单年由你决定到哪儿去度假，双年则由我说了算。"

"要是轮到我作主时，正碰上手头没钱，那我们不是只能待在家里了吗？"她反问。

"不错，但这只不过是一种特殊情况。"我说，"另外，契约也不是一成不变的，我们可以酌情处理嘛。"

"如果契约可以随意改变，那它还有什么用处呢？"玛吉反驳说。

"言之有理。"我说，"想不到你还知道这些基本常识。"

"如果你也懂得这些常识，就不会提出签订什么契约了。"

"要知道，女人经常喜欢谈论平等和自由。一张契约至少可以解决这方面的问题。"我辩解说。

"你不懂，亲爱的，"玛吉两眼紧盯着我的脸，激动地说，"平等对女人来说无关紧要，关键是男人是否值得她们爱。要是一个女人真心爱上了一个男人，她就会做一切事情来使他快活。这决不是那张该死的契约所起的作用，而是她自己情愿这样做。"她说完便转身走进隔壁的厨房。

没想到玛吉竟懂得这么多的道理。我终于认输了。

"要喝咖啡吗？亲爱的，我刚煮了一壶。"玛吉探出半个身子温柔地问道。

"咖啡？太好了。"我转过身来看见她嘴里咀嚼着什么，"你在吃啥？"

"油煎饼，想尝尝吗？"她笑着问。

我的天啊！我和玛吉共同生活了十七年，难道她还不知道我讨厌油煎饼？

她自己也是一看到油煎饼就会呕吐的，这到底是怎么回事？我走进厨房。

"玛吉，你喜欢吃油煎饼？"我不解地问。

"是啊，怎么啦？"她神秘地眨了眨眼。

"记得我们第一次约会，我给你要了杯咖啡，问你是否要油煎饼，你拒绝了，说是你不喜欢。"

"是的，你记得不错。"她爽快地说，"可是当时你口袋里只有五角钱，还是向别人借的。"

"可油煎饼只需要一角钱呀！"

"别打肿脸充胖子，那样你回家的车钱就没啦。"说着，她忍不住大笑起来。

这下我哑口无言了。"哎——"我窘迫地长叹了一声。

接着，玛吉诙谐地说："莫里森和罗沙的契约可能是一纸空文。今后我们生活中也许会遇到许多问题，因为罗沙肯定不曾替莫里森考虑过是否有回家的车钱这类事。"她停顿了一下，意味深长地说，"爱的契约不是签订在纸上的，它只能体现在情人的相互体谅和关怀之中。"

这时我才恍然大悟。玛吉真是个好妻子，谁能像她那样初恋时就如此了解和体贴我啊！我坐在她身边，贪婪地吃着热腾腾的油煎饼，嘿，味道还真不错哩！

过了会儿，我也从包里拿出两只油煎饼——早晨我瞒着玛吉买的，递给她一只说："我以前不吃油煎饼，但我可以从头学起！"

与你共品

爱的契约是夫妻的相互体谅和关怀，心甘情愿地为对方做一切事情，并不是签在纸上的分配夫妻责任与权利的契约。

小说以第一人称的视角，对话式的语言展开了夫妻的平凡生活。随着对话的深入，体现出了"我"与妻子之间对爱情婚姻的不同看法，亦道出了爱情的真谛是相互理解、体谅，而在爱的面前，契约就如一张空文。

真正的爱、真正的幸福其实不是让我们刻意地约束对方的行为与责任，也不是刻意去剔除对方身上那一点点微不足道的瑕疵，而是要我们把握好自己手里的那一颗实实在在的真心，相互理解与体谅，学会包容与珍惜，然后，才能从彼此心灵的和弦里感受到真正的爱与幸福。

（曾小桃）

这人开着一辆簇新的黄色凯迪拉克前往墨西哥，汽车音响放着刺耳的摇滚乐。这种故意把音量放到最大的做法，使彼得想到魔术师表演节目时分散观众注意力的伎俩。

神秘的凯迪拉克

［美］阿·尼科鲍姆/著　李家渔/译

彼得·拉夫在美国和墨西哥边境的一个海关工作。每天有数以千计的车辆从这个口岸进出。彼得的工作经验相当丰富，在大多数情况下，他迅速查验来往司机的证件后，就放他们走，只在有人引起他的怀疑时，他才会去察看可疑人的车。当然，彼得这种靠直觉作出的判断，也有失误的时候。

彼得第一次见到约翰·维尼时，心里就产生了怀疑。这人开着一辆簇新的黄色凯迪拉克前往墨西哥，汽车音响放着刺耳的摇滚乐。这种故意把音量放到最大的做法，使彼得想到魔术师表演节目时分散观众注意力的伎俩。

彼得记下车号，打算等它返回时对它进行检查。可直到他下班也没见凯迪拉克回来，他把问题向接班的同事做了交代，就回家了。

他几乎忘记黄色凯迪拉克那档子事了。可到了下一个星期六，却又看见了它。仍然是出关。从美国前往墨西哥。车里依旧大声地放着摇滚乐。彼得急忙跑去给边境另一侧的墨西哥边防站打了电话，让他们仔细搜查那辆凯迪拉克。彼得远远地看见车子靠边停下，墨西哥的海关人员开始检查车子。车主维尼站在一旁若无其事地抽烟。他身材又高又瘦，衬衫和领带都同样花哨得刺眼，以至于从远处看去，活像路口的红绿灯。

半小时后，维尼开车离去。彼得心想，既然在墨西哥入境时没有发现任何可疑的东西，等他回到美国时，肯定带着走私物品。于是，他决定推迟几个小时下班。可是凯迪拉克迟迟没有出现，那辆车仿佛消失了，后来几天都没有从墨西哥返回。

　　下一个星期六的晚间，彼得正常当班时，惊讶地发现黄色凯迪拉克又出现了，依旧是前往墨西哥方向。彼得马上意识到，黄色凯迪拉克肯定是每次从这个口岸出关，在别的口岸入关返回。

　　彼得向海关关长反映了自己对维尼的怀疑，关长立即通报了所有的边境口岸，请他们注意，一旦发现维尼的黄色凯迪拉克从墨西哥返回，便仔细对其进行检查，可是，彼得和他的同事们并没有收到任何有关检查那辆车子的情况通报。

　　又到了星期六，彼得再次看见了黄色凯迪拉克开往墨西哥方向。他判断，维尼肯定是运输走私物品，从美墨边境线的什么地方偷渡入境。他想，维尼和黄色凯迪拉克的秘密通道必须尽快查明。

　　海关人员查出了维尼在圣地亚哥的住址，开始日夜对其监视。维尼消失几天后终于回家，他把车子开进车库。以后几天，维尼没有任何异样的表现。到了星期六的傍晚，他才坐到方向盘前，开动汽车直奔边境。一辆边防警察的车悄悄跟在他后面。

　　开始是一切都很顺利，可后来，到了墨西哥边境城市的一个十字路口时，维尼突然一打方向盘，从边防警察的视野中消失了。

　　警察们确信维尼是故意暴露在他们面前，然后又狡猾地把他们甩掉的。气愤之下，他们申请了一张搜查凯迪拉克轿车的许可证。彼得征得上司同意，同警察们一道前去搜查。

　　维尼是星期三回家的。看到带着搜查证前来的警察，他感到很惊讶，但并不害怕，因为他清楚地知道自己的车里没有任何违禁物品。

　　警察们把车子翻了个底朝天，每个角落，每个螺钉都查遍了，可是一无所获。然而，临走时，警察察觉到维尼露出一丝不安的神色。他知道这次搜查绝非偶然，从此之后，他的每个举动都会受到警察的监控。

　　星期六，彼得看见维尼的凯迪拉克车又过了边境。进入墨西哥后，他把车子停在靠近边防检查站的美国领事馆前，下车走进楼里。后来，美国海关人员通过他们的情报人员了解到，维尼请求有关当局为他办理定居墨西哥的手续。短时间内不可能再回美国。果然，黄色凯迪拉克再没从那个边防口岸进出。

　　彼得又一次见到维尼，是一年半以后。当时，他到墨西哥去观看快艇比赛，在人群中，他的目光偶然被一个又高又瘦的男子吸引住了。他的衬衫和领带都花哨得刺眼。彼得认出他就是维尼，便向他走去。

"你好！你还记得我吗？"

维尼的脸上露出惊异的笑容，可当他终于认出这位海关关员时，神情立即显得不安起来。

"你不用担心。"彼得安慰他道，"我并不是为了你才到这里来的，我感兴趣的只是快艇比赛。"

维尼心中一块石头落了地。两个人一同观看赛艇，然后到一家咖啡馆去吃东西。维尼告诉彼得，他在附近的小城里开着一家饭店和一个赛艇俱乐部。他到这里来就是为了买两艘赛艇。他甚至还邀请彼得到他那里去做客。

"你的饭店和赛艇都是用你走私所得的钱财买的吧？"彼得直截了当地问。

维尼显得局促起来。他尴尬地笑笑："你猜对了，朋友。"

"你还在干走私的勾当吗？"

"我早就洗手了。"

"难以想象。"彼得摇摇头说，"一般说来，如果没有充足的理由，生意红火的走私者是不会收手的。"

"可我有这样的理由。你们盯得我太紧了，因此我决定放弃。"

"既然都是过去的事了，你能不能告诉我，当时所有的边境口岸都接到了通告，都在等待你从墨西哥回来时将你和车子人赃俱获。你是怎样顺利地回到加利福尼亚而没有被发现的？"

"那时我连自己的汽车都没有，当然也不运送任何走私货物。我或者步行，或者乘坐长途汽车，或者搭别人的车从墨西哥回国。我从墨西哥带回国的可以当做物品的只是我的汽车牌号。因为，我当时干的是一种特别的走私——把从美国偷到的黄色凯迪拉克牌高级轿车弄到墨西哥去。我每星期开一辆偷窃的汽车到境外，你们却以为那是我的车子……"

与你共品

现实生活中的人们，往往容易被一些习惯了的东西所捆绑住，而不能发挥出自己最大的潜能，其最根本的原因就是没有冲破思维定式，而是把自己束缚在一个原有的框子里。

小说中的彼得与他的同事们一直坚持着以前的惯性思维苦苦调查维尼，殊不知原来维尼走私的却是从他们眼皮底下开走的黄色凯迪拉克。规则是用来打破的，思维是要发散的。因此，在生活中，我们要学会打破自己的思维定式，仔细观察周围事物，寻找最有效的解决方法。

思维定式往往会使人们思想僵化、墨守成规，是一种扼杀创新精神的可怕习惯势力。自觉打破思维定式的障碍，将会为成功找到一条捷径，也定能抓住发展和创新的机遇。

（曾小桃）

陈乔被老人的行为激怒。他觉得老人在故意向他炫耀。于是，陈乔也决定向老人炫耀一下。

回家路上

[不丹] 萨姆费尔·诺布/著　郁　葱/译

陈乔从小离开父母，在印度由叔叔养大。18年之后，他要回到廷布自己的家。

他从边境城镇奋特休岭乘坐杜鲁克捷运公司的微型公共汽车，与他同座的是一位干瘦的老人。一路上，他们谁也不对谁说话。老人不想打扰看上去有些疲倦的年轻先生，年轻人则受过不与陌生人交谈的教育，不管是老者还是少者。所以，他们都沉默不语。

当他们来到桑塔拉卡，汽车停下稍事休息。老人下车去买橘子。回到车上，老人客气地递给年轻的同行者一个橘子。陈乔感到有点受辱。接受一个社会地位明显比自己低下者的食品，是不可理解的。于是，他明确地拒绝了老人的施舍。

老人歉意地笑了笑，自个儿剥开一个橘子，将一个橘瓣放进嘴里吧唧吧唧吃起来，吃完把籽从车窗里吐出去。

陈乔被老人的行为激怒。他觉得老人在故意向他炫耀。于是，陈乔也决定向老人炫耀一下。

在下一站盖都，陈乔将一个卖苹果的叫过来，买了一些苹果。卖苹果的告诉他要10个努扎姆，但陈乔扔下一张面值50努扎姆的票子，连不用找钱都懒得对卖苹果的说。他拿出刀子，把一个苹果切成块，然后，将其他苹果全部扔掉。通过眼角，他对邻座脸上惊奇的表情感到满意。这就是给他的颜色！他想。

车到楚卡，他们停下吃午饭。老人说：“年轻先生，如果我有什么冒犯你的话，请你原谅。我可以知道年轻先生要去哪里吗？"

陈乔把老人的话看做是一种假惺惺的恭维，认为是在拍他的马屁。"廷布。"他粗暴地回答说。

"能与年轻先生同行，是我有幸。"老人继续说，"你能赏光与我共进午餐吗？"

"不，谢谢您！"陈乔说，"我不饿。"

当他们抵达廷布时，老人问年轻先生要去哪个区。当陈乔回答兹鲁卡时，老人说他也去同一个区。

"既然我们都去一个区，"老人主动地说，"那我们可以同乘一辆出租车。"陈乔对老人的提议进行了认真考虑。由于他新来乍到，地理不熟，他勉强地接受。"但得由我来付车费。"他傲慢地说。

出租车把他们拉到兹鲁卡。老人下车时，问陈乔住在谁家。陈乔说出了他爸爸的名字。"库尔托的阿帕·皮马拉。"

"我就是库尔托的阿帕·皮马拉。"老人惊奇地说。

与你共品

回家的旅途中，从小不在父母身边的陈乔，因为世俗心作祟，看不起一个处于社会底层的老人，不料，这个被自己打心眼里看不起的老人，居然是自己的亲生父亲。

小说以巧妙的情节安排，极其深刻地折射出了人们在为人处世时实际存在的戴有色眼镜看待人的丑陋现象。现实中很多人总喜欢用社会地位来衡量一个人，总把自己拥有的那一点资本向别人炫耀，亦喜欢给别人套上身份地位的标志。殊不知，为人处事最重要的是平等、尊重与真诚。

在这个世界，每个人都是平等的。世界，既不是有钱人的世界，也不是有权人的世界，它是有心人的世界。人有两只眼睛，全是平行的，因此我们应当平等看人，真诚地与他人沟通，不要因为别人的社会地位而区别对待。

（曾小桃）

　　突然，他心头一怔，走上前去问米雪太太："您看到的哈丽娅的那个情人穿的的确是雨衣？"

穿雨衣的人

〔法〕皮埃尔·贝勒玛尔/著　　张志红/译

　　4月的一个早晨，米雪太太像往常一样站在她家半拉的窗帘一侧，注视着街上发生的一切。她每天的大部分时间都是这样度过的，因为她是一个寡妇，又没有孩子，而且还住在这样一个小县城里，除了琢磨邻里之间的琐事外，她还能干什么呢？

　　米雪太太家的对面有一幢单门独院的住宅，主人叫卡罗尼。卡罗尼是这个小城里的知名人物，他狂妄、野蛮。每个周末，他都开着豪华轿车到首都跟他的情妇幽会。

　　卡罗尼的夫人哈丽娅，显然是一个受害者，在她丈夫看来，她这样的模样，谁还能看得上呢？再说，他们也没有孩子。城里人都知道哈丽娅是一个安分守己的人。

　　但是，一个星期天的早晨，米雪太太却目睹了一件特别的事：就在卡罗尼先生去巴黎刚走不久，一辆出租车停到了他家门前，一个穿雨衣的矮小男人从车里走了下来。哈丽娅一人在家，他来干什么？手里为什么拎着一只提箱？

　　米雪太太还没有完全从惊讶中清醒过来，却又见这个矮小男人居然还有卡罗尼家的门钥匙！米雪太太拿起电话正准备报警，突然又住了手，她恍然大悟："哈丽娅也有情人！"

　　半年之后，一个星期天的早晨，这位神秘的穿雨衣的矮小男人已经第三次出现在卡罗尼的家门前。他每次都利用卡罗尼去巴黎的时机乘出租车来，自己拿钥匙开门，而且整个周日都待在那儿，从不出去。只是哈丽娅有时外出两三次去采购东西。

米雪太太的嘴巴是从不饶人的，全区的人很快都知道了这个秘密，有的人愤怒地斥责哈丽娅，有的人却又为她感到喜悦：她以这种方式对待不忠诚的丈夫也是理所当然的。

可是 10 月 25 日这一天却异乎寻常，米雪太太简直不敢相信自己的眼睛——

6 点左右，正是黄昏时分。刚才，也就是 10 分钟以前，哈丽娅从家里出去采购东西，可就在这时，那个穿雨衣的矮小男人来了，可是这一次，卡罗尼先生在家！

米雪太太紧紧盯着这个矮小男人的一举一动：他步态跟往常一样自信，他会掏出钥匙开门吗？不，这一次他却按了门铃……时间一秒一秒地过去，一会儿，卡罗尼先生来开门了，瞬息之间，只见穿雨衣的那个矮小男人从口袋里掏出什么东西，紧接着响起两下枪声。米雪太太惊魂未定的时候，这个矮小的男人已逃得无影无踪……

米雪太太浑身哆嗦，战战兢兢地拿起电话报警。几分钟后，地区警察局局长赶到了现场，他凝视着卡罗尼的尸体自言自语："两颗子弹都打中了心脏，真是干脆利索。"

米雪太太用失真的声音回答警察的问话。"您说是哈丽娅的情人开的枪？""是的，我敢肯定，在卡罗尼先生不在家的时候，他来过 3 次，我是从窗户里偶然看到的。"

警察一边记录一边说道："您能给我描述一下这个人吗？"

"身材矮小，棕色头发，每次来都穿一件雨衣。年龄有四五十岁，不过这很难说准，因为我只是从远处看到的。"

正在这个时候，哈丽娅从超市采购东西回来了，她双腿跪在丈夫的尸体旁，悲恸欲绝地自言自语："米歇尔……真的是你吗？"

警察局长问："米歇尔是谁？""我的情人，我也不知道他的真名实姓……"

哈丽娅吞吞吐吐地诉说着她和米歇尔交往的经过：

去年 12 月，卡罗尼对哈丽娅说，他想单独一个人和客户到冬季运动场去度圣诞。事实上，哈丽娅知道，他是想跟情妇在一起。这一次，哈丽娅没有像往日那样吵闹，等卡罗尼走后，她独自来到突尼斯的一个俱乐部，准备度过一个星期的时光。就在那儿，哈丽娅结识了米歇尔。米歇尔从不让哈丽娅知道他的真名实姓，他只是说已经结婚了……

哈丽娅苦涩地笑了笑，继续说道："我丈夫不在的时候，米歇尔来过 3 次。米雪太太就住在我家对面，她又有这方面的爱好，我想，她肯定把在窗帘后看到的，全告诉您了。他最后一次来是在一个月以前，他对我说，以后他将要离开了。他没有告诉我去哪儿，就在那一天，米歇尔对我说：'我可怜的哈丽娅，我必须帮助你，我要送给你一件告别礼物……'他就这样走了，以后我再也没有见到他……"

警察局长惊讶地说道："您的意思是说，谋杀您的丈夫，这是米歇尔送给您的……告别礼物？"

警察局长于是离开客厅到了小花园，他无意间抬起头来，只见晚霞满天。突然，他心头一怔，走上前去问米雪太太："您看到的哈丽娅的那个情人穿的的确是雨衣？"

"是的，他每次来都穿雨衣。"

"米雪太太，您看见过哈丽娅和她的情人待在一起吗？"

"我确实没有见到他们两个人在一起，我每次都是分别看到他们……可这又有什么区别呢？"

警察局长飞一样地扑进房间。哈丽娅还拎着购物袋。警察局长抢过袋子，将里面的东西全倒在桌上：一件雨衣、一个男人的假发和一支手枪。哈丽娅本想躲进房间销毁证据，想不到警察局长的动作比她还快。她彻底认输了，她只是愤愤不平地诉说了原委："你们可知道，卡罗尼这个伪君子他让我承受了多大的痛苦！我一直希望能有一个情人来为我报复，但一直没有，于是我只好自己来扮演这个角色……太遗憾了，如果真有一个米歇尔就好了……"

说到这里，哈丽娅那苍白的脸颊上淌着眼泪，眼睛里充满了绝望……

与你共品

当爱情已经变质的时候，往往容易转化为恨。哈丽娅为了发泄心中的恨，而选择了极端的手段，报复是哈丽娅为自己挖的一个坟墓。

爱情可以让人幸福，同样也可以让人陷入绝境。面对绝望的爱情，哈丽娅的思想已经发生了极端的变化。什么时候开始她已经不再希望她的丈夫回头？什么时候她开始了杀人的计划？也许就在她对爱情已经绝望的时候吧。缘起缘落不是我们自己可以控制的，当爱情已离去，勉强挽留和选择报复都不如早点放手。放开也许让自己更加幸福！

失去爱情也许并不是人生中的最大遗憾，失去高贵的灵魂才是最大的遗憾，面对无法挽回的爱情要选择正确的方式来处理。

（肖锦欣）

经过一番艰苦的筹划，总算赶在赏樱时节之前把漂亮的厕所修建好了，连告示牌也是拜托和尚制作，是中国式的，非常庄雅——租用厕所一次八文。

厕中成佛

［日］川端康成/著　叶渭渠/译

这是很久很久以前的岚山的一个春天……

京都大户人家的太太、小姐，花街柳巷的艺妓、妓女，她们身着华丽的服装，来到这山野观赏樱花。

"对不起，借用一下洗手间好吗?"

京都的女游客在肮脏的农家门口，羞红着脸，微微欠欠身子说了一句，绕到屋后，上了一间又旧又脏的小茅厕……春风摇曳着草帘，她的肌肤不由得痉挛起来，耳边传来了孩子们哇哇的喧嚣声。

看见京都仕女的这副窘态，贫穷农民兵卫便动脑筋，修盖了一间干净的厕所，挂上一块告示牌，上面写着几个黑油油的字：

租用厕所一次三文

赏花季节，游客拥挤，出租厕所非常成功，转眼间出租者发了大财。村里有个人忌妒八兵卫，对妻子说：

"近来八兵卫出租厕所，转眼间就赚了一笔钱。今年春上，俺们也盖一间出租，要赚得比八兵卫还多，怎么样?"

"这个主意不好。即使俺们的出租厕所盖好了，可八兵卫是老字号，人家有老主顾。俺们是新字号，游客不光顾，岂不是鸡飞蛋打，穷上加穷吗? ……"

"胡扯什么呀。这回，俺所设想的厕所，不像八兵卫的那样肮脏。听说近来京城时兴茶道，俺打算盖个茶室式的厕所。首先是，四根柱子。用吉野圆木不够气派，要用北山的杉木。天花板用香蒲草，钉上水蛭形钉子，悬挂上吊锅的锁链替代使劲时候用的绳索。这主意不错吧。窗户开落地窗，踏板用榉树的如轮木，便池前挡用萨摩杉。便池四周涂黑漆，墙壁涂两遍油漆，门户用白竹夹扁柏制成的长薄板，房顶用杉树皮葺成，再用青竹子压住，系上蕨草绳，修成大和式的。放鞋的石板用鞍马石做，旁边围上栽有青竹子的方眼篱笆，洗手盆用桥桩式的，装饰用的松树也配以多姿的赤松。不论哪个流派，诸如千家、远州、有乐、逸见的精华，都兼收并蓄……"

妻子听呆了。"那么，租费多少呢？"

经过一番艰苦的筹划，总算赶在赏樱时节之前把漂亮的厕所修建好了，连告示牌也是拜托和尚制作，是中国式的，非常庄雅：

租用厕所一次八文

就算是京都仕女，也觉得过分奢侈，钦佩之余，望而却步。你瞧见了吗？妻子敲着榻榻米说。

"我早说叫你别盖，搭了这么多本钱，结局可怎么得了啊！"

"不要唠叨嘛。明儿只要到客人那儿去转一圈，保证光顾的人会像蚂蚁成群而来。我明儿要早起，给我准备好盒饭。只要转上一圈，保你一定门庭若市。"

丈夫非常沉着。可是第二天，他比平时都贪睡早觉，上午十点才醒过来，一把将后衣襟掖在腰带里，把饭盒挂在脖颈上，带着几分哀伤的神情，回头冲着妻子带笑地说：

"孩子他娘，俺这辈子所作所为，你总是横挑鼻子竖挑眼的，说我傻瓜，说我做梦、做梦的。今天要让你瞧瞧，俺只要到客人中转上一圈，保你顾客车马盈门呀。粪缸满了，你就挂上个'暂停使用'的牌子，拜托邻居次郎兵卫挑走一担两担的。"

妻子纳闷。丈夫说到客人那里转转，是不是到京城去游说，宣传出租厕所呢？她一筹莫展的当儿，一个姑娘往钱箱里投放了八文钱，租用了厕所。尔后进进出出的，租用的客人源源不断。妻子十分惊异，瞪大眼珠子看守着。不久，挂上"暂停使用"的牌子，忙着要把粪便挑走……终于到了傍黑时分，厕所租金达八贯之多，粪便挑走了五担。

"莫非俺家老头子是文殊菩萨的转世？真的，他所说梦一般的事，有生以来头一次变成了现实。"喜形于色的妻子买来了酒等待着丈夫，不料抬回来的竟是他的尸体。

"他长时间蹲在八兵卫家的厕所里，可能是被沼气熏死的。"

丈夫走出家门以后，立即缴付三文走进了八兵卫家的厕所里，从里面上了锁，有人想推门进去，他就"咳、咳"地佯装咳嗽，连声音都咳嘶哑了。春天白日长，他蹲得连腰都直不起来了。

京都人听了这个故事，议论纷纷：

"真是风流人物的沦落啊！"

"他是天下第一的茶道师啊！"

"这是日本有史以来的成年人自杀啊！"

"厕中成佛，南无阿弥陀佛。"

众人异口同声地称赞不绝。

与你共品

小说中的丈夫为了谋取私利，选择了违反规则，在最后他也受到了应有的惩罚。从中我们可以得到一个教训，人不可过度贪婪，更不可采用不法的途径获得利益。

一个心灵扭曲的人他的思维方向是与常人不同的，面对困难所做出的选择往往容易忽视他人的利益，有时也会选择饮鸩止渴。损害别人的利益或者是只看到眼前利益而无视其他后果的行为，终究会导致自食其果，走上一条不归之路。

无论是从商还是做人，都必须是通过不断强大自己来打倒对手，而不要试图走不法的道路。走旁门左道的人结果只会是损人不利己。

（肖锦欣）

"他们起先也蒙住了我,"他说,"不过他俩俯身看图时,我一眼便瞥见了他们肩上的手枪皮套。"

咖啡店

[美] 约翰·塞维奇/著　雪　莉/译

夜色已深。我驾车行驶在得克萨斯西部的公路上,不知不觉中阵阵倦意向我袭来,于是我决定停车喝杯咖啡。

我歇脚的小店整洁、清爽,但此刻只剩下掌柜先生。他 40 来岁,显然,属于那种诚实本分的人,我顿时便为他感到些许悲哀。在这个险恶的世界上,一个人过分温雅永远成不了赢家。

热气腾腾的咖啡端来了,正在这时,门外一辆小车戛然而止,两个男人径直走了进来。那高个子说:"来两杯咖啡。喂,我说伙计,你这儿有没有行车交通图?"

"我想有吧。"柜台后的男人边答着话边端来了咖啡,不到两分钟,他拿着一张地图过来了:"这张地图可能有点过时。"俩人展开图,俯身看去。

高个子手指沿着里约格兰河滑移,随即他摇了摇头:"我看这边没有什么路可通向墨西哥。"

"你们是想找南行的最佳路线吗?我或许能帮点忙。"店主人开口了。他转身又翻起那叠东西来,"我好像还有一张更新点的图。"他说,"更新点的图会标明哈克特桥……"

"哈克特镇在这里,"高个子对着地图说,"就在河边,挺小的镇子。"

"现在可不小了,自从建好了桥,哈克特镇面积已增加了一倍。"

"这条路那头怎么样?"矮个子问。店主说:"相当不错,直通墨西哥。"

高个子喝完咖啡,将图放进口袋,站了起来,"你的图归我们了。"他说。

店主显得十分诧异,然而,他耸了耸肩,说:"请便。"

俩人朝外走时，耳语了几句。突然，他们转过身来，拔出了手枪。"你坐在那儿别动，"高个子指着我喊，"还有你，"他命令男主人，"靠墙站着。"

然后，矮个子走到收款机旁，将现金全部倒出。高个子则把电话机扔到地板上，将电话线拉了出来。接着，俩人匆匆钻进小车，一溜烟儿地开走了。

店主脸色苍白，可他片刻也没浪费，俯身修起了电话机。我对他说："对别人好心好意并不总是有好报的。"他一笑，说："那又不费什么。"仅仅5分钟，电话机便修好了。他拨通电话，向警察描述了那两个人和他们的车。

我摇摇头说："真没想到。这两个家伙开始看上去还不坏呢。"

"他们起先也蒙住了我，"他说，"不过他俩俯身看图时，我一眼便瞥见了他们肩上的手枪皮套。"

"既然你知道这两个家伙不对劲，干吗还要帮他们上路呢？"

他又一笑，说："这个世界太险恶，不是吗？"

"要是我肯定不会跟他们讲那座桥的。假如你嘴巴紧点，至少还有希望抓住他们？"

"其实没有……"

"是的，一点希望也没有了，"我说，"瞧瞧他们那辆开起来像飞一样的车。"

"我不是说没有机会抓住他们，"他轻轻一笑，"我是说那里根本没有桥……"

与你共品

表面看似懦弱的咖啡店店主原来早已识破了两个男人的抢劫意图，却不动声色地撒了个谎，使那两个男人落入了他预设的圈套。

现实社会中，太多的包袱，太多的羁绊，使得人们无法冷静地面对所遭遇到的困难和绝境，只能被动的接受现实。而小说中的店主在遭遇抢劫时，没有惊慌失措而是积极地想办法，编造了一个谎言来解决危难，最终化被动为主动。小说结尾戛然而止，言已尽而意无穷。让我们在对抢劫犯的结局猜想中流连不去。

很多人往往都喜欢以貌取人，想当然的自以为是，殊不知，在这个世上，"道高一尺魔高一丈"，大智若愚的人很多。他们往往低调做人、高调做事。毛羽不丰时，懂得让步。低调做人，往往是赢取对手的资助、最后不断走向强盛、最终反使对手屈服的一条妙计。

（苏淑婷）

杉田看着那纽扣，突然想起了十几年前死去的母亲。

纽　扣

［日］内海隆一郎/著　佚　名/译

在路边上有个无人售货亭。杉田把自家种的萝卜、小油菜、胡萝卜等蔬菜摆在约有半张席大小的货架上。

蔬菜一袋从一百元到二百元不等，买菜的人把硬币投到用铁丝吊着的空罐头盒里即可。到无人售货亭来买菜的多为农田前面小区或对面公寓里的人。因为这里的蔬菜比站前超市便宜得多，所以每天摆出的蔬菜从来没剩过。

"嗨，又有一个。"

黄昏时，杉田从铁皮盒往外倒硬币时说。他的手指闪着一个比百元硬币大一圈的黑色圆形纽扣。这颗纽扣好像用黑色贝壳做的，中间有呈"井"字状的 4 个穿线孔。放在明亮处，纽扣闪着美丽的光泽。

"真不像话，用纽扣代替钱。"

这一个月以来，已经发现 3 颗同样的纽扣。虽然没什么用处，但扔掉可惜，所以用胶带纸粘在墙上。这是第 4 颗。

在此以前，发生过几次拿走菜不给钱的事。杉田贴了张纸条，上写"拿菜不付钱就是小偷"！从那以后，再没有丢过菜。

"肯定是看错了。"杉田生气地想。

用纽扣来换精心种养的蔬菜不合道理。

"准是那个老太太。"

他眼前浮现出在田里干活时经常看到的那个老太太。她清瘦，高个，有点驼背，拄着手杖，摇摇晃晃地走着。从那走路的姿态，可以看出，她以前是个风姿绰约的女人。

可是，只要她来买土豆、胡萝卜，钱盒里肯定有纽扣。"她是怎么想的，难道以为纽扣是百元硬币？"

话虽然这样说，但总不能在她往钱盒里投纽扣的刹那间把她抓住。

"也许她真把这纽扣当成了百元硬币。"

杉田看着那纽扣，突然想起了十几年前死去的母亲。

——妈妈在处理旧衣服和衬衫时，总要把扣子剪下来。各种各样的扣子装了整整一点心盒。

也许这个老太太把扣子盒误认为贮钱箱了！

当杉田平静下来时，许久不见的女儿回来了。

"嗨，这是怎么了？"

女儿兴致勃勃地指着墙上的扣子说。

女儿从设计专科学校毕业后结婚，现在在一家室内装修店打工。

杉田阴沉着脸把事情讲了一遍，女儿两眼闪光。

"给我吧。"

"这是卖菜的钱，一个相当一百元。"

"我给你四百元。"

"什么？扣子值那么多吗？"

"这是用黑蝶贝做的纽扣，雕工也好。原来肯定是用在高级礼服上的。"

"这么贵重？"

"现在买，一个的价钱就吓你一跳。这样高级的扣子，可以卖……"

杉田边听边想起了那个老太太走路的姿态。

与你共品

老太太的纽扣勾起杉田对已逝世母亲的回忆，在得知真相后，杉田谅解了老太太以纽扣当菜钱的行为，并以一种感恩的心去怀念老太太。

杉田对纽扣的理解是一个过程，对老太太的情感态度的变化也是一个过程，故事就在"误会"的过程中展开。一颗普通的纽扣，却装载着杉田对已逝世母亲的美好回忆，同时包含着老太太的那颗善良的心。

"滴水之恩，当涌泉相报。"我们要学会做生活的有心人，以感恩的心去对待他人。当我们接受了别人的"无声"帮助时，必须要及时发现，然后把这个"无声"的恩惠铭记于心，并要等待机会去奉还。

（汤怡红）

他微微地提起右手，只见一副闪亮的"手镯"正把他的右手腕和同伴的左手腕扣在一起。年轻姑娘眼中的兴奋神情渐渐地变成一种惶惑的恐惧。

心与手

[美] 欧·亨利/著　佚　名/译

在丹佛车站，一帮旅客拥进开往东部方向的 BM 公司的快车车厢。在一节车厢里坐着一位衣着华丽的年轻女子，身边摆满有经验的旅行者才会携带的豪华物品。在新上车的旅客中走来了两个人。一个年轻英俊，神态举止显得果敢而又坦率；另一个则脸色阴沉，行动拖沓。他们被手铐铐在一起。

两个人穿过车厢过道，一张背向的位子是空着的，而且正对着那个迷人的女人。他们就在这张空位子上坐了下来。年轻的女子看到他们，脸上即刻浮现出妩媚的笑颜，圆润的双颊也有些发红。接着只见她伸出那戴着灰色手套的手与来客握手。她开口说话的声音听上去甜美而又舒缓，让人感到她是一位爱好交谈的人。

她说道："噢，埃斯顿先生，怎么，他乡异地，连老朋友也不认识了？"

年轻英俊的那位听到她的声音，立刻强烈地一怔，显得局促不安起来，然后他用左手握住了她的手。

"费尔吉德小姐，"他笑着说，"我请求您原谅我不能用另一只手来握手，因为它现在正派用场呢。"

他微微地提起右手，只见一副闪亮的"手镯"正把他的右手腕和同伴的左手腕扣在一起。年轻姑娘眼中的兴奋神情渐渐地变成一种惶惑的恐惧。脸颊上的红色也消退了。她不解地张开双唇，力图缓解难过的心情。埃斯顿微微一笑，好像是这位小姐的样子使他发笑一样。他刚要开口解释，他的同伴抢先说话了。这位脸色阴沉的人一直用他那锐利机敏的眼睛偷偷地察看着姑娘的表情。

"请允许我说话，小姐。我看得出您和这位警长一定很熟悉，如果您让他在判罪的时候替我说几句好话，那我的处境一定会好多了。他正送我去内森维茨监狱，我将因伪造罪在那儿被判处 7 年徒刑。"

"噢，"姑娘舒了口气，脸色恢复了自然，"那么这就是你现在做的差事，当个警长。"

"亲爱的费尔吉德小姐，"埃斯顿平静地说道，"我不得不找个差事来做。钱总是生翅而飞的。你也清楚在华盛顿是要有钱才能和别人一样地生活。我发现西部有个赚钱的好去处，所以——，当然警长的地位自然比不上大使，但是——"

"大使，"姑娘兴奋地说道，"你可别再提大使了，大使可不需要做这种事情，这点你应该是知道的。你现在既然成了一名勇敢的西部英雄，骑马、打枪，经历各种危险，那么生活也一定和在华盛顿时大不一样。你可再也不和老朋友们一道了。"

姑娘的眼光再次被吸引到了那副亮闪闪的手铐上，她睁大了眼睛。

"请别在意，小姐，"另外那位来客又说道，"为了不让犯人逃跑，所有的警长都把自己和犯人铐在一起，埃斯顿先生是懂得这一点的。"

"要过多久我们才能在华盛顿见面？"姑娘问。

"我想不会是马上，"埃斯顿回答，"我想恐怕我是不会有轻松自在的日子过了。"

"我喜爱西部，"姑娘不在意地说着，眼光温柔地闪动着。看着车窗外，她坦率自然，毫不掩饰地告诉他说："妈妈和我在西部度过了整个夏天，因为父亲生病，她一星期前回去了。我在西部过得很愉快，我想这儿的空气适合我。金钱可代表不了一切，但人们常在这点上出差错，并执迷不悟地——"

"我说警长先生，"脸色阴沉的那位粗声地说道，"这太不公平了，我需要喝点酒，我一天没抽烟了。你们谈够了吗？现在带我去抽烟室好吗？我真想过过瘾。"

这两位系在一起的旅行者站起身来，埃斯顿脸上依旧挂着迟钝的微笑。

"我可不能拒绝一个抽烟的请求，"他轻声说，"这是一个不走运的朋友。再见，费尔吉德小姐，工作需要，你能理解。"他伸手来握别。

"你现在去不了东部太遗憾了。"她一面说着，一面重新整理好衣裳，恢复起仪态，"但我想你一定会继续旅行到内森维茨的。"

"是的，"埃斯顿回答，"我要去内森维茨。"

两位来客小心翼翼地穿过车厢过道进入吸烟室。

另外两个坐在一旁的旅客几乎听到他们的全部谈话，其中一个说道："那个警长真是条好汉，很多西部人都这样棒。"

"如此年轻的小伙子就担任一个这么大的职务，是吗？"另一个问道。

"年轻！"第一个人大叫道，"为什么——噢！你真的看准了吗？我是说——你见过把犯人铐在自己右手上的警官吗？"

与你共品

一位警长为了维护罪犯在朋友面前的尊严，向对方谎称自己是罪犯，编造出一个善意的谎言。故事揭示了人人都应该有尊严，即使罪犯也不例外的人道主义精神。

从小说的开头到结束，事情从假象到真相的过渡，这样的结局反差，极易给人的心灵带来震动。原来女士的那位朋友不是警长而是真正的罪犯，而那个自认为是罪犯的人才是真正的警长。警长洞察人类的弱点，并且勇于站出来为人类的弱点遮丑，甚至为一名罪犯掩饰。这种为他人着想，并非刻意而为之，也不是因人而异，而是人性深处的美好，充分体现了人性中真善美的光辉。

美国著名的人际关系学大师戴尔·卡耐基说过："人与人之间需要一种平衡，就像大自然需要平衡一样。不尊重别人感情的人，最终只会引起别人的讨厌和憎恨。"不懂得维护别人尊严的人，别人也必将无视其尊严。

（苏淑婷）

文件说，如果你花这笔钱时，显示了你的聪明和无私，就让我再给你十万元；但是，如果你乱花了，那么这十万元就给他朋友的女儿玛丽·海顿小姐。

遗　产

[美] 欧·亨利/著　思　进/译

"这是你的钱，"律师冷冷地说道，"一千美元。"他对查理没有多大好感，不喜欢他。

查理·奥林接过薄薄一沓钞票，笑道："我真不知这笔钱该怎么花。当然啰，我可以找一家高级旅馆，像王子一样住上几天；也可以辞去事务所的工作，而去干我想干的事情——画画儿，画上几个星期没问题，可以后怎么办呢？工作也丢了，钱也用光了，靠什么过日子呢？索性钱再少一点，我倒好买一件新外衣或一台收音机，要不，请几个朋友吃上一顿；反之，数目再大一点，我就能辞去事务所的工作，专心致志地画画儿了，然而这笔钱就是这么不上不下。"

"注意，我要宣读你叔父的遗嘱了。"律师说道，"遗嘱上有关他遗产的处置方法，我必须请你记住一点：你叔父说过，当你把钱用掉之后，必须立刻交给我一份书面报告，如实地说明你是如何用这笔钱的。这是你叔父的遗愿，我希望你能按照他的嘱咐去做。"

"行，我会这样做的。"年轻人说。

查理·奥林不是个坏青年，也不笨，但他就是不喜欢在事务所里工作，他真正喜爱的是画画儿，画得挺好的，可靠画画儿是挣不了钱的。他没有存钱的习惯，随便什么时候，那位阔叔父一给他钱，一转眼就用掉了。他常说："攒钱有什么用呢？"所以那位阔叔父老是说他："你是个傻瓜。连钱都不知该怎么用。"

查理来到老朋友布莱逊家里，发现他正在打瞌睡，一张报纸盖在他的脸上。

"我刚从我叔父的律师那儿来，"查理叫醒布莱逊说道，"他只留给我一千块，而且花掉后还得告诉律师是怎么花的。一千块该怎么用呢？这笔钱真是说少不少，说多不多。"

"我原以为你叔父是个大富翁，少说也有五十万呢。"

"有倒是有的，"查理说，"可他没留给我。他给每个佣人一百块和一枚金戒指，给我一千，其实呢，我想，都给了医院或者福利会之类的慈善机构。你看，一千块能干些什么呢？"

"难道说，你叔父没有别的亲戚了吗？他的钱没给他们一些吗？"布莱逊没有直接回答，而是反问道。

查理想了一会儿说道："有一个姑娘叫玛丽·海顿，是我叔父一个朋友的女儿，她住在他家里，得到了一百元和一枚金戒指——跟其他佣人一样。但愿我也像他们一样：一百元和一枚金戒指，我倒能请几个朋友吃上一顿，这事也就了了。得啦，你老是盯着我，告诉我，一个人拿了一千块该怎么办？"

布莱逊摘下眼镜擦了起来。稍停片刻，他才慢条斯理地说道："一千元嘛，不算多，也不算少啰。可以用来购一所住宅，当然是一幢又小又破的房子，不过，好歹也算是一所住宅了；还可以请一个好大夫给自己的妻子看病；这笔钱可能在几秒钟内输得精光，要是去蒙特卡洛的话（世界著名赌城，在摩纳哥），也可能买到一幅名画或是一颗绚丽耀眼的宝石；这笔钱可以供一个聪明好学的孩子在走读学校里念几年书，也可以为一本不太厚的学术著作付印刷费。"

"我可没有请你来给我上课，只请你告诉我，该怎么花这一千块。这么说吧，你要是遇上这事，怎么办？"

"你应该这样，就是把这笔钱送给一个穷人，他会很好地用这笔钱的，会从中获得幸福的。至于你呢，钱送掉之后，就立刻把这事忘了，像以往一样生活下去。"

查理·奥林站在布莱逊的别墅外寻思："虽然我能买一块宝石给一个美丽的女人，比如说，送给那位歌星克娜娜，可她戴的宝石价值都起码五千，一千块钱的宝石她才不稀罕呢；我也能把钱送给事务所的看门人，我问过他一旦有了钱想干什么，他说要开一家酒店，这好像也不能算把钱用在了正道上；我还能把钱送给在广场上乞讨的瞎子，但人们给了他许多钱，听说他在银行里的钱有好几千——他不急需这一千块。"

突然，查理好像想起什么，赶紧跳上一辆公共汽车，回到了律师那儿。

"告诉我，"他说，"除了一百元和一枚金戒指外，我叔父还留给海顿小姐什么没有？"

"没有。"律师回答道。

查理来到他叔父的家，海顿小姐还在那儿，她正坐着写信，一见查理，便慌忙把信纸翻过去，还把手按在上面。

"我刚从律师那儿来，"他对海顿小姐说，"他又查阅了一遍文件，发现遗嘱还有一个附件，是立完遗嘱后补充的。我叔父留给你一千元，钱在这儿，你数一下吧。"

他把钱放在桌上。

"哦！"她叫了一声。

"我希望……"他支支吾吾地说，"我想……"他说不下去了，他的目光注视着她——一张多么亲切可爱的脸，一双多么和善的眼睛啊！接着，他环视了一下这个漂亮的房间，高雅豪华，富丽堂皇；他不禁想起了自己远在郊外的小屋。向她求婚？不，不行，她是得不到幸福的。

他赶紧走了。

查理又回到律师那儿。他在一张纸条上写道："我把一千元赠给了世界上最善良，最可爱的姑娘，只有她才能从中获得最大的幸福。——查理·奥林"

他走进律师的办公室，拿出条子，放在桌子上。

"我把钱花了，"他说，"这条子也写了，它说明我这笔钱是怎么花的……今天天真好，是吗？真是春意盎然。"

律师起身，没有拿起条子就走出了房间。过了几分钟，他拿着一大张纸回来。

"奥林先生，"他说道，语气十分庄重，"这张纸是你叔父给我的。他嘱托我要等你用完那一千元并告诉我之后才能宣读这份文件。文件说，如果你花这笔钱时，显示了你的聪明和无私，就让我再给你十万元；但是，如果你乱花了，那么这十万元就给他朋友的女儿玛丽·海顿小姐。现在，让我看看你写了些什么。"

律师伸手去拿纸条，但查理的动作稍快一点，他抓过条子塞进口袋。"别看了，"查理说，"我去赛马场把大部分钱输掉了，剩下的钱是吃光喝掉的。"

"太蠢了，多蠢的年轻人！"律师不无遗憾地叹息道。

"我要见奥林先生，"玛丽说，"他就在这儿工作，我有封信给他。"

查理从他的办公室走了出来，玛丽·海顿小姐等着见他。

"查理，"她说，"你来看我时，我正在给你写信。我写完了，你最好现在就看一下。"

"亲爱的查理：

你叔父已经去世了，我自由了，愿意干什么就干什么。我心里明白，你想让我嫁给你，但你又不愿求婚，你是怕我当不了穷人的妻子。亲爱的查理，我不怕，——如果你也不怕跟我这么一个爱着你的穷姑娘结婚的话。因为我知道你是真心爱着我的。

……玛丽"

"我已经告诉律师，你是怎样花那一千元的，"玛丽说，"所以，我依然贫穷。除了一百元和一枚金戒指外，什么都没有。"

与你共品

查理把叔父留给他的一千元交给了玛丽，显示了他的聪明与无私，最后爱情财富两丰收。

故事情节一波三折，充满"意外"。查理得到一千元后，与朋友布莱逊谈论如何使用才有意义，最终决定把钱交给玛丽，以示爱慕，于是那一千元发挥了应有的价值。高潮部分巧妙揭露了遗书里叔父对查理的寄托，查理也发掘了人生的真正意义。

生活的意义不在于拥有钱财的多少，而在于它所用的地方；生命的价值不在于拥有，而在于付出。总之，生活很奇妙，无处不充满意外。我们应该做一些真正有价值的事，用真诚对待朋友，以敬畏的态度对待生命。

（汤怡红）

　　在她目前心智特别清明的一刻里，她看清楚：促成这种行为的动机无论是出于善意还是出于恶意，这种行为本身都是有罪的。

一小时的故事

〔美〕凯特·肖邦/著　佚　名/译

　　大家都知道马拉德夫人的心脏有毛病，所以在把她丈夫的死讯告诉她时是非常注意方式方法的。

　　是她的姐姐朱赛芬告诉她的，话都没说成句，吞吞吐吐、遮遮掩掩地暗示着。

　　她丈夫的朋友理查德也在她身边。正是他在报社收到了铁路事故的消息，那上面"死亡者"一项中，布兰特雷·马拉德的名字排在第一。他一直等到来了第二封电报，把情况弄确实了，然后才匆匆赶来报告噩耗，以显示他是一个多么关心人、能够体贴入微的朋友。

　　要是别的妇女遇到这种情况，一定是手足无措，无法接受现实。她可不是这样。她立刻一下子倒在姐姐的怀里，放声大哭起来。当哀伤的风暴逐渐减弱时，她独自走向自己的房里，她不要人跟着她。

　　正对着打开的窗户，放着一把舒适、宽大的安乐椅。全身的精疲力竭，似乎已浸透到她的心灵深处，她一屁股坐了下来。

　　她能看到房前场地上洋溢着初春活力的轻轻摇曳着的树梢。空气里充满了阵雨的芳香。下面街上有个小贩在吆喝着他的货色。远处传来了什么人的微弱歌声；屋檐下，数不清的麻雀在喊喊喳喳地叫。对着她的窗的正西方，交错的朵朵行云之间露出了这儿一片、那儿一片的蓝天。

　　她坐在那里，头靠着软垫，一动也不动，嗓子眼儿里偶尔啜泣一两声，身子抖动一下，就像那哭着哭着睡着了的小孩，做梦还在抽噎。

　　她还年轻，美丽。沉着的面孔出现的线条，说明了一种相当的抑制能力。可是，这会儿她两眼只是呆滞地凝视着远方的一片蓝天。从她的眼光看来她不是在沉思，而像是在理智地思考什么问题，却又尚未做出决定。

　　什么东西正向她走来，她等待着，又有点害怕。那是什么呢？她不知道，太微妙难解了，说不清、道不明。可是她感觉得出来，那是从空中爬出来的，正穿过洋溢在空气中的声音、气味、色彩而向她奔来。

　　这会儿，她的胸口激动地起伏着。她开始认出来那正向她逼近、就要占有她的东西，她挣扎着决心把它打回去——可是她的意志就像她那白皙纤弱的双手一样软弱无力。

　　当她放松自己时，从微弱的嘴唇间溜出了悄悄的声音。她一遍又一遍地低声悄语："自由了，自由了，自由了！"但紧跟着，从她眼中流露出一副茫然的神情、恐惧的神情。她的目光明亮而锋利。她的脉搏加快了，循环中的血液使她全身感到温暖、松快。

　　她没有停下来问问自己，是不是有一种邪恶的快感控制着她。她现在头脑清醒，精神亢奋，她根本不认为会有这种可能。

　　她知道，等她见到死者那交叉着的双手时，等她见到死者那张一向含情脉脉地望着她、如今已是僵硬、灰暗、毫无生气的脸庞时，她还是会哭的。不过她透过那痛苦的时刻看到，来日方长的岁月可就完全属于她了。她张开双臂欢迎这岁月的到来。

　　在那即将到来的岁月里，没有人会替她做主，她将独立生活。再不会有强烈的意志迫使她屈从了，多古怪，居然有人相信，盲目而执拗地相信，自己有权把自己的意志强加于别人。在她目前心智特别清明的一刻里，她看清楚：促成这种行为的动机无论是出于善意还是出于恶意，这种行为本身都是有罪的。

　　当然，她是爱过他的——有时候是爱他的。但经常是不爱他的，又有什么关系！有了独立的意志——她现在突然认识到这是她身上最强烈的一种冲动，爱情这未有答案的神秘事物，又算得了什么呢！

　　"自由了！身心自由了！"她悄悄低语。

　　朱赛芬跪在关着的门外，嘴唇对着锁孔，苦苦哀求让她进去。"露易丝，开开门！求求你啦，开开门——你这样会得病的。你干什么哪？看在上帝的份儿上，开开门吧！"

　　"去吧，没把自己搞病。"没有，她正透过那扇开着的窗子畅饮那真正的长生不老药呢。

她在纵情地幻想未来的岁月将会如何。春天，还有夏天以及所有各种时光都将为她自己所有。她悄悄地做了快速的祈祷，但愿自己生命长久一些。仅仅是在昨天，她一想到说不定自己会过好久才死去，就厌恶得发抖。她终于站了起来，在她姐姐的强求下，打开了门。她眼睛里充满了胜利的激情，她的举止不知不觉竟像胜利女神一样。她紧搂着姐姐的腰，她们一齐下楼去了。理查德正站在下面等着她们。

有人在用弹簧锁钥匙开大门。进来的是布兰特雷·马拉德，略显旅途劳顿，但泰然自若地提着他的大旅行包和伞。他不但没有在发生事故的地方待过，而且连出了什么事也不知道。他站在那儿，大为吃惊地听见了朱赛芬刺耳的尖叫声；看见了理查德急忙在他妻子面前遮挡着他的快速动作。

不过，理查德已经太晚了。

医生来后，他们说她是死于心脏病——说她是因为极度高兴致死的。

与你共品

小说细腻描写了马拉德夫人在获悉丈夫死讯后一个小时内的一系列行为和心理变化。本是令人悲痛不已的丈夫死亡的噩耗，对马德拉夫人而言，却是从此获得自由的喜讯，而丈夫回来的刹那，却是马拉德夫人死亡的时刻。不过，还好，她是带着对自由的极大期许离开的，她死于极度高兴引发的心脏病。

匈牙利作家裴多菲曾有诗云：生命诚可贵，爱情价更高，若为自由故，两者皆可抛。马拉德夫人对于自由的追求超过了爱情，超越了生命。丈夫的死换来了她对生的希望，而丈夫的生为她带来的却是死亡。我们跟随马拉德夫人经历了悲——喜——悲的情感起伏之余，也在这种跌宕起伏中体验了作者高超的象征和反讽手法。

《泰戈尔评传》说："生命之河在它的一条岸边享有自由，在另一条岸边受到约束。"在纷繁复杂的当今社会，我们找不到一处可以绝对自由的地方。真正的自由是思想的独立而已。

（何清华）

比得士不断地左右顾盼，唯恐随时会有人对他偷袭似的。

"此地不便说话，回头和我联络，约定个会面的地方。"

韩米顿的烦恼

[英] 鲍威尔/著　佚　名/译

每逢探监日，我便恶心，我希望媚黛待在家里，但我知道她将会一如往昔，按时前来，而后隔着纱屏，勇敢地摆出笑容，唱着那句老调："亲爱的，他们待你还好吗？"

哎，这是监狱，她以为他们会怎样待我？像白金汉宫的贵宾吗？我落得今天这个下场都怪她不好。自然，我自己的一时糊涂，也不能说与此无关，不过，追根究底，真正负责的，还是她。

她每次探监，总是坐在那里，装模作样的。她一生也是那样，我初遇她时，她才初入社会，便在报纸上引起过一番骚动。几年后，她以一个富家女的身份，不顾家庭的反对，选择了爱情，嫁给一个不名一文的马球员——因而风头十足。

如今，在她丈夫倒霉、受谤和入狱的当儿，她又装作一个敢于面对现实的妻子，故意显示她的坚贞。

她的亲朋好友无不说我是为了她的财富才娶她的。其实，我没有这种想法。

婚后第二年，她的表妹嘉娣在我家小住。嘉娣长得也实在不错，而且较媚黛热情。她在短短的六个星期中，和我处得非常融洽。媚黛从未起过疑心。在她的心目中，以为我已有一个年轻富有和美丽可爱的妻子，只有糊涂虫方会另怀野心。好，偏偏我就是糊涂虫。

嘉娣表妹像霞光一闪，照耀了我阴暗的生命的一角。她离去后，我又回到活受罪的日子中——每周和她那些高不可攀的家人共餐一次；又无休止地参加那些高不可攀的朋友的宴会，他（她）们全把我当做敌谍看待。有一天下午，我和罗登玩完手球，从球场出来，撞在一个彪形大汉身上。"韩米顿先生，我想和你谈谈。"他低声说，同时将一张肮脏的名片塞到我手里。

我与他素不相识，想不起有什么可谈的。我望望名片，上面写着：职业摄影师比得士。地址是市郊一个很窝囊的地区。比得士不断地左右顾盼，唯恐随时会有人对他偷袭似的。"此地不便说话，回头和我联络，约定个会面的地方。"

我不想拍照，所以把他忘得一干二净，可是，他可没有忘记我。第三天晚上，他打电话来了。"你没有和我联络，"他语气中略带责备口吻，"我这里有一张照片，韩先生，你一定会发生兴趣的。""什么照片？"

"我不会在电话里谈生意的，一小时后到15街的胡克酒吧会面好了。"

我开始忐忑不安，悄悄地拨个电话给一个报馆的朋友。"你听到过一个名叫比得士的摄影师吗？""缩骨比得士吗？你在哪里碰上这种人的？他常在一些下等夜总会里混饭吃，警方认为他是个靠勒索过活的人。"我觉得衣领忽地缩紧起来，"警察们为何那样想？"

"噢，他们有他们的理由，但他们还没有抓着他的把柄。举个例子来说，他在夜总会里拣上些不愿意让床头人知道夜生活情形的冤大头偷拍些他（她）们不愿公开的照片，拿来向他（她）兜售。老友，你出了麻烦吗？""不，不是我，"我有气无力地说，"是一个朋友。"

那张照片是比得士在夜总会停车场中偷拍的，我认得我的车子，我没有吻嘉娣。嘉娣倒是亲了我一下，她的热情当时令我飘飘若仙，如今想来，还有点热辣辣的。"你要多少代价？"

比得士呷了一大口啤酒，然后现出他两天前的那种鬼鬼祟祟的态度，咧嘴而笑，"底片的价钱是一万元。"我打了个寒噤，"我还以为你是做小生意的呢。"

"那要看和谁打交道了，我是望风张帆的。"他仍然笑容满面，"别想告诉我这张照片没有什么。尊夫人看了，她会怎么想？""很可惜，就算你将蒙娜丽莎卖给我，我也没有一万元给你。别看我一副财神相，其实我是个穷光蛋。""随你喜欢，我把照片拿给尊夫人，也不难，"比得士提醒我，"你休想杀我的价钱，你的车子有游艇那么长，你的朋友是罗登之类的银行家，还装什么穷！""说罗登是我的朋友，倒不如说是我太太的朋友，我太太有钱。我父亲多年前就已破产，他留给我的是一屁股的烂债。"

　　我很不愿意将我的家世告诉比得士，但我此时实在无计可施，"我连身上这套行头，都是媚黛付的钱，但她每给我一个子儿，便追问清楚我是怎样花的。我若向她要这么大一笔钱，又不能找个好借口，那是休想。"比得士咧嘴一笑："好吧，这有点出乎我意外，我还以为你和尊夫人一样阔气。这样吧，五千好了——一个子儿不能少。明晚付款，否则，我便和尊夫人打交道了。"

　　第二天早晨，我将银行的存款悉数提出，才三千多元。比得士肯不肯先行收下，很难说。罗登是我唯一可以求援的人，于是向他借了两千元，并求他千万保密。我循着名片上的地址来到一幢龌龊的公寓。门上贴有一张同样脏的名片。这家伙显然是个吝啬鬼。我去敲门，无人答应。走廊的另一端出来一位染红发的女人。"比得士日夜外出，在家的时间很少。"她嫣然一笑，"你可以到我这里来等他，我的咖啡是有名的。"

　　比得士回到了公寓。他的房间至少有一个月未曾打扫。一张破旧的沙发，旁边一张桌子，上面堆着一沓邮寄照片用的棕色信封。他从中拣出一封，丢过来给我。我将信封打开，检查了一下，里面是那张底片和一张十英寸的照片。于是，我将钞票交给他，他又笑了。"你很喜欢你的工作，是不是?"我说。

　　"遇到像阁下这种人的时候，是的，"他愈来愈开心，"欢迎下次惠顾。"他似乎言外有意。第二天，媚黛从街上购物归来，无意中将钱袋掉在地上，口红和钥匙等撒落在地——还有一张脏兮兮的名片，上面印有"比得士"三个字。"这张名片你从哪里得来的?"我问她。"一个男人递给我的。他说要和我谈谈，但我没有理他，看他那副德性，我才懒得和他打交道。"我顿时恍然大悟，比得士将那张照片多印一张"副本"或底片，拿了我的钱，便转过头来动媚黛的脑筋。我再回到他的公寓时，他一见我便面露惊讶之色，但仍强作镇定。等我将手枪掏出来时，他才开始紧张起来。"想将你的钱拿回去吗?"

　　"别耍把戏了，比得士先生。"

　　"另外那张照片，你是说，尊夫人告诉了你? 哟，我真想不到。"

　　"快拿来——那张照片和底片，别再奸笑了。"他将一个信封丢过来。我俯身去捡时，他一跃而起，用他的双臂紧紧将我钳住，"居然敢到太岁头上动土! 快将枪丢掉!"他强壮如牛，我双臂无法施展，肋骨剧痛，我一挣扎，便撞到沙发里，我们一起跌倒，手枪砰然一响。他当场翘了辫子。我将信封拾起狂奔而出，在走廊中和那位红发女郎撞个满怀。后来在警察面前指证我的便是她。媚黛以高价延聘的一大群有名律师也无法从牢中将我解救出来……媚黛隔着纱屏笑道："他们待你可好?"

"好极了。"往事在我脑海中再度浮现，我又想起当我打开那第二只信封，看到那张照片的感觉。照片上的一对男女竟然不是嘉娣和我——却是媚黛和罗登。"你可以宽恕我吗，亲爱的?"她恳求着，她的眼睛湿润了。

"当我知道你冒着生命危险全是为了使我不受那卑劣的家伙的勒索，结果落得这个下场时，我是多么难过啊!"

与你共品

男主人公为了拿回与妻子的表妹的暧昧照片，错手杀了人，锒铛入狱后，才意外地发现妻子也在出轨。

如何对待爱情和婚姻，这个问题看似简单，却始终困惑着一对对、一双双有情眷属，宿命鸳鸯。爱情来临时，我们需要理智，当爱情离去时，理智更应该是我们评判进退的一个基本准则。

日本著名作家池田大作曾经说过：结婚是青春的终点，也是奔向幸福人生的出发点。为了让它结出美好果实，千万不要着急，要慎重，要有诚意。所以，一旦选择了，就应该懂得彼此去珍惜与维护。

（何清华）

　　"当我不得不保护自己的财产的时候，我有我自己的法律。"
他现在说话的那种腔调就好像一条大狗在向另一条前来抢肉的
狗狂吠一样，她熟悉这种声音，厌恶这种声音。

我的私有财产

［美］德米勒/著　佚　名/译

　　秋天，满山的树叶都变黄了，唯有枫树像春天的花朵一样，呈现一片红
色，阳光灿烂，空气清新凉爽，没有一丝风。山脚下的湖水清澈平静。但由
于水凉已不能游泳了，就是说到了该离开避暑山庄返回都市的时候了。

　　贾德森的妻子马西亚正在卧室里打点包裹，贾德森自己站在室中端详着
手中的一瓶酒。

　　"我收拾完了，"马西亚在卧室里边说，"亚历克取钥匙回来了没有？"亚
历克住的地方离这别墅不远，冬天由他代为照管别墅。

　　"他到湖边弄船去了，大约半小时后就回来，"贾德森回答说。

　　马西亚进屋来拿她的皮包，当她看见丈夫手中的酒瓶时，愕然地停住了
脚步。"贾德森！"她大声叫着他的名字，"你怎么上午就喝起酒来了？"

　　"不，亲爱的。"他望着她笑眯眯地回答道，然而她并不喜欢他这种笑脸。
"你错了，我不是想往外倒酒，而是要往里面放点什么。"他张开手让她看手
中的一些白色粉末，他的笑容收敛了，脸色变得十分严峻。这使马西亚感到
有点害怕，尽管她还不清楚自己究竟怕什么。从他说话的声调，她感觉出一
定要有可怕的事情发生，她对他不曾判断错过一次，因为每当他要打什么鬼
主意的时候，总是那样说话，不知这次他又要打什么人的算盘。

　　"毒药，"贾德森镇定自若地回答，"我们每次春天回到这里，我总发现瓶
子里的酒在减，肯定是有人进来偷喝了酒。这个贼！这就是我要往瓶子中放
毒药的原因，我们走后那个偷酒喝的贼还会来的，这回让他再喝！"

女人的脸刷的一下变白了。"使不得，贾德森！"她大声地说，"太可怕了，那要出人命的！"

"要是我毒死了一个用暴力进入我的住宅的贼，按法律不能定我犯有杀人罪吧，"他回答道，"我们的别墅上了锁，如果有谁撬门进来喝酒的话，那我可就不管了。"

他把粉末倒进瓶子里，然后将瓶子和一个杯子放在桌子上，他看着瓶子笑起来，"看上去真馋人。"

"不能那样做，贾德森，"她又说了一遍，"法律也不能判一个小偷死刑啊，你有什么权力。"

"当我不得不保护自己的财产的时候，我有我自己的法律。"他现在说话的那种腔调就好像一条大狗在向另一条前来抢肉的狗狂吠一样，她熟悉这种声音，厌恶这种声音。

"他们充其量不就是喝了你一点酒吗？"她说，"那可能是附近滑雪的孩子们干的，他们又没有拿别的东西。"

"我管不了那么多，"他说，"假如一个人截住我，抢我五元钱或是五百元钱我认为都是一样的，贼就是贼！"

她还是想劝阻丈夫不要那样做，"我们明年春天才能到这里来，把这个瓶子放在这里，怎么能让我安心睡觉呢？你且想想，要是我们出了什么事，别人又不知道，那不可怕吗？"

贾德森又说了一遍他管不了那么多，而且斥责她不要再说废话了。她知道再多说也没用，他一向心狠手辣。她朝门口走去，一边走一边说她要去和亚历克的妻子玛丽告别。她决定把酒瓶子的事告诉给玛丽，玛丽是能理解她的，她会从亚历克那里拿到钥匙，将瓶子中的酒换掉。马西亚离开了别墅。过了一会儿，贾德森出去取他晒的猎靴，他看见马西亚下山朝亚历克的家走去，亚历克正从湖边上山来，贾德森喊亚历克快一点，然后便拿起靴子回屋。走着走着，一不小心绊倒了，他因为脑袋撞到门框上面而昏了过去。过了一会儿，他半睁开眼睛想弄明白自己到底是怎么了。他听见亚历克说："你只是摔了一跤，老爷，不要紧，喝了这个马上就会好的。"说完将一杯酒递给了他，他迷迷糊糊地连眼睛都没睁就喝下去了。

与你共品

心狠手辣的贾德森在将要离开避暑地返回都市的时候，为了防止别人偷喝他的酒，在酒里下毒，本是为了惩罚偷酒的贼，最后自己却喝下自酿的毒酒。

为了保护自己的私有财产，贾德森准备用自己的法律去残害偷喝酒的贼，却不料死于自制的法律之下。别人侵犯了你的财产，是他的不对，"以恶制恶，以暴制暴"恰是一瓶毒酒，自酿自饮，害人终害己。

法律是公正、严明的，不管出于何种原因，都不能打着法律的旗号去危害别人的生命，否则将会自食恶果。

（周虹虹）

　　"我已经想尽了办法，"凡艾克气喘吁吁，直搓着冰冷的双手，"可是有人在半路上截住了我，抢走了我的车。黑顿医生，孩子现在怎么样了？"

雪夜出诊

[美] 比利·罗斯/著　　佚　名/译

　　夜，大雪飘飞。将近晚上 9 点的时候，医生正在家里看书，电话铃响了。

　　"请找凡艾克医生。"

　　"我就是。"医生回答。过了一会，凡艾克听到话筒里传来另一个人的声音："我是格兰福斯医院的黑顿医生。我们刚接到一个男孩，他的脑袋被子弹打中了，现在非常衰弱，也许活不长了。我们得马上给他动手术，可是你知道，我不是外科医生。"

　　"我这儿离格兰福斯 90 多公里，恐怕——"凡艾克犹豫了一下，"对了，你请过马萨医生没有？他就住在你们镇上。"

　　"我们去过电话，他今天碰巧外出了。"黑顿答道，"那孩子伤情危重，他是自个儿玩弄火枪时不小心出事的。"

　　"哦！可怜的孩子。无论如何，我会尽快赶到你们医院。现在正下着雪，大概 12 点左右我就可以赶到。"

　　"请慢，凡艾克医生。还有一点我得告诉你，孩子家很穷，我想他们不会给你多少报酬。"

　　"这没有什么。"凡艾克说完，挂上电话，几分钟后便驾着他分期付款买来的小汽车出发了。

　　崭新的小汽车在雪地里艰难地行驶。刚到郊外，车前突然窜出一个身穿黑大衣的男人，凡艾克急忙刹车。车未停稳，那男人已经敏捷地打开车门钻了进来。

　　"请你马上下车！"男人低声命令道，"我有枪。"

"我是医生，"凡艾克很镇静，"我现在要赶去抢救一个情况危急的——"

"别废话！"裹着破旧黑大衣的人粗鲁地打断他的话，"你赶快下去，别惹我生气。"

凡艾克被迫下了车，眼看着车子飞驶而去。他在雪地里站了好一会儿，愣愣地看着大雪把车轮印重新覆盖，才猛地清醒过来，急忙到附近寻人家。用了将近半小时，他才在一户人家找到电话，召唤出租汽车。

也不知过了多久，一辆出租汽车终于来到了。凡艾克立即钻进汽车，催促司机全速前进。

凌晨一点多，凡艾克到了格兰福斯医院。黑顿早在医院门口等候，他的神情已经不是那么着急了。

"我已经想尽了办法，"凡艾克气喘吁吁，直搓着冰冷的双手，"可是有人在半路上截住了我，抢走了我的车。黑顿医生，孩子现在怎么样了？"

"谢谢你！凡艾克医生。我知道你已经竭尽全力。"黑顿拍拍对方身上的雪花，"孩子一小时前死了。"

两位医生走到候诊室门口。凡艾克倏地惊呆了：门边的长板凳上，坐着一个裹着破旧黑大衣的男人，头深深地埋在两只手掌里。听见有人来，他抬起头，目光呆滞。突然，他像发现了什么，死死盯着凡艾克。

"亨尼汉先生，"黑顿指着凡艾克，对那男人说，"他就是我请来的凡艾克医生。可惜他中途被歹徒抢走了汽车，所以迟到了。他本想赶来抢救孩子，他已经尽了全力，可惜还是晚了。"

与你共品

医生凡艾克雪夜出诊，却不料在途中被黑衣人劫车，因耽搁了抢救时间，孩子遗憾地离开了人世。

小说通过绵密的细节，精巧的构思，层层揭开了这份遗憾的始作俑者——黑衣人，也就是孩子的父亲。在很多时候，飞来横祸会使家庭成员陷入茫然无措的境况，但不管什么情况，也不能为此做出沦丧道德的事情，因为，你不知道，是否有一条生命正在等待救援。

医生的仁慈和尽职，反衬了黑衣人的自私和作为父亲的失职。在危难紧迫的情况下，自私可能会带来一时的满足，但无形中会积酿恶果，也许不经意中你会熄灭希望之光。

（周虹虹）

第二辑

醍醐灌顶

那人打量了他一眼，微微一笑说："您家还有许多箱子要运走，您不知道？这些箱子都是您虚度的日子。"

虚度的时光

［意大利］布扎蒂/著　佚　名/译

埃斯特·卡西拉买了一幢豪华的别墅。此后，他每天下班回来，总看见有个人从他花园里扛走一只箱子，装上卡车拉走。

他还来不及叫喊，那人就走了。这一天他决定开车去追。那辆卡车走得很慢，最后停在城郊的峡谷旁。

卡西拉下车后，发现陌生人把箱子卸下来扔进了山谷。山谷里已经堆满了箱子，规模、式样都差不多。

他走过去问："刚才我看见您从我家扛走一只箱子，箱子里装的是什么？这一堆箱子又是干什么用的？"

那人打量了他一眼，微微一笑说："您家还有许多箱子要运走，您不知道？这些箱子都是您虚度的日子。"

"什么日子？"

"您虚度的日子。"

"我虚度的日子？"

"对。您白白浪费掉的时光、虚度的年华。您曾盼望美好的时光，但美好时光到来后，您又干了些什么呢？您过来瞧瞧，它们个个完美无缺，根本没有用过，不过现在……"

卡西拉走过来，顺手打开了一个箱子。

箱子里有一条暮秋时节的道路。他的未婚妻格拉兹正在那里慢慢走着。

他打开第二个箱子，里面是一间病房。他弟弟约苏躺在病床上等他归去。

他打开第三只箱子，原来是他那所老房子。他那条忠实的狗杜克卧在栅栏门口等他。它等他两年了，已经骨瘦如柴。

卡西拉感到心口被什么东西夹了一下，绞疼起来。陌生人像审判官一样，一动不动地站在一旁。

卡西拉说："先生，请您让我取回这三只箱子吧。我求求您。起码还给我三天吧。我有钱，您要多少都行。"

陌生人做了个根本不可能的手势。意思是说，太迟了，已无法挽回。说罢，那人和箱子一起消失了。

夜幕悄悄降临，把大地笼罩在黑暗之中。

与你共品

人们常说："一寸光阴一寸金，寸金难买寸光阴。"小说里的卡西拉正是在事业有成后，遗忘了珍贵的亲情、爱情和友情，当他开始醒悟，不惜一切想要挽回时，虚度的时光已经逝去，无法挽回。

小说一开始就设置悬念，一步步引人入胜，最后出其不意地解开谜底，不禁让人恍然大悟"谁对时间最吝啬，时间对谁越慷慨。要时间不辜负你，首先你要不辜负时间。放弃时间的人，时间也放弃他。"但是现实中又有多少人能做到呢？

也许卡西拉的故事可以带给我们更多的警示与启发：莫要再让虚度的箱子在你的悔恨中被运走，珍惜你的每一分每一秒吧！

（刘碧艳）

"是的，在某种意义上，它会。"老人告诉他，"那个礼物可以让你获得许多种不同的财富，但它的价值并不是金钱所能衡量的。"

礼　物

[美] 斯宾塞·约翰逊/著　刘祥亚、潘　诚/译

老人和孩子相识有一年多了，两人很喜欢在一起聊天。

有一天，老人对孩子说："有一样东西之所以叫礼物，是因为在你能收到的所有礼物中，你会发现它是最珍贵的。"

"为什么它这么珍贵呢？"孩子问。

老人解释说："因为收到这个礼物之后，你会变得更快乐，无论每天做什么事，也都能做得更好。"

"哇！"孩子兴奋地叫起来，虽然他并不完全明白老人的话，"我希望有一天会有人送我这样一个礼物。"

老人笑了。

他不知道这个孩子要过多少个生日才能领悟礼物的价值。

老人很喜欢看孩子在附近玩耍。

老人常常看到他在附近的树上荡秋千，看到他灿烂的笑脸，听到他欢快的笑声。

孩子过得很快乐，无论做什么事都非常投入，别人光是看着他，都会觉得开心。

孩子渐渐地长大了，老人一直有意无意地留心着他做事的方式。

星期六的早上，他偶尔会看到他的小朋友在街对面修剪草坪。

孩子一边干活儿，一边吹着口哨。似乎不管做什么，他都能做得很开心。

一天早上，孩子看到了老人，想起老人曾对自己提起的那个礼物。

孩子当然对礼物非常熟悉，比如上次过生日得到的自行车，还有圣诞节早晨在圣诞树下找到的那些礼物。

但是仔细想想，他发觉那些礼物带给他的快乐都不会长久。

他好奇地想：那个礼物究竟有什么特别的地方呢？

到底是什么使它比其他礼物更棒呢？

什么东西才会让我觉得更开心，做事更顺利呢？

他想不出答案，于是穿过街道去问老人。

他的问题非常孩子气，"那个礼物是不是像魔杖一样，能让我实现所有的愿望？"

"不，"老人笑着回答，"那个礼物跟魔杖和愿望没有关系。"

孩子还是不明白老人的话，回去继续修剪草坪时还在想着那个礼物。

时光飞逝，孩子长成了十几岁的少年。

他开始对周围的一切越来越不满。在感觉不耐烦的时候，他会梦想外面未知的世界。他的思绪不由得飘回以前与老人对话的时候，他发觉自己越来越想弄清那个礼物到底是什么。

他又去找老人，问："那个礼物是不是能让我变得非常富有？"

"是的，在某种意义上，它会。"老人告诉他，"那个礼物可以让你获得许多种不同的财富，但它的价值并不是金钱所能衡量的。"

少年更加迷惑了。

"您跟我说过，得到那个礼物后就会变得更快乐。"

"是的，"老人说，"你还会变得更有效率，能把事情做得更好，从而变得更成功。"

"'变得更成功'是指什么呢？"少年好奇地问。

"变得更成功就是指得到更多你需要的东西，"老人回答，"任何你觉得重要的东西。"

"在人生的不同时期，我们对成功的定义可能也会发生变化。"

"现在对你来说，成功可能就意味着跟父母相处得更融洽，在学校里得到更优秀的分数，体育活动表现得更出色，或者在课余得到一份兼职，并因为工作出色而加薪。"

"再过些时候，成功可能意味着更有成就更富足，或者不管发生什么事，都能保持平和的心态和良好的自我感觉。"

"对您来说，成功是什么呢？"少年问。

老人笑了起来："到了我这个年纪，成功就是能笑口常开，爱得更深，更好地服务他人。"

少年马上反问道："您觉得这些都是那个礼物帮您做到的吗？"

"没错！"老人回答。

"哦，我从没听其他人说起过这样一个礼物。我想它可能并不存在吧？"

老人回答道："噢，它确实存在。不过，我想你可能还没弄明白。"

突然，他想到了什么。原来如此！

他知道那个礼物是什么了……知道它过去是什么，也知道它现在是什么。

礼物就是把握此刻，全神贯注于正在发生的事，珍惜和欣赏每天得到的东西。

与你共品

小说以小男孩的成长经历为线索，并用小男孩与老人的问答来推动情节的变化与发展，层层设下悬念，使人不断思考礼物是什么，最终在一片疑惑中向我们揭示答案。

随着礼物的揭晓，我们愕然：原来快乐就是这样的简单。它的秘诀就是要好好珍惜自己所拥有的一切，认真、负责任地对待自己身边的人和事。珍惜就是福，而知足会让我们获得更多不一样的幸福。

人的一生短暂又漫长，"只有快乐的人，才珍惜今天，也只有珍惜今天的人，才是快乐的人。"这是美国威廉姆·拉尔夫·英奇的名言。诚然，人生不如意事十之八九，只有懂得把握当时的人才能及时享受幸福，不断调整心态才能知足常乐。

（刘碧艳）

什么享乐、爱情、名望、富贵，它们只不过是永恒的现实中一时遮掩痛苦、悲伤、羞愧、贫穷的假面。

生命的五个恩赐

[美] 马克·吐温/著 佚 名/译

1

在生命的早晨，善美的仙女挎着篮子走过来说：

"这是给你的礼物。拿一件，把其余的留下。要当心，要用智慧挑拣；呵，用智慧挑拣！因为其中只有一件有价值。"

礼物有 5 件：名望、爱情、富贵、享乐、死亡。年轻的生命迫不及待地说：

"无须考虑。"就拿走了享乐。

他走出家门，到世界上寻找年轻的生命追求的种种享乐。然而每每到来的享乐都是转瞬即逝而令人失望，徒劳一场而荡然无存；每一次都把他捉弄一番而悄悄溜走。到了最后，他说："这些年华我都浪费了。只要我能再次挑拣，我一定用智慧挑拣。"

2

仙女来到面前说：

"礼物还剩下 4 件。再挑拣一次吧；呵，记住——时光正在飞逝，而其中只有一件是珍贵的。"

成年人考虑了很久，然后拿走了爱情；他并不理会那涌上仙女眼中的泪水。

许多许多年之后，那人守着空荡荡的家，坐在一具灵柩旁。他默默地自言自语道："她们留下我，一个接一个地走了；现在，她躺在这里——我最心爱的，也是最后的一位。我一次又一次忍痛哀伤，为了那奸诈的商人——爱情——卖给我的每一小时幸福，我都付出了 1000 小时悲痛。我刻骨铭心地诅咒他啊！"

3

"再挑拣吧。"这是仙女在说话，"岁月已把智慧教给了你——想必一定是这样。还剩下 3 件礼物，其中仅有一件有价值——记住我的话，小心地挑拣吧。"

那人考虑良久，然后拿走了名望。仙女叹息着走开了。

若干年过去；她又来了，站在那人身后——他正独自坐在暮日里，思绪万千。她明白他在想什么——

"我的名字充满了世界，每一个人都对它赞不绝口，然而顺风如意就那么一阵子。多么短暂的一阵子啊！接踵而来的是妒忌，然后是贬损，然后是诽谤，然后是仇恨，然后是迫害，后来是嘲笑——终局的前兆，最后到来的是怜悯——名望的葬礼。哎，又苦又惨的名誉啊！声名大振时诽谤的目标，声名狼藉时蔑视与怜悯的对象。"

4

"再挑拣一次吧。"传来仙女的声音，"还剩下两件礼物，但不要失望。一开始就只有一件是珍贵的，现在它还在这里。"

"富贵——富贵就是力量！我真瞎了眼！"那人说，"哎，到头来，毕竟不枉此生。我要花，我要挥霍，我要炫耀。这些嘲笑和看不起我的人都将在我面前的脏土地上爬行，我要用他们的艳羡来满足我那饥渴的心房。我将拥有人所珍视的一切奢华、欢心、销魂之乐，一切肉体的满足。我将要买，买，买！买来尊重，买来仰慕，买来敬畏，买来崇拜——买下这个庸俗的世界所能提供的一切虚伪荣耀。我已经失掉许多时间，在此以前挑拣得太糟糕，但是，让它去吧，我那时太无知，只会看着什么最好就拿什么。"

短短的 3 年过去了，这一天终于来到——那人坐在一贫如洗的阁楼上瑟缩一团。他形容枯槁，苍白无力，两眼深陷，身着破衣烂衫，他一边嚼干面包皮一边咕哝着：

"那些该诅咒的世间的礼物啊，全是愚弄人的货色，镀金的谎言！并且都叫错了名字，件件如此。哪里是什么礼物，全都是债。什么享乐、爱情、名望、富贵，它们只不过是永恒的现实中一时遮掩痛苦、悲伤、羞愧、贫穷的假面。仙女的话千真万确，在她收藏的所有物品中，最珍贵的只有一件，其余全是毫无价值的。我现在明白了，与那件珍贵、甘美、仁慈而将折磨肉体的痛苦、将吞噬理智与热诚的羞愧和悲伤统统送入无梦长眠的无价之宝相比，其余那些竟是多么可怜、低劣而又鄙陋不堪！把它带来吧！我厌倦了，我要永远安息。"

5

仙女来了，又带来 4 件礼物，唯独缺少死亡。她说：

"我把死亡给了一位母亲的爱子，是个小娃娃。他不懂事，只是相信我，请我为他挑拣。你却没有请我挑拣。"

"噢，多么凄惨的我呀！那么为我留下了什么？"

"你应得而尚未得到的：恣意亵渎的老年。"

与你共品

仙女带来了五样礼物，分别是名望、爱情、富贵、享乐、死亡。让一个人挑选，不同年纪的他分别选择了不同的礼物，可是到最后，他竟什么也没得到，得到的只是一个恣意亵渎的老年。

小说分小节来叙述，有层次感，阅读起来方便自然。生命中的五个恩赐，给每个人都是相同的，关键是看你怎样选择。许多人总被现实中的那些功名利禄所蒙蔽了双眼，就是不选择死亡。到头来什么名望、爱情、富贵、享乐，都只是过眼云烟，剩下的只有那曾经让我们遗忘的死亡了。

名望、爱情、富贵、享乐也许有价值，但不具有永恒价值。看清楚死亡，才能够懂得怎样活着，怎样让现实的东西充分发挥它们的价值。

（程彩华）

爸爸说:"不要怕,勇敢一点,你只要跳那么一次就行了。我要你留下深刻的印象,免得你以后长大了,容易上人家的当。"

梯 子

[新加坡] 周 粲

年轻的爸爸和他的儿子一起在后花园放风筝。小小的园地,小小的风筝。

小小的风筝飞呀飞的,就飞到了墙头上。墙头上的野花,把风筝紧紧地缠着。

于是爸爸说,必须去拿一架梯子来。然后爬上梯子,取下墙头上的风筝。

爸爸要爬上梯子,但是儿子说:"爸爸,让我来吧!"

爸爸看了看九岁的儿子,想了又想,终于说:"也好,让你来就让你来。"

猴子一般地,儿子爬到梯子的最高一级了。

儿子转过头来,嘻嘻地笑。他的笑声,像用早晨的牵牛花吹出来的。

解开了风筝绕在野花上的线,正要下来,爸爸却用一只大手和一个声音制止了他。爸爸说:"慢着!"

儿子停住了,望着爸爸,用眼睛问爸爸:"怎么啦?"

爸爸说:"我先讲个故事给你听完,你再下来。"

于是儿子笑得更开心,他一手抓住梯子,一手拿着风筝,等爸爸讲故事。爸爸讲的故事,没有一次是不好听的。

爸爸说:"从前有个爸爸,告诉他那个站在一架很高很高的梯子上的儿子说:'你跳下来,你一跳下来,爸爸一定会在下面把你抱住。'听见爸爸这么说,儿子很放心,就像游泳时跳进水里去一样,纵身一跳。哪里知道当儿子就要投进爸爸的怀抱里的前一秒钟,爸爸的身体一闪,站在一旁。儿子扑了个空,掉在地上,屁股差一点开花。哭哭啼啼地站起身来,儿子问爸爸为什么要骗他。爸爸说：'我要给你一个教训，连你爸爸的话都靠不住，别人说的话，更不必说了。'"停了一停，爸爸继续说，"我们也来照着做一次好不好？"

儿子一听，脸都变白了。

爸爸说："不要怕，勇敢一点，你只要跳那么一次就行了。我要你留下深刻的印象，免得你以后长大了，容易上人家的当。"

但是儿子显然并没有被爸爸的话所说服。他脸上惊愕的表情，丝毫没有消退，然而他还是不敢违抗命令。他站在那儿，动也不敢动。

爸爸开始发号施令了："听着啊，我喊一二三，喊到三的时候，你就跳下来，然后我就把伸出去假装要接住你的手缩回来，让你跌一个屁滚尿流！"

站在梯子上，儿子的脸像一个还没有熟透的橘子。

爸爸喊了："一……二……三！"

咬紧牙根，忍着泪，儿子从梯子上跳下来了。他等待着自己的身体像一个南瓜，噗的一声，摔得支离破碎……

然而，好奇怪！爸爸的手竟然没缩回去，他的身体也没移开。他还是定定地站在原来的地方，把掉到他两手中的儿子，牢牢固固、结结实实地接住了、抱住了。

儿子虽然不曾受伤，但是他的神情，比刚才还要疑惑，睁大了眼睛，他问："爸爸，你为什么骗我？"

爸爸笑出声来。爸爸说："爸爸要让你知道：即使是别人的话，有时也是可以信任的，何况是爸爸的话呢！"

所有的玫瑰花，都回到儿子脸上。他搂住爸爸，不住地吻爸爸的双颊。

爸爸和儿子拉着风筝，向后花园的一角跑去。

与你共品

即使是别人的话，有时也可以信任的，更何况是爸爸的话呢！小说通过爸爸与儿子的对话，来表现父亲对儿子的教育。

前后对比，这是小说的亮点。文章通过朴实的语言、细腻的心理，把故事叙述的淋漓尽致，深刻地教育了我们应该如何待人接物。即使是你很亲的人，也可能会出卖你；即使是陌生人，他也可能会帮助你。所以，我们要看清世事，细心揣摩，三思而后行。

我们待人接物，不能走极端、两极分化，要学会综合，更不能一竹篙打死一船人。有时看似错的，其实是正确的，对我们有用的；有时恰好看似正确的，却隐藏着危险。

（程彩华）

直到此时，西奥才惊恐万状地发现，自己用打字机打好的
讲稿不知什么时候不翼而飞了。

聘 任

［英］埃克斯雷/著 陈伟雄/编译

西奥·霍迪尔先生身材修长，面庞消瘦，两鬓斑白。他生性温和，平日
寡言。研究学术问题时，他精力充沛，记忆力惊人，而对日常生活的琐碎小
事，却不甚了了。

坎福特大学需要聘请一名工作人员，上百人要求申请该空缺位置，西奥
也递上了申请书，最后，只有西奥等十五人获得面试的机会。

坎福特大学地处一个小镇上，周围仅有一家旅店，由于住客骤增，单人
房间只好两个人同住了。跟西奥同住的是一位年轻人，叫亚当斯，足足比西
奥年轻二十岁。亚当斯自信心甚强，且有一副洪亮的嗓音，旅店里时常可以
听到他朗朗的笑声。这是一个聪明伶俐的人，这一点是显而易见的。

校长及评选小组对所有的候选人进行了一次面试。筛选后只剩下西奥和
亚当斯两人了。小组对聘请谁仍犹豫不决，只好让他俩在大学礼堂进行一次
公开的演讲后，再行决定。演讲题目定为《古代苏门人的文明史》，三天后
开讲。

在这三天工夫，西奥寸步不离房间，废寝忘餐，日夜赶写讲稿。而亚当
斯却不见有任何动静——酒吧间里依旧传出他的笑声。每天他很晚才回来，
一边问西奥的讲稿进展情况，一边叙述自己在弹子房、剧院和音乐厅的开
心事。

到了演讲那天，大家来到礼堂，西奥和亚当斯分别在台上就座。直到此
时，西奥才惊恐万状地发现，自己用打字机打好的讲稿不知什么时候不翼而
飞了。

校长宣布说，演讲按姓名字母排列先后进行。亚当斯首当其冲。情绪颓丧的西奥抬头注视着亚当斯——只见他神情自若地从口袋里掏出窃来的讲稿，对着在座的教授们口若悬河、振振有词地讲开了。连西奥也暗自承认他确有超人的口才。亚当斯演讲完毕，场内爆发出雷鸣般的掌声。亚当斯鞠了一个躬，脸上露出微笑，回到座位上去。

轮到西奥了。他的一切东西都写在稿子上面，由于心情不好，要另开思路是不可能的了。他觉得脸上火辣辣的，唯有用低沉而疲乏的声音，逐字逐句重复亚当斯刚才振振有词的演讲内容。等他讲完坐下来时，会场上只有零零落落的几下掌声。

校长及全体评选小组成员退出会场，去讨论该聘任哪位候选人。礼堂内的人仿佛对决定的结果早已有了数。

亚当斯向西奥探过身来，用手拍了拍他的背，微笑着说道："厄运呀，老兄。没办法，两者只选其一。"

这时，校长及小组成员回来了。"诸位先生，"校长说，"我们做出了选择——聘请西奥·霍迪尔先生！"

所有的听众都惊呆了。

校长继续说："让我把讨论的情况向诸位披露吧。亚当斯先生口才过人，知识渊博，我们大家都深感钦佩，我本人也为之感动。但是，请不要忘了，亚当斯先生是拿着稿子去作演讲的。而霍迪尔先生呢，却凭着记忆力，把前者的演讲内容一字不漏地重复了一遍。当然啰，在这以前，他不可能看过那份讲稿的一字一句。我们缺的那项工作，正需要有这样天赋的人！"

大家陆续走出了会场。校长走到西奥面前，见西奥面上仍然挂着那副惊喜交集、不知所措的样子，便握着他的手，说道："祝贺您，霍迪尔先生。不过我得提醒您一句，日后在咱们这儿工作，可要留神点，别把重要的材料到处乱放呀！"

与你共品

亚当斯窃取了西奥的稿件，最终被人识破，西奥却靠自己的真才实学获取了成功，这其中的原因不得不让我们深思。

这篇小说中最令人称道的是它的精巧构思。作者在一条主线"坎福特大学聘任事件"之外，又安排了三条支线。三条支线齐头并进，此起彼伏，最后聚焦在"谁是被聘者"这一核心上。小说中的对比手法运用纯熟，颇见功力。围绕着西奥与亚当斯的竞聘，小说展现了多处对比，从两人的年龄、个性、应试前的准备到讲演过程、观众反应等，可谓于对比中显性格，于对比中蕴结局。

在激烈的社会竞争中，投机取巧只会弄巧成拙，只有脚踏实地、依靠真才实学才能在竞争中立于不败之地。

（罗晓平）

他已经扔掉了小刀解除了武器。他太虚弱了，再也不能爬过去取刀子。现在只能听任尼马克的摆布了，而且尼马克也非常的饥饿。

浮冰上的两者

［丹麦］哈夫·B·卡威/著　佚　名/译

饿到第三天的晚上，诺尼想到了尼马克。在这座漂浮着的冰山上，除了他们两个以外，再也没有别的有血有肉的生灵了。

冰块裂开时，诺尼失掉了他的雪橇、食物和皮大衣，甚至失去了他的小刀。冰山上只留下他和他那忠实的雪橇狗——尼马克。现在，他们两个卧在冰上，睁大眼睛注视着对方——双方保持着一定的距离。

诺尼对尼马克的爱是真真实实——就像这又饿又冷的夜晚和他伤腿上的阵痛一样的真实。但是，村里的人在食物短缺的时候，不都是毫不迟疑的杀犬充饥吗？

"尼马克饿久了也要寻觅食物的。我们当中的一个很快就要被另一个吃掉。"诺尼想。

空手他可杀不死尼马克，这畜生身强体壮，现在又比他有劲，所以他需要武器。

诺尼脱去手套，解下了伤腿的绷带。就在几个星期以前，他摔伤了腿，用两块小铁片和绷带捆扎固定。

他跪在冰上，把一块小铁片插入冰块的裂缝中，把另一块铁片紧贴在上面，慢慢地磨。

尼马克看着他。诺尼觉得犬的两眼似乎闪着异光。诺尼仍然磨着铁片，尽量不去想磨铁片干什么。铁片的边缘薄了，小刀磨好了。诺尼从冰块中拔出小刀，用拇指尖轻轻试着刀锋。太阳光照在小刀上，折射到他的眼里，使他一时看不到东西。诺尼硬起心肠来。

"来，尼马克。"他轻声叫着犬。尼马克迟疑地看着他。

"过来。"诺尼叫道。

尼马克走上前来。诺尼从那畜生盯着自己的眼神里看到了恐惧，从它的喘气声中和缩头缩脑的样子感到了饥饿和痛苦。他的心在流泪，他恨自己，又竭力压制这种感情。

尼马克越走越近，他已经意识到了诺尼的意图。诺尼感到了喉咙的哽塞，他看到犬的眼里充满了痛苦。

好！这正是动手的时候了！

一声痛苦的抽噎使诺尼跪立的身体一阵震颤。他诅咒小刀，紧闭两眼，摇摇晃晃地把刀子扔得老远。然后，他张开空空的双手，蹒跚地扑向尼马克，他倒下了。犬围着诺尼的身体打转，嗅叫着。这下诺尼感到了极度的恐慌！

他已经扔掉了小刀解除了武器。他太虚弱了，再也不能爬过去取刀子。现在只能听任尼马克的摆布了，而且尼马克也非常的饥饿。

犬围着他转，然后从后面扑了上来。诺尼可以听到这畜生喉咙里的吞咽声。

诺尼闭上眼睛祈祷着攻击快些结束。他感觉到犬的爪子踩着他的大腿，犬呼吸时喷出的热气冲着他的脖子。他随时都要放声尖叫。然而，他感觉到犬滚烫的舌头直舔他的饿脸。

诺尼睁开眼睛，他张开手，抱住尼马克的头。头靠着头，他轻轻地笑了……

一小时后，一架直升飞机出现在北边的天空。飞机上一个海岸巡逻队的小伙子俯视着下面，他看到漂移着的冰山上有什么东西在闪光。

这是太阳光折射在什么东西上面，而且一闪一闪地在动。他让飞行员降低飞机，看到冰峰的阴影下有一个黑而不动的像人一样的黑影。

他把飞机降落在一块较平的冰面上，然后上了冰山，黑影是——一个小男孩和一条爱斯基摩雪橇犬，小男孩已昏过去，但还活着。那条犬无力地哀叫着，已经衰弱得一动也不能动了。

吸引了飞机上巡逻队员注意力的闪光物体是一把粗糙的小刀，刀尖向下插在不远的冰面上，在风中摇曳着……

与你共品

被困在浮冰上的小男孩诺尼在面临生存危机的时侯，在生存还是死亡的问题上，进行了激烈的思想斗争。最终因为自己对爱犬的那份情，他选择了放弃生存的机会。

作者通过一系列动作、神态的描写，生动地向我们展示了人物矛盾的心理活动。而各种细腻的心理描写则生动逼真地向我们展示了人狗之间的那份无法割舍的情。最终是尼马克那痛苦、哀伤的表情唤起了小男孩人性中的爱，就是这份深沉的爱战胜了他求生的本能和对死亡的恐惧。

人性是善良、高贵、伟大的，而爱是人世间一种不可战胜的力量。

（罗晓平）

"达地安娜，"她说，"啊呀，你真叫我吃惊！难道你真的不
喜欢你儿子吗？你怎么还有这样好的胃口？你怎么还能够喝着
白菜汤？"

稀薄的白菜汤

［俄］屠格涅夫/著 佚 名/译

一个农家的寡妇死掉了她的独子，这个二十岁的青年是全村庄里最好的
工人。

农妇的不幸遭遇被地主太太知道了。太太便在那个儿子下葬的那天去探
问他的母亲。

那母亲在家里。

她站在小屋的中央，在一张桌子前面，伸着右手，不慌不忙地从一只漆
黑的锅底舀起稀薄的白菜汤来，一调羹一调羹地吞下肚里去，她的左手无力
地垂在腰间。

她的脸颊很消瘦，颜色也阴暗，眼睛红肿着。然而，她的身子却挺得笔
直，像在教堂里一样。"啊，天呀！"太太想道，"她在这种时候还能够吃东
西！……她们这种人真是心肠硬，全都是一样！"这时候太太记起来了：几年
前她死掉了九岁的小女儿之后，她很悲痛，不肯住到彼得堡郊外美丽的别墅
去，她宁愿在城里度过整个夏天。然而这个女人却还继续在喝她的白菜汤。

太太到底忍不住了。"达地安娜，"她说，"啊呀，你真叫我吃惊！难道你
真的不喜欢你儿子吗？你怎么还有这样好的胃口？你怎么还能够喝着白
菜汤？"

"我的瓦西亚死了，"妇人安静地说，哀伤的眼泪又沿着她憔悴的脸颊流
下来，"自然我的日子也完了，我活活地给人把心挖了去。然而汤是不应该糟
蹋的，里面放着盐呢。"

太太只是耸了耸肩，就走开了。在她看来，盐是不值钱的东西。

与你共品

本文通过记叙一农家寡妇死了儿子后还一调羹一调羹地吞下有盐的白菜汤这件事，深刻地揭示了农民的穷困和苦难，和他们那种不屈不挠的精神。

小说通过对农妇的神态、肖像、动作、语言的描写，生动形象地写出了农妇失去独子后内心的惨痛和生活的悲惨。通过这些细腻的描写，我们深刻感悟到就是因为贫穷，她再也没有什么东西能够放弃了。结尾的回答，让人为之一震，因为它沉重地向我们揭示了农妇喝白菜汤的真正原因仅是她不能"糟蹋""加了盐"的白菜汤。

人生中那么多的爱断情伤，生离死别，该做的只能是冷静地面对现实。失去的已经失去，而得到的就应该珍惜，哪怕只是一点点"盐"。人可以放弃任何东西，但是不能放弃生存的权利。

（罗晓平）

　　"我得走了，"他说，"我把这些书留给尼尔斯和其他孩子。
这里是一张我所欠房租的支票。夫人，对您的好心款待，我深
表谢意。"

妈妈和房客

[美] 凯·福布斯/著　佚　名/译

　　妈妈在窗外贴出"租房启事"，海德先生应租而来。这是我们家第一次出
租房屋，所以妈妈忽略了弄清海德先生的背景和人品，也忘了让他预付房费。

　　"房子我很满意，"海德先生说，"今晚我就送行李来，还有我的书。"

　　他顺顺当当地住进我家。平时，他好像没有固定的工作时间，常和善地
与我家的孩子逗趣。当他走过我妈妈坐着的大厅时，总是礼貌地弯弯腰。

　　我爸爸也喜欢他。爸爸喜好回忆迁居美国前住过的挪威。海德去过挪威，
他能与爸爸起劲地聊在那儿钓鱼的野趣。

　　只有开客栈的杰妮大婶不欣赏我们的房客。她问："什么时候他给你们交
房租呢？"

　　"向人要钱总难开口，他会很快付清的。"妈妈答道。

　　但杰妮大婶只是哼了两声："这种人我以前见过，"她一本正经地指教道，
"别指望借给人一件新外套，回来还是好的。"

　　妈妈笑笑："兴许你说得对。"她递上一杯咖啡，止住了杰妮大婶的嘟囔。

　　雷雨天里，妈妈担心海德的屋子夜里冷，就让爸爸邀请他到暖和的厨房
和我们一起坐。我的两个姐姐、哥哥尼尔斯、还有我在灯下做作业，爸爸和
海德靠着炉子叼着烟斗，妈妈在洗盘子或是在小桌上静静地工作。

　　海德能辅导尼尔斯的高中课程，有时还帮他学拉丁文。尼尔斯渐渐对学
习产生了兴趣，分数高起来，他再不求爸爸让他停学做工了。当我们作业做
完了，妈妈坐在摇椅上拿起针线时，海德就给我们讲他的旅游奇遇。噢，他

知道的可真多！那些美妙的历史和地理，便随他走入我们的屋子和生活。

有天晚上，他给我们读狄更斯的书，很快，读书成了我们生活的一部分。我们写好作业，海德就夹一本书来高声朗读，一个神奇的新世界向我们洞开。

妈妈也像我们孩子一样爱听古挪威侠士传奇。"太好听了！"

以后我们的房客还朗读莎士比亚的戏剧。海德悦耳的男低音，听起来像是大演员。

即使在天气暖和的晚上，我家的孩子们也不再出去玩耍，妈妈对此很欣慰，她是不喜欢我们天黑上街的。而最值得高兴的，还是尼尔斯几乎不再掺到街旮旯儿的孩子堆里。有天晚上，孩子们在街上闯了祸，而尼尔斯正和我们一起听《孤星血泪》的最后一章。

就在我们急于听完一个骑士的传奇时，一封信送到了海德手里，他将信很快读过，放入口袋，我们再不能听完那个故事了。翌晨，他告诉妈妈要离开。

"我得走了，"他说，"我把这些书留给尼尔斯和其他孩子。这里是一张我所欠房租的支票。夫人，对您的好心款待，我深表谢意。"

我们伤感地看着海德先生去了，同时，又为能在厨房继续读书感到兴奋。那么多的书啊！

妈妈精心地清理了书堆："我们可以从这里学到很多东西。尼尔斯能代替海德先生读书，他也有一副好嗓子。"我看得出来，这使尼尔斯很自豪。

妈妈向杰妮大婶亮出海德的支票："你看，收回的还是一件好外套。"

几天后，开面包铺的克瑞波先生来我家，糟糕的是他向我们怒气冲天地诉说时，杰妮大婶也在场。

克瑞波喊道："那个海德是个骗子，瞧他给我的支票，全是假货。银行的人告诉我，他早把款兑光了。"

杰妮大婶得意地点着头，那神态分明是说："看，我不是提醒过你们了吗，你们不听嘛。"

"我敢打赌，他也欠了你们家许多钱，是不是？"克瑞波不无希望地探问道。

妈妈转过身向着我们，她的眼睛长久地停留在尼尔斯身上，然后走到炉子边，把支票投入炉火。

"不！"他向克瑞波先生回答道，"不，他什么也不欠。"

与你共品

房客海德先生与房东一家人和睦相处，甚为开心，但结局却出人意料：他是一个骗子。

本文一波三折，情节起伏。海德先生礼貌、健谈、学识丰富，但是让人想不到的是他竟然是一个骗子，更让人出乎意料的是妈妈的反应，她"把支票投入炉火"，并且说："不，他什么也不欠。"跌宕起伏的情节深深地吸引了我们，就在我们翘首以待时，结局却峰回路转，让我们深受感染，引发思考：原来，是海德先生引领孩子们走进知识的殿堂，引导他们走上正途的，而这正是一个母亲所梦寐以求的。

知识和正确的人生是无法用金钱来衡量的。

（罗晓平）

他惬意地深吸了一口气，说："每当人们谈起婚姻大事，约翰尼·林哥花费 8 头奶牛娶莎丽塔做妻子的事，就会被人们提起，而且将永远被人们记住。"

价值 8 头奶牛的妻子

〔印度〕K·穆默德/著　佚　名/译

吉尼瓦塔岛的居民告诉我，如果你想到邻近的努瓦班迪岛上待几天，约翰尼可以给你提供食宿；如果你想买珍珠，约翰尼能帮你买到最便宜的。岛上的居民对约翰尼·林哥评价很高，可奇怪的是，一旦谈到他，人们总会流露出一种带点揶揄的微笑。

"可是，他有什么值得可笑的呢？"我问岛上一个旅馆老板。

"只为一件事。"老板说，"这个月前，约翰尼·林哥来到吉尼瓦岛上，娶了一位姑娘，他付给她父亲 8 头奶牛。"

我对岛上的风俗比较熟悉。两三头奶牛就可以娶一位中等身份的妻子，四五头奶牛就可以娶到一位地位高贵的妻子。

"哎呀。"我感到惊讶，"8 头奶牛，那姑娘一定是貌若西施了。"

"她不算丑，"老板微微一笑，"但是与漂亮的女人相比较，莎丽塔就相貌平平了，她父亲萨姆·凯罗就怕她在身边嫁不出去。"

"可是，后来萨姆·凯罗不是从他女儿身上得到了 8 头奶牛吗？"

"萨姆·凯罗从前连想都不敢想。"

"我说'相貌平平'，还是友好的。她弱不禁风、骨瘦如柴、走路时弯着腰，从不抬头，她甚至害怕见到自己身体的影子。"

"这究竟是怎么回事呢？"

"没有人知道，可是每个人都想知道。开始，萨姆·凯罗的堂兄堂妹都叫他先要 3 头奶牛的价格，然后以 2 头奶牛的价格出手，然而，约翰尼来到萨姆·凯罗家说：'莎丽塔父亲，我愿意用8头奶牛换你的女儿'。"

第二天下午，我上了努瓦班迪岛。

我询问到约翰尼·林哥家去的路时，并没有引起这个岛上人们神秘的微笑，人们都很敬重他。

终于，我见到了身材颀长、表情严肃的约翰尼·林哥，我们攀谈起来。

"你是从吉尼瓦塔岛上来的？我妻子就是从吉尼瓦塔岛上来的。"

"这我已经知道了。"

"他们谈到过她？"

"谈了一点点。他们说，你用8头奶牛……"我停了一下，"我想知道这其中的原因。"

"吉尼瓦塔岛上的人都知道这8头奶牛的事？"他兴奋得眼睛发亮。

他惬意地深吸了一口气，说："每当人们谈起婚姻大事，约翰尼·林哥花费8头奶牛娶莎丽塔做妻子的事，就会被人们提起，而且将永远被人们记住。"

答案原来就是虚荣心，我想。

莎丽塔出现在我面前。我见她走进房间在桌子上放了一些花，静静地站了一会，朝坐在我旁边的约翰尼莞尔一笑，就轻轻地飘出去了。

她是我见到的最漂亮的一个女人，高挑的双肩、明亮的眸子、甜美的笑容、轻柔的步态……这一切表明，她拥有谁都无法否认的美丽。

"你觉得她怎么样？"

"太美了。"我说，"可是我听说她并不好看。"

"你也认为8头奶牛太昂贵了吗？"他的嘴唇上掠过一丝微笑，"你想过没有，当女人知道她的丈夫是以最低价把她换过来做妻子，这对她来说意味着什么；这可不能发生在我的莎丽塔身上。"

"你那样做只是为了使你的妻子幸福吗？"

"是的，我希望她幸福。但是，我的愿望比这更重要。你说她变了，这是真的，许多机缘无论是萌生于内心世界还是滋生于外部环境，都能改变一个女人，但至关重要的还是她怎么样认识她自己。在吉尼瓦塔岛上时，莎丽塔觉得她自己一钱不值，低人三分。现在她相信，她比这个岛上其他任何一个女人都更有价值。"

"那么，你想……"

"我想娶莎丽塔，我爱她胜过爱任何人。"

"可是……"我似有所悟。

"更何况，"他平静地说，"我需要一个价值8头奶牛的妻子。"

与你共品

约翰尼用八头奶牛把只需两三头奶牛的妻子娶过门，成为别人的笑话，但他也因此次"壮举"为人们铭记。

这是他的虚荣心在作怪吗？其实不然。他爱妻子，希望妻子幸福。他要让妻子认识自己，看到自己的价值。其实人就是这样，当你认识自己，看到自己价值的时候，就会活得更自信。自信让生命更有价值。

是的，关心别人就要维护他们的尊严，并站在被关心者的角度去发现和考虑问题，帮助他们解决问题。更须切记的是，千万不要让被关心者觉得你是在怜悯他们，否则他们只会产生更多的心理压力。

（黄晓英）

　　"嗨，拉拉，"他说，"你现在没有负担了。房子受到保护，家人也过得很好。是上天堂的时候了。"他打开笼子，向鹦鹉伸出手。

不愿上天堂

　　〔印度〕哈里希·约哈里/著　　佚　名/译

　　从前有个名叫拉拉的商人，他的乐善好施远近闻名。每当圣徒经过他的城镇，他都提供衣食钱物。

　　一天，一位道行高深的圣徒来到城里，受到了拉拉的热情接待。拉拉以美食招待，并请他留宿家中。圣徒很高兴，临睡前对他说："拉拉，你的义行为你在天堂赢得了一席之地。""谢谢你这样说，大师，"拉拉说，"也许有一天我会准备好。""今天就可以，"圣徒说，"我马上就能带你上天堂。"拉拉看起来很痛苦："哦，那是我最大的愿望，但是现在恐怕不可能。""为什么？""如你所知我没有妻子，她几年前去世了。我儿子才 10 岁，还需要我照顾。还需要些时间他才能长大到接管我的生意，到那时我会很高兴接受你的邀请。""你要多长时间才能准备好？"拉拉想了一会儿说："15 年后他 25 岁，该能打点生意了。那时我就可以去了。""就 15 年吧，"圣徒说，"到时我会返回，履行我的诺言。"

　　15 年后，圣徒返回拉拉家。门前躺着一条看门狗和一群小狗，当他敲门时，狗摇着尾巴欢迎他。拉拉的老仆一开门，立刻认出了圣徒。"欢迎您，先生！"仆人说，"这么多年过去了。我的老主人不在了，现在是他的儿子照料生意。""拉拉在哪儿？""5 年前他死于心脏病。但是请进，先生，这房子跟从前一样，门永远为圣徒打开。进来吃顿热饭吧。"圣徒进了门，狗也跟了进来。圣徒坐着等候时，想到没能送拉拉上天堂，感到非常悲哀。他闭上眼睛冥想，他突然意识到拉拉已投胎为身边的母狗。

"拉拉!"他说,"你在干什么?""儿子20岁时,我死于心脏病发作,"拉拉说,"当时他的新婚妻子怀孕了,虽然他生意做得很成功,我担心没有人保护房子和他的家人,所以决定回来做条狗。""我理解,"圣徒说,"现在你准备跟我走吗?"狗叹了口气:"非常感谢你返回履行你的诺言。我极想跟你去,但恐怕现在不行。这些小狗全靠我,两年后它们会长大,能保卫房子。那时我就自由了。""好的,"圣徒说,"两年后我会返回。"两年后圣徒重返拉拉家,三个孩子正在和几只狗、还有笼中的一只鹦鹉玩耍,宅子显得生机勃勃,一派祥和气氛。圣徒四处寻找,却找不到拉拉投胎的那只狗。老仆迎接他时,圣徒问:"这些狗的母亲哪去了?""一年前被贼杀死了,先生。"仆人说,"你不知道它死前是怎样英勇地战斗。请进来吃饭吧。"仆人将狗和孩子们从圣徒身边赶开,去盛了碗饭。只剩下鹦鹉在圣徒身边了,它突然开口说:"嗨!欢迎回来。嗨!欢迎回来。"圣徒陷入冥想,他确定拉拉投胎成了鹦鹉。"嗨,拉拉,"他说,"你现在没有负担了。房子受到保护,家人也过得很好。是上天堂的时候了。"他打开笼子,向鹦鹉伸出手。

"请别带我走!"拉拉说,"我在这儿挺好。儿子儿媳都很喜欢我,他们会想我的。孙子孙女们喜欢和我说话,用手给我喂食。非常感谢你记得你的诺言,但我不想离开这个世界上天堂。这个笼子就是我的天堂。很遗憾让你白跑一趟,我不再想要任何不属于我的东西了。如果无牵无挂没有责任,那我干吗还存在?"

圣徒感到震惊,但他尊重拉拉的愿望,不再返回找这个没有时间上天堂的商人。

与你共品

由于牵挂和责任,拉拉一次次祈求圣徒给他时间去完成自己的使命:保护亲人和家庭。为了这一使命,他甚至放弃了平凡人内心最大的愿望——上天堂。

其实父母都是这样,儿女和家庭就是他们的全部。保护家庭是他们一生的工作,是他们肩上永远的负担,亲人的幸福是他们操劳的最大安慰。就在他们付出的同时,他们已经深深体会到了温情和幸福,找到了属于自己的天堂。

　　天下的父母都是可敬的，为了儿女他们可以牺牲一切。希望为人子女的我们要善待老人，孝敬老人，让他们在晚年尽享天伦之乐，帮他们找到人间的天堂。

（黄晓英）

不单单是那只获救的小海龟急急忙忙地奔向那安全的大海，无数的幼龟——由于收到一种错误的安全信号——都从巢穴中涌了出来，涉水向那高高的潮头奔去。

自然之道

[英] 迈克尔·布卢门撒尔/著　佚　名/译

鲁莽相助，往往只会适得其反。

在加拉巴哥群岛最南端的海岛上，我和7位旅行者由一位博物学家做向导，沿着白色的沙滩行进。当时，我们正在寻找太平洋绿色海龟孵卵的巢穴。

小海龟孵出后可长至330磅。它们大多在四五月份时出世，然后拼命地爬向大海，否则就会被空中的捕食者逮去做了美餐。

黄昏时，如果年幼的海龟们准备逃走，那么这时就先有一只小海龟冒出沙面来，做一番侦察，试探一下如果它的兄弟姐妹们跟着出来是否安全。

我恰好碰到了一个很大的、碗形的巢穴。一只小海龟正把它的灰脑袋伸出沙面约有半英寸。当我的伙伴们聚过来时，我们听到身后的灌木丛中发出了瑟瑟的声响。只见一只反舌鸟飞了过来。

"别作声，注意看。"当那只反舌鸟移近小海龟的脑袋时，我们那位年轻的厄瓜多尔向导提醒说："它马上就要进攻了。"

反舌鸟一步一步地走近巢穴的开口处，开始用嘴啄那小海龟的脑袋，企图把它拖到沙滩上面来。

伙伴们一个个紧张得连呼吸声都加重了。

"你们干吗无动于衷？"只听一个人喊道。

向导用手指压住自己的嘴唇，说："这是自然规律。"

"我不能坐在这儿看着这种事情发生。"一位和善的洛杉矶人提出了抗议。

"你为什么不听他的？"我替那位向导辩护道。"我们不应该干预它们。"

一位同船而来的人说：“只要与人类无关，也就没什么危害。”

“既然你们不干，那就看我的吧！”她丈夫警告着说。

我们的争吵声把那只反舌鸟给惊跑了。那位向导极不情愿地把小海龟从洞中拉了出来，帮助它向大海爬去。

然而，随后所发生的一切使我们每个人都惊呆了。不单单是那只获救的小海龟急急忙忙地奔向那安全的大海，无数的幼龟——由于收到一种错误的安全信号——都从巢穴中涌了出来，涉水向那高高的潮头奔去。

我们的所作所为简直是愚蠢透了。小海龟们不仅由于错误的信号而大量地涌出洞穴，而且它们这种疯狂的冲刺发生得太早了。黄昏时仍有余光，因此，它们无法躲避空中那些急不可耐的捕食者。

只见刹那间，空中就布满了惊喜万分的军舰鸟、海鹅和海鸥。一对加拉巴哥秃鹰瞪着大眼睛降落在海滩上。越来越多的反舌鸟群急切地追逐着它们那在海滩上拼命涉水爬行的“大餐”。

“噢，上帝！”我听到身后有一个人叫道。“我们都干了些什么！”对小海龟的屠杀正在紧张地进行着。年轻的向导为了弥补这违背自己初衷的恶果，抓起一顶垒球帽，把小海龟装到帽子中。只见他费力地走进海水里，将小海龟放掉，然后拼命地挥动手中的帽子，去驱赶那一群接着一群的军舰鸟和海鹅。

屠杀过后，空中满是刽子手们饱餐之后的庆贺声。那两只秃鹰静静地立在河滩上，希望能再逮住一只落伍的小海龟来做食物。此时所能听到的只是湖水击打加德勒海湾白色沙滩的声音。

大家垂头丧气地沿着沙滩缓缓而行。这帮过于富有人情味的人此时变得沉默寡言了。这肃静也许包含着一种沉思。

与你共品

出于好心，人们想要帮助小海龟，但是由于无知愚昧和冲动鲁莽，反而害了它们，并造成了悲剧。这正好告诫我们：鲁莽冲动会使结果适得其反，凡事要三思而后行。

本文还为人类敲响了警钟：人类应遵循自然之道，否则就会给自己甚至周围的事物造成严重的后果。现实生活中就是存在这样一些人，他们以自己能改变自然为傲，其实这种做法是十分愚昧的，正应了“聪明反被聪明误”的说法。

我们应明白，干预自然就是破坏自然规律。为了防止悲剧再次发生，我们是时候反思了。我们必须学会保护自然，遵循自然规律，包括接受自然界中的优胜劣汰的残酷现实。因为过多的人为干预最后破坏的只是生态平衡。

（黄晓英）

　　他拿出钞票为小男孩凑足了花钱。小男孩很快乐地说:"谢谢你,先生。我妈妈会感激你的慷慨。"

花

[美] 诚若谷/著　　佚　名/译

　　他在为工作埋头忙碌过冬季之后,终于获得了两个礼拜的休假。他老早就计划好要利用这个机会到一个风景秀丽的观光胜地去,泡泡音乐厅,交些朋友,喝些好酒,随心所欲地休憩一番。

　　临行前一天下班回家,他十分兴奋地整理行装,把大箱子放进轿车的车厢里。第二天早晨出发前,他打电话给他母亲,告诉她去度假的主意,母亲说:

　　"你会不会顺路经过我这里,我想看看你,和你聊聊天,我们很久没有团聚了。"

　　"母亲,我也想去看你,可是我忙着赶路,因为同人家已约好了见面时间的。"他说。

　　当他开车正要上高速公路时,忽然记起今天是母亲的生日。于是他绕回一段路,停在一个花店门口,打算买些鲜花,叫花店给母亲送去。他知道母亲喜欢鲜花。

　　店里有个小男孩,正挑好一把玫瑰,在付钱。小男孩面有愁容,因为他发现所带的钱不够,少了10元钱。

　　他问小男孩:"这些花是做什么用的?"

　　小男孩说:"送给我妈妈,今天是她的生日。"

　　他拿出钞票为小男孩凑足了花钱。小男孩很快乐地说:"谢谢你,先生。我妈妈会感激你的慷慨。"

　　他说:"没关系,今天也是我母亲的生日。"

小男孩满脸微笑地抱着花转身走了。

他选好一束玫瑰，一束康乃馨和一束黄菊花，付了钱，给花店老板写下他母亲的地址，然后发动车，继续上路。

仅开出一小段，转过一个小山坡时，他看见刚才碰到的那个小男孩跪在一个小墓碑前，把玫瑰花摊在碑上。小男孩也看见了他，挥手说："先生，我妈妈喜欢我送给她的花。谢谢你，先生。"

他将车开回花店，找到老板，问道："那几束花是不是已经送走了？"

老板摇头说："还没有。"

"不必麻烦你了，"他说，"我自己去送。"

与你共品

文中的小男孩深深地打动了"我"。小男孩爱他母亲，爱得刻骨铭心，他清楚地记得母亲的生日，就算母亲已不在人世。从文章的字里行间中我们知道，母爱是可以穿越时空、刻在心底的。

和文中主人公一样，很多人每天都在为工作而忙碌着，没有时间和家人沟通。作为儿女的我们，在不停地追求自己目标的道路上，往往忽略了父母。现在就出现一种普遍的现象：很多父母虽然有儿女，但儿女都不在身边，老人常常感到孤单寂寞。

天下所有的母亲都是伟大的，她们为了家庭牺牲一切，无怨无悔，不求丝毫回报。她们是值得所有儿女敬仰和膜拜的。作为儿女的我们，要学会感恩，常回家看看，多陪陪亲人。

（黄晓英）

四个彪形大汉下车就来追我。我见状撒腿就跑，我的天使在我的头顶上边飞边喊："别把希望都寄托在别人身上，你记住啦？"

我的保护神

[俄] 阿纳托利·特鲁什金/著　　佚　名/译

有一天晚上，我快到家的时候，看见院子栅栏上有一个像鸟又像人的东西。说他像鸟，是因为他长着鸟的翅膀和尾巴，说他像人，是因为他打着领带，还长着一张人的脸。

这个家伙耷拉着翅膀，歪扎着领带，表情狡谲，全身一股酒气。

我惊讶地停住了脚步。

这时，那只鸟先开口对我说："你跑哪去了，尼古拉？"

他竟然知道我的名字！我目瞪口呆，问道："你是谁？"

"什么我是谁，我是你的天使，你的保护神。"

"我的保护神？"

"对。"

我的眼泪一下子涌了出来。我勉强控制住自己说："你这么多年跑哪儿去了，你这个讨厌的家伙？"

"什么时候？你说得具体点。"

"比如说，我结婚的时候你去哪儿啦？我本以为我老婆是部长的女儿，可她原来是个打工的。"

"我暂时离开了。而且你也别总指望着部长什么的，应该靠自己。"

"那1998年那次金融危机你为什么也不提前告诉我一声？我一夜之间就一无所有了。"

"我们谁也没提前通知，不允许通知。"

"怎么谁也没通知？那怎么有那么多骗子的钱一点也没损失，还大赚了一把？"

"那不是天使干的，是魔鬼干的，就是他们搞的金融危机，而且他们提前通知了自己人。"

我不想再理他了，转过了身。这时，我发现我家旁边的赌场已经灯火辉煌。

"你等一会儿，"我说，"我马上就来。"

我上了楼，带上最近这几年攒的钱下了楼。

"走吧。"我说，"咱们去赌场。这次你要是能帮我，我就原谅你。"

他蹲到了我的右肩上，除了我，谁也看不见他。我们进了赌场，我拿出所有的钱，问他："在哪儿下注？"

"就在十二那儿下吧。"

我押了十二，可开局是二十一。转眼间我所有的钱都化为了乌有。

我们出了赌场，来到街上。他立刻飞了起来，说："我说的数字对，一和二。只不过是位置没搞对而已。"

我也记不清我手里的石头是从哪儿捡来的。我朝他挥舞着。

"别，别，别这样。咱们就是这样，一出了事，就认为是别人的错，从来不反省自己。我们总是把希望寄托在别人身上，却从不想靠自己。"

我瞄准他，使出全身力气，把石头扔了出去。但他躲开了。可这时不知从哪儿突然开过来一辆凌志车。那块石头"啪"的一声正好砸在了凌志车前窗的玻璃上！

四个彪形大汉下车就来追我。我见状撒腿就跑，我的天使在我的头顶上边飞边喊："别把希望都寄托在别人身上，你记住啦？"

"记住了，"我气喘吁吁地回答。

"什么事都得靠自己，你记住啦？"

"我现在还能记不住嘛！"我已经上气不接下气。

我看见左边好像有一片小树林，我刚要往那儿跑，我的天使就喊了起来："往右跑，你这个傻瓜！"

是啊，他从高处往下看肯定看得更清楚。我马上往右边跑了过去，可前面却是个死胡同。那四个彪形大汉一步步朝我走了过来……

生活就是这样一次次地教训着我们，可还是一点用也没有，我们还总是把希望都寄托在别人身上。

与你共品

我们都依赖着自己的守护神，以为他会帮助我们渡过一切难关，而结果往往是不尽如人意的。其实由始至终我们都错了，只有自己才是自己的守护神。

小说写了一个被自己的守护神多次"捉弄"的倒霉鬼，运用反复举例的方法说明守护神不能帮助我们什么，生活的不幸大多来自我们过于相信守护神。多次引出例证为的只是映射出一个生活中我们耳熟能详的现象：人，一旦出现不如意，总会将希望寄托在别人身上，从不想依靠自己，这样的结局是可悲的。

生活时时事事都教训我们，把希望寄托在别人身上，我们永远只能在困境中埋怨而无法逃离。

（肖晶晶）

> 他决心要忘却的一切都记录在这张纸上——半张小纸上的一段人生事迹。

半张纸

[瑞典] 斯特林堡/著　　周纪怡/译

最后一辆搬运车离去了，那位帽子上戴着黑纱的年轻房客还在空房子里徘徊，看看是否有什么东西遗漏了。没有，没有什么东西遗漏，没有什么了。他走到走廊上，决定再也不去回想他在这寓所中所遭遇的一切。但是在墙上，在电话机旁，有一张涂满字迹的小纸头。上面所记的字是好多种笔迹写的，有些很容易辨认，是用黑黑的墨水写的；有些是用黑、红和蓝铅笔草草写成的。这里记录了短短两年间全部美丽的罗曼史。他决心要忘却的一切都记录在这张纸上——半张小纸上的一段人生事迹。

他取下这张小纸。这是一张淡黄色有光泽的便条纸。他将它平铺在起居室的壁炉架上，俯下身去，开始读起来。

首先是她的名字：艾丽丝——他所知道的名字中最美丽的一个，因为这是他爱人的名字。旁边是一个电话号码，15，11——看起来像是教堂唱诗牌上圣诗的号码。

下面潦草地写着：银行，这里是他工作的所在，对他来说这神圣的工作意味着面包、住所和家庭——也就是生活的基础。有条粗粗的黑线划去了那电话号码，因为银行倒闭了，他在短时期的焦虑之后又找到了另一个工作。

接着是出租马车行和鲜花店，那时他们已订婚了，而且他手头很宽裕。

家具行，室内装饰商——这些人布置了他们这寓所。搬运车行——他们搬进来了。歌剧院售票处，50，50——他们新婚，星期日夜晚常去看歌剧。在那里度过的时光是最愉快的。他们静静地坐着，心灵沉醉在舞台上神话境域的美及和谐里。

接着是一个男子的名字（已经被划掉了），一个曾经飞黄腾达的朋友，但是由于事业兴隆冲昏了头脑，以致又潦倒到无可救药的地步，不得不远走他乡。荣华富贵不过是过眼烟云罢了。

现在这对新婚夫妇的生活中出现了一个新东西。一个女子的铅笔笔迹写的"修女"。什么修女？哦，那个穿着灰色长袍、有着亲切和蔼的面貌的人，她总是那么温柔地到来，不经过起居室，而直接从走廊进入卧室。她的名字下面是 L 医生。

名单上第一次出现了一位亲戚——母亲。这是他的岳母。她一直小心地躲开，不来打扰这新婚的一对。但现在她受到他们的邀请，很快乐地来了，因为他们需要她。

以后是红蓝铅笔写的项目。佣工介绍所，女仆走了，必须再找一个。药房——哼，情况开始不妙了。牛奶厂——订牛奶了，消毒牛奶。杂货铺，肉铺，等等，家务事都得用电话办理了。是这家女主人不在了吗？不，她生产了。

下面的项目他已无法辨认，因为他眼前一切都模糊了，就像溺死的人透过海水看到的那样。这里用清楚的黑体字记载着：承办人。

在后面的括号里写着"埋葬事"。这已足以说明一切！——一个大的和一个小的棺材。

埋葬了，再也没有什么了。一切都归于泥土，这是一切肉体的归宿。

他拿起这淡黄色的小纸，吻了吻，仔细地将它折好，放进胸前的衣袋里。

在这两分钟里他重又度过了他一生中的两年。

但是他走出去时并不是垂头丧气的。相反的，他高高地抬起了头，像是个骄傲的快乐的人。因为他知道他已经尝到一些生活所能赐予人的最大的幸福。有很多人，可惜，连这一点也没有得到过。

与你共品

半张淡黄色的便条纸，记录了这位刚刚丧妻的年轻人人生中的婚姻生活，从相恋、订婚、婚后细细碎碎的生活之事，到妻子难产而死……温馨和忧伤，都洒落在一张小便条上。

小说就像一部泛着旧黄色调的胶片电影，用蒙太奇、倒叙等手法将一对年轻夫妇温馨甜蜜的生活一幕幕展现在读者眼前，一种恬淡自然的生活气息，始终洋溢于纸上。纸片上一个个看似平淡的词语符号，细细咀嚼，漫溢出一丝丝甜蜜，一丝丝苦涩，这不就是爱情的味道吗？

忽然想起王菲那句歌词，"相聚离开，都有时候，没有什么会永垂不朽"。其实，无论是两个人的幸福，还是一个人的落寞，都是人生的一个过程，想开了，便也坦然自在。

（温晓霞）

游行示威吧！他，托比亚斯·阿庆基，已上了年纪，只能坐在板凳上观望。在这种时期，作为一个旁观者也实在有趣得很哪！

阿庆基

[芬兰] 本蒂·韩佩/著　佚　名/译

一条板凳安放在路旁，只要行人累了，就可坐下来休息。累了！是的，难道这还有什么奇怪的吗？一个人在七十个岁月里要跨出多少步子啊——短的、长的、急的、慢的。板凳被发明和制造出来正是为了人们能够坐它，或许这条板凳还有别的目的，因为冷饮亭就在它的旁边……

托比亚斯·阿庆基多次感到奇怪，这条板凳看来完全是普普通通的板凳，仅仅是在散步途中想让腿脚歇上一歇时，才意识到了它的存在。

托比亚斯·阿庆基坐在板凳上，他的头发斑白，但精神却很矍铄，他用大拇指托着烟斗，完全沉浸在往事的回忆之中。没过多久，越来越近的歌声唤醒了他，立刻使他想起，现在是生活在动乱时期。罢工、骚乱……打吧！吵吧！有的是理由……可是这么干难道有助于问题的解决吗？如果像被拴着鼻子的小牛犊那样发疯似的挣扎，能行吗？托比亚斯·阿庆基已经七十岁了，现在世道是不是变了？也许是吧，也许人们的眼界有所不同。可是生活是不是好过些了？嗯，他们应当尽可能过得更好些。这就有足够理由去进行斗争……

他听见一个过路人说，罢工工人在游行示威。

游行示威吧！他，托比亚斯·阿庆基，已上了年纪，只能坐在板凳上观望。在这种时期，作为一个旁观者也实在有趣得很哪！

游行队伍过来了，人不少，除了两旁土路，整个街道都挤满了人群。

他们唱的歌中有激烈的词句：

"法律骗人，政府压人。"

"到了明天，普天之下皆兄弟……"

游行队伍走过去了，托比亚斯·阿庆基朦胧地感觉到，他们在按照自己的愿望，向着遥远的未来走去……他们在前进，先头部队消失在转弯处的建筑物后面。后来那里发生了阻塞，尽管后面的队伍还在前进。突然"砰"的一声枪响，划破了夏末晴朗的天空。托比亚斯·阿庆基被子弹的呼啸声惊呆了。这似乎是不应该的……然而后来他还是平静了下来，觉得自己反正是坐在板凳上的旁观者。

游行队伍一下散开了，犹如受到旋风袭击似的扬起了漫天尘土，人们掉转头纷纷跑了。托比亚斯·阿庆基看到警察握着步枪和皮鞭在紧紧追赶着人群。刺耳的枪声继续在响着，皮鞭抽在了跑得慢的和摔倒了的人身上……

接着，托比亚斯·阿庆基看见一个跑近的警察扬着鞭，正在寻找示威的人，可是游行示威者都跑散了。这时，警察突然发现坐在板凳上发呆的托比亚斯·阿庆基。

"你放什么哨?"警察大喝一声。

托比亚斯·阿庆基只张了张嘴，还没来得及解释自己仅仅是坐在板凳上休息的旁观者，皮鞭已抽到了他的身上。他发现自己陷入了不可解脱的困境，不禁顿时火冒三丈。这怎么可能呢？要知道他只不过坐在板凳上……可是愤怒却是再次招致皮鞭的抽打，托比亚斯·阿庆基只得拔起僵硬的大腿一逃了之。

但事情并没有完结，他确实陷入了解脱不了的困境。不久，他被捕了。受讯、受审，最后被带到被告席上受到了"参与造反罪"的控告。

托比亚斯·阿庆基怎么也不能理解，他仅仅是在板凳上坐了一会儿而已。而这条板凳看来完全是条普普通通的板凳……他对警察咆哮起来，他怎么也难以接受警察的指控，他难道会热昏了头脑干下这等事！可怜虫……怎么会想得出来：他是狡猾地假装坐在板凳上，企图逃过劫难，实际上是个瞭望放哨的人，或者是工运首脑……

警察就是认定他有罪，一口咬定：你身上有紫血块，你挨了打，你就是参与了造反……

托比亚斯·阿庆基搔了搔头皮，觉悟过来：也许世界上从来就没有为旁观者准备的板凳！

与你共品

  散步中的阿庆基坐在一张普普通通的板凳时遭遇游行队伍，本是抱着一种看客心态的他竟然被当成是瞭望放哨人而被打，被捕，受审，甚至被控告。这是一场怎样的飞来横祸？

  文章语言叙述不温不火，情节出人意料。工运是为使生活更好些，但又有多少人理解？认为事不关己高高挂起的阿庆基，也许也是工运发起的获益者，虽然没有直接参与，但人以群分，他的被捕也就有了合理的支撑点。有时，世上之事，你不理解并不代表你可以置身事外。

  世间有很多事我们都不愿掺合，尤其是尚未直接与自身有关的事，但没有谁是可以做冷眼的旁观者。一旦被别人认定了，你就很难置身事外。

（肖晶晶）

天使安慰他："我正是为此而来。我完全承认自己的过错。我尽力弥补，为您效劳。我给您送来的，不仅是智慧，而且是大智大慧！"

大智大慧

〔苏联〕盖冒克利德哉/著　　王志冲/译

安德莱耶维奇手拿报纸，坐在沙发上打盹儿。突然，有人急促地敲窗，这使安德莱耶维奇有些不知所措，因为他住在八楼，而且他这套房间是没有阳台的。起初，他只当是自己的幻觉。但是，听，敲窗声再次传来。陡然，窗户自动打开，窗台上显现出一个男子的身影，这人穿着长长的白衬衫。

安德莱耶维奇惊恐地暗想："是个梦游病患者吧，他要把我怎么样？"只见那男子从窗台跳到地板上，背后有两个翅膀摆动了一下。接着，他走到沙发跟前，随便地挨着安德莱耶维奇坐下，说："深夜来访，请您原谅。不过，这是我的工作。有人说，我们天使逍遥自在，终日吃喝玩乐，其实那是胡言乱语。实际上，他对我任意欺压，刻薄着呢。"

安德莱耶维奇一下子没弄懂，问："这个'他'是谁呀？"天使压低声音回答："我告诉你吧，是上帝！""哦，明白了，明白了。那么，上帝或者您，找我有事儿吗？"天使说："您要知道，我是奉他的命令来找您的。我负责分配上帝所赐的东西，也就是智慧。每个人都应该分配到智慧，或多或少罢了。可是昨天我查明，我一时疏忽，使您遭到了不公正的待遇，也就是说，我忘了分配智慧给您。"

安德莱耶维奇怒气冲冲，从沙发上一跃而起："什么，什么！您怎么能够如此粗心大意！快把我应有的一份交给我！别人的我管不着，可我的一份，劳驾，快交给我吧。哼，难道我低人一等？"天使安慰他："我正是为此而来。我完全承认自己的过错。我尽力弥补，为您效劳。我给您送来的，不仅是智慧，而且是大智大慧！"天使从怀里取出一只小塑料袋，里面五颜六色，流光溢彩。安德莱耶维奇接过小塑料袋，藏进床头柜的抽屉里，转身说："谢谢您想起了我！要不然，我就会这么一点智慧也没有、傻头傻脑地混一辈子啦！"

"如今全安排好啦！我真为您高兴！现在，您将享受到苦苦怀疑的幸福！""什么，什么？怎样的怀疑？""苦苦的怀疑。""这是为什么？非苦不可吗？""那当然。此外，您还将猛猛的摔跤，飞速地升迁？"安德莱耶维奇没听清楚："飞速地升迁？那好哇，还有什么？""猛猛的摔跤！"安德莱耶维奇警觉起来："唔，那么，还会怎么样？""您还会由于暂时不被理解的孤立而感到一种崇高的自豪。"

"暂时不被理解？您不骗人？的确是暂时的吗？""当然，暂时的！不过，这段时间可能比您的一生还长得多，但是您将经常具有一种创造的冲动！"安德莱耶维奇皱眉蹙额地说："创造的冲动？还有什么？您全爽爽快快说出来吧，别折磨人了。""哦，还有呢，也许，甚至要为所抱的信念而牺牲生命，死而无憾！""一定得……得死吗？""要有充分的思想准备。这是获得人们敬仰的、万世流芳的伟大幸福的必经之路。"

安德莱耶维奇沉默片刻，使劲地握握天使的手，说："喔，好吧，谢谢您，感谢之至！"等天使飞出窗户，安德莱耶维奇就从抽屉里取出小塑料袋，准备丢进垃圾通道。

转念一想，又下了楼，走进院子，找了个阴暗角落，把一塑料袋大智大慧深深地埋入土中。

与你共品

这是人和天使的对话，对天使送来的大智大慧，从刚开始的迫切想接受并小心收藏直至最后的丢弃。大部分人都不明白，为何要将智慧丢弃呢？那是人类一直追求的东西啊。原来答案就在对话中。

人们一直都羡慕、追求智商高，鄙视愚笨。小说却写了一个将大智大慧深埋入土的故事。原来大智大慧者要忍受苦苦的怀疑、猛猛的摔跤、暂时不被理解……这些苦难正是一般庸人所不能接受的。我们总是羡慕那些聪明人的伟大成就，甚至嫉恨与不忿，认为那些成就自己也能做出，却忽视别人内心所承受的一切。

　　每个人都渴望得到聪明才智，但却不是每一个人都有勇气做一个大智大慧的人。

（肖晶晶）

小丑问公主："月亮怎么能够同时挂在天空和你脖子上呢?"

数不清的月亮

[美] 詹姆斯·瑟伯/著　朱伟文/译

小公主雷娜生病了。御医们束手无策。国王问女儿想要什么,雷娜说她想要天上的月亮。国王立刻召见他的首席大臣张伯伦,要他设法把月亮从天上摘下来。

张伯伦从口袋里掏出一张纸条,看了看,说:"我可以弄到象牙、蓝色的小狗、金子做成的昆虫,还能找到巨人和侏儒……"

国王很不耐烦,一挥手,说:"我不要什么蓝色的小狗。你马上给我把月亮弄来。"

张伯伦面露难色,一摊手,说:"月亮是热铜做的,离地6000公里,体积比公主的房间还大。微臣实在无能为力。"

国王大怒,让张伯伦滚出去。尔后,他又召见了宫中的数学家。这位数学大师头顶已秃,耳朵后面总是夹着一只铅笔,他已经为国王服务了40年,不少难题一到他手中便迎刃而解。可这回他一听国王的要求便连声推托,说:"月亮和整个国家一样大,是用巨钉钉在天上的。我实在没办法把它取下来。"国王听后很失望,挥手让数学大师退下。

接下来被请去的是宫中的小丑。他穿戴滑稽,全身上下还挂着一串串铃铛。他连蹦带跳,叮叮当当地跑到国王面前,问:"请问陛下,有何吩咐?"国王又将事情的原委说了一遍。小丑听后沉吟良久,方才慢慢地说:"陛下,您的大臣们都是具有远见卓识的智者,但月亮究竟是何物,你们的说法不一。不妨问问雷娜公主,她以为月亮是何物。"国王表示同意。

小丑连忙去问雷娜公主。小公主躺在床上,有气无力地说:"月亮比我手指甲小一点,因为我伸出手指放在眼睛前便挡住了月亮。月亮和树差不多高,因为我常见到月亮停在窗外的树梢上。"

小丑又问月亮是由什么做成的。公主说:"我想大概是金子吧。"

小丑连忙让工匠用金子打造了一个小月亮,送给公主。小公主欢天喜地,病也好了。第二天便下床在院子里玩耍。

可天近黄昏时国王又开始发愁了,心想:"女儿见到天上又升起个月亮岂不又要闹腾?"他连忙又将首席大臣和数学大师请来商议对策。

首席大臣说:"给公主戴副墨镜如何?戴上墨镜公主就看不见月亮了。"

国王不同意,说:"公主戴上墨镜,走路会摔倒的。"

数学大师在房间里来回走着,低头沉思,忽然他止住脚步,说:"有办法了,陛下。放鞭炮!放鞭炮和火花,把黑夜照得如同白昼一样,不就看不见月亮了吗?"国王摇摇头,说:"鞭炮声太响,肯定吵得公主睡不着觉。"

这时,月亮已经升上树梢。国王只好再去请教小丑。

小丑这回也没细想,胸有成竹地说:"陛下,我们还是问问雷娜公主吧。"

小丑走进小公主卧室内时,她已经静静地躺在床上了,但还没睡着。

小丑问公主:"月亮怎么能够同时挂在天空和你脖子上呢?"雷娜公主笑了,说:"你真傻,这有什么奇怪?我掉了一颗牙齿之后便又长出来一颗新牙齿。采掉一枝花朵后又会长出新的一朵花。白天过后是黑夜,黑夜过后又是白天。月亮也是这样,什么事都是这样。"小公主的声音越来越低,慢慢合上了眼睛,脸上浮出了甜甜的微笑。

小丑给公主盖好毯子,轻手轻脚地走出了房间。

与你共品

一个难倒了一群智者的问题,却被一个滑稽小丑解开。其实,在大人眼里看似复杂的事物,在小孩子的眼里却变得无比简单。

这个充满童趣的小故事,带我们进入了童话般的意境,孩童的心总是纯粹简单的,只是大人们有着过于纷繁的想法罢了。小丑通过了解公主的内心世界,公主的问题也就随之迎刃而解。现实生活中就是这样,我们总是习惯把一些简单的问题想得过于复杂,众里寻他,蓦然回首,竟发现答案一直就在眼前。

其实每个人心中都有一个月亮,但心中的月亮却是因人而异的。这个故事告诉我们,不要以自己的想法代替别人的想法,遇到问题的时候,要找到问题的根源和关键,这样才能轻而易举地找到问题的最佳解决方法。

(温晓霞)

第三辑

会心一笑

> 我解不开绳结，想找剪刀又找不着，倒很方便地找到了一
> 只拖鞋。一怒之下，我把它抛出了窗外。

徒劳无功

〔美〕阿莱克/著　文　冬/译

多年来，我老想清理我的文件——那些塞满了书架、壁柜和堆在地上、大厅、厨房里的一沓沓废纸。至少有 15 年，我心里一直对自己说："再不能这样拖下去了，我必须把东西收拾好。"

昨天早上，我终于动手了。我让妻子带孩子们去海滩玩一天，自己则一口气工作到午夜。我本想通宵干下去，只是我已把家里弄成了一团糟，必须光着脚才能走动。我打开冰箱门，却惊见里面放的是我的运动衫、袜子和几件木工工具。我将它们取出欲转移到其他地方，不慎和书架碰了个正着，撞得堆放在最高层的一大沓书掉下来，砸在我的头上和脸上。

我的头肿起来包，鼻子贴了橡皮膏，左眼几乎看不见了。我在客厅中央踩着一只拖鞋，脚下一滑，扭伤了足踝。我不明白为什么那只拖鞋会在那里。我早已注意到拖鞋是到处跑的东西，剪刀也是。拖鞋和剪刀的不同在于：拖鞋喜欢展露自己，使你简直避不开它；而剪刀则喜欢躲藏得无影无踪。最令我气恼的是，我花了那么多力气，却没有什么战绩。我本想把所有的字纸看一看，选出要留的，因此我搬动了大堆的文件夹、旧报纸和纸箱，看看里面是什么。谁知这竟是个严重的错误！两小时后，我的字纸体积比原先增加了 3 倍。未到中午已无处可坐，我想到街口的咖啡室去舒口气去，但房门由于被堆放着的东西堵住而打不开了。

于是我改变战术，决定一次只处理一件事情，从就在眼前的一个捆着的纸箱着手。我解不开绳结，想找剪刀又找不着，倒很方便地找到了一只拖鞋。一怒之下，我把它抛出了窗外。最后我用厨房里的菜刀割断绳子，打开了纸

箱：只见里面装的是结账单、剪报、信和一块甜饼。我正要把这整箱的东西抛进垃圾箱，猛然想起多年前的剪报都是些极有趣的文章，我想留待日后阅读。事实上，那一天可能永远也不会来临。不过，我还是决定继续保存那些剪报，因为也许子女们有一天会看。

我想抛掉那些旧信，只保存邮票。如果我不重读那些信，也许我真的要那么做了。可是当我随便看看时，除了一张1970年的账单外，竟找不到一张可以丢弃的纸片。而就在我从一个文件柜走到另一个文件柜之际，又踩着了另一只拖鞋而使身子闪了一下，我立刻把它抛出窗外，让它去追随它的"伴侣"。接着，我强打精神，把那张1970年的账单和那块甜饼丢进了废物篓，把所有的纸箱和一沓沓东西放回原处，午夜时分，已经精疲力竭的我停止了工作。

凌晨1时，妻子和孩子们回来了，家里看来差不多还是老样子。

"哦，你都做了些什么？"妻子一进门就问。

"明天再告诉你。"我懒洋洋地说。

"你绝对猜不到我在家门口捡到了什么？"妻子想给我一个惊喜。背后的手好像拿着什么东西。

不用说，我也猜到了——是我的拖鞋。

与你共品

小说中的主人公花费了一整天时间无厘头地整理东西，除了给自己增加几个伤疤外，结果徒劳无功！

主人公整理文件情景的再现，我们只能用一个"乱"字来概括。这边折腾一下，那边翻腾一下，最终白费工夫。其实，做事情是很讲究方法的，方法得当，事半功倍；方法错误，徒劳无获，甚至伤痕累累。

磨刀不误砍柴工。要办成一件事，不一定要立即着手，而是先要进行一些筹划、进行可行性论证和步骤安排，做好充分准备，创造有利条件，这样会大大提高办事效率。

（陈柏全）

我这个地道的小偷又怎么承担得起这许多款项呢？我请求您收回这辆汽车，我会付给您一笔为数不多的赔偿费。

一个小偷与失主的通信

〔德〕内尔比/著　佚　名/译

尊敬的布劳恩先生：

您一定已经发觉您停在歌德大街的那辆蓝色小轿车被人偷走了。我就是那个窃车贼。我一向喜欢与被偷的人保持良好的关系，所以我向您提出以下建议：您的车里有一个装着信件与公文的皮包。这个包对我毫无用处；然而对您，我想，必定十分重要。我将为您把这个包放在歌德大街四号的后面，如果您也把您的轿车证件放在那里的话，您给我的回信也可一并放在那里。

非常感谢。

您的窃车贼
一九六四年四月三日于法兰克福

尊敬的窃车贼先生：

我急需那些公文，因此我接受您的建议。我的，也就是您的蓝色四座轿车的证件可以在今晚十二点去歌德大街四号后面取。

谨致敬意。

马克斯·布劳恩
一九六四年四月五日于法兰克福

尊敬的布劳恩先生：

本周您的轿车必交的分期税款真的高达二百四十六点九七马克吗？

您恭顺的窃车贼
一九六四年四月七日于法兰克福

尊敬的窃车贼先生：

我非常遗憾地告诉您，您必须在本周内到税务局去付清那笔分期税款。拖欠税款会被罚以很高的罚款。

谨致崇高敬意。

您的马克斯·布劳恩

此外：请勿忘记向西克瑞塔斯保险公司交纳汽车保险费。

一九六四年四月九日于法兰克福

尊敬的布劳恩先生：

请您原谅我又写信前来打扰。我只是想问一下，十二至十四升汽油够这辆轿车用吗？另外，左后轮好像有些漏气。

谨致敬意。

您的窃车贼

一九六四年四月十日于法兰克福

尊敬的窃车贼先生：

我完全忘了写信提醒您，我的，也就是您的汽车，必须立即更换新轮胎。汽车的耗油量您说得很正确。现在您一定已经发现了这是一辆老掉牙的破车了吧？就您的职业而言您一定常常用车，为了您的安全我建议您快换上新的阀门。

您的马克斯·布劳恩

一九六四年四月十二日于法兰克福

尊敬的布劳恩先生：

税务局令我在十天之内补交税款六百九十八点五七马克。另外，车座的软垫坏了，左转弯指示灯也失灵了。您能给我推荐一个又小又便宜的停车房吗？最好车房里的温度高一点，因为马达很难启动。现在我停车得花五十马克。

谨致诚挚的谢意。

您的窃车贼

一九六四年四月十八日于法兰克福

尊敬的窃车贼先生：

您别无选择，只有如数交付税款。另外，昨天夜里我突然想起刹车已经失效。您马上去检查一下。还有，如果遇到像现在这样的坏天气，您一定得去把车顶修一修。

您恭顺的马克斯·布劳恩

又：关于停车房我提不出什么好建议。我一向是把车停在露天的。

一九六四年四月二十三日于法兰克福

尊敬的布劳恩先生：

我偷了您的汽车，却吃足了您的苦头。福无双至，祸不单行，昨天变速器又坏了。我这个地道的小偷又怎么承担得起这许多款项呢？我请求您收回这辆汽车，我会付给您一笔为数不多的赔偿费。衷心希望您能接受我的建议。

谨致最崇高的敬意。

您的窃车贼

一九六四年四月二十五日于法兰克福

尊敬的窃车贼先生：

您突然作出如此生硬的决定，打断了我们友好的通信，令人十分遗憾！您偷走了我的汽车，我才弄清了上帝给我一双脚是用来做什么的。我又开始四处漫游，现在已减肥达数磅之多，心脏情况正常，"经理病"与我已经久违。现在我很少有客人，经济情况大为好转。可突然您要把汽车还给我！对此我绝不会加以考虑！就是您向法院提出起诉，我也绝不会答应。此外，我从不接受偷来的东西。

谨致最崇高的敬意。

您的马克斯·布劳恩

一九六四年四月二十八日于法兰克福

与你共品

人每天都是按照常规过着，其实自己内心是很厌倦的，但是你自己却无从或不想甚至不能改变。然而，当某一天偶然面对一些看似不好的意外，先别着急，或许就因为这意外，自己的生活可以有另外一番美好。

小说中的车主就是一个活生生的例子，虽然车被偷了却把"经理病"赶走了，并且因车被偷走而不用付车的种种费用而使经济状况好转。真是"塞翁失马，焉知非福"啊！

　　有得就有失，面对生活中的改变或意外，我们要坦然，换个角度，也许有意外的美好景色。

（陈柏全）

　　强盗们弄来一辆面包车，在车身上写下"电视剧摄制组"的字样，不一会儿，电视摄影机也找来了，自然无需准备胶卷。

强盗的苦恼

[日] 星新一/著　　佚　名/译

　　黑社会的强盗们聚在一起，商议着下一步的行窃计划。

　　"真想痛痛快快地干它一桩震惊社会又成功无疑的大买卖呀！"一个歹徒异想天开地说，谁知这个集团的首领竟接着他的话爽然应允道："说得对！我也一直这么盘算着，现在想出了些眉目，大伙准备一下吧，我要干活了。"

　　这一番话让强盗们吃惊不浅，大家争先恐后地问道："究竟怎么干呢？"

　　"干咱们这一行的，大家都把行动时间选在夜里，但由于四周太安静，下手时难免惹人注目。这次我打算反其道而行之，出乎人们意料之外地搞它一家伙……"

　　"有道理，您到底不愧是咱们的头儿，想出的主意总是高人一招。不过，如何下手呢？"

　　"光天化日之下，持枪闯进银行抢劫！"首领的话恍若呓语，喽啰们不禁大失所望。

　　"别开玩笑啦！简直不着边际。照你说的去干，恐怕还没跨进银行的大门，就被抓去蹲牢房了。"

　　"蠢货，你们的脑子里怎么总少根筋。好了，听我来说个详细……现在我们编写了一个电视剧脚本，送给银行附近的交通警察，然后大家装扮成电视摄制组的工作人员，到银行去拍摄一个袭击银行的场面，这样银行方面毫无防备，必定给打个措手不及，到时候，大家只管动手抢钱，即使万不得已开了枪，警察也会无动于衷，只当做剧情所需而特意安排的音响效果呢，最后，大家听我的命令，一起撤退……"首领的话音未落，喽啰们早已七嘴八舌地议论起来，只见一个个佩服得五体投地。

"高见，太棒了！妙不可言！"

"这下可以过大瘾了，伙计们，快着手干起来吧！"强盗们弄来一辆面包车，在车身上写下"电视剧摄制组"的字样，不一会儿，电视摄影机也找来了，自然无需准备胶卷。待脚本印刷完毕，喽啰们将自己精心地装扮起来。有的扮做穷凶极恶的打手，有的扮成维持群众秩序的工作人员，最后一切准备就绪，首领一声令下，这个精心策划的计谋便开始付诸实行。强盗们把车开到银行门口，握着手枪刚刚走出车门，在附近执勤的交通警察果然都围上来询问。一个强盗赶忙给他们送上几份电视剧脚本，并说明缘由，他们就心领神会不再追问了。万事如意！

没想到事情一开头便如此顺利，强盗们精神十足，相继冲进银行，大声喝道："银行的诸君，我们是真正的强盗，赶快把钱交出来！谁敢乱动，马上要他的小命！"谁知，计划到此就乱了阵脚，发生了意外。一个门卫突然嬉皮笑脸地凑上前来，打破了这里的紧张气氛。

"先生们，我可以帮忙吗？你们来拍电视，我真的一点都不知道。上司真有意思，这种事也不先通知一下，好让职员们准备一下。要知道宣传工作是何等的重要啊！可他们……"

另一位青年顾客也挤上前来热心地说道："我是作家。你们刚才的那句台词不太适合，什么'银行的诸君'，简直像在发表竞选演说。另外，'我们是真正的强盗'这种说法也欠含蓄，一下就把底亮给观众了。脚本是谁写的？下次让我来帮你们的忙。"他拿出名片，絮絮叨叨地纠缠不休。

强盗们好不容易才摆脱他们来到窗口，在那里工作的一位姑娘慌忙站立起身来说："什么时候播放呀？请签名留念，我也能上镜头吗？等等，让我再化妆一下……"

银行的女职员们纷纷离座，朝这边拥了过来，"哎，把我们也拍进镜头吧，我们都是电视迷，挺在行的，不用排练啦！"

对这乱哄哄的场面，一个强盗不耐烦了，他忍不住扯起嗓子叫起来："够了！这不是演戏，弟兄们，来真格的！"接着他扣动了扳机，子弹呼啸着飞向天花板，击碎了照明灯。

然而此举也并未奏效，一个男孩儿挤过来说："啊，真够劲！简直跟真的一样。"

另一个人接上话又说道："大概天花板内的电灯里预先装进了火药，然后让它爆炸的吧，要是不知情的人，倒还真给唬住了呢！"

这时，这家银行的行长露面了。"喂，先生们。你们能否再加上一个枪击玻璃的镜头！那是防弹用的特殊钢化玻璃，倘从侧面为我们作宣传，将会提高顾客对本行的信赖……"说着，递上一个装有钱的信封。

"先生，让我们来扮演不屈服于强盗的威胁，饮弹而亡的光荣角色吧，拜托了！"男职员们也围拢过来请求着。强盗们无奈，只好百般解释，可此时却没有一个人把他们的话当真。甚至连那个最初帮助维持秩序的交通警察也苦苦哀求道："让我们来扮演捉拿强盗的警察吧，这样或许能使电视剧表现得更逼真，更扣人心弦。先生，您知道，如果我们还在家乡的父母能在电视荧幕上看到自己的孩子，该有多么高兴啊！"

事情闹到如此地步，早已难以收场，强盗首领站出来，愤愤地大声吼道："大家听着，今天暂停拍摄，回去修订脚本，改日再来重拍！"强盗们狼狈地撤出现场，一个个牢骚满腹。

"再也想不到会弄出这么个结局来，当今社会准出毛病了。从来没见过这么多无法无天的人！"

与你共品

一群强盗伪装成摄制组来抢劫银行，可是人们"无动于衷"的程度却超乎预料，让强盗们的"宏伟"计划变成了一个可笑的闹剧。

小说围绕着人们对这群伪装的"摄制人员"的无比热情，人们无知地热衷于上电视而忽视了强盗们的真正身份，正写出了这个世界的难辨真伪，现实与非现实的混淆不清，人们的表现欲已经蒙蔽了他们的眼睛。

很多时候我们都会迷失在现实与虚幻之中而制造出一些笑话，但是这个世界本来就是这样的真伪难分，对于现实的无奈，我们只好一笑而过。

（孙静怡）

你愿意做我的妻子吗？我实在没有时间用普通的方式跟你谈情说爱，但是我确实爱你。请你快回答吧——那帮人正在抢购太平洋铁路的股票呢。

忙碌经纪人的浪漫史

[美] 欧·亨利/著　佚　名/译

证券经纪人哈维·麦克斯韦尔事务所的机要秘书皮彻，在上午九点半的时候，看到他的老板和那个年轻的女速记员一起匆匆进来，他那毫无表情的脸上不禁露出了一丝诧异和惊奇。麦克斯韦尔飞快地说了声"早上好，皮彻"，就朝他的办公桌冲去，仿佛要跳过它似的。接着，他就埋头在一大堆等着他处理的信件和电报里。

那个年轻姑娘已经替麦克斯韦尔当了一年速记员。她的美丽是一般速记员所没有的。她并不采用那种华丽诱人的庞巴杜式的发型，也不戴什么项链、手镯、鸡心之类的东西。她根本没有准备接受人家邀请去吃饭的神气。她的灰色衣服虽然很朴素，但穿在她身上非但合适，而且文雅。她那俊俏的黑色无边帽上插了一支金绿色的鹦鹉羽毛。今天上午，她身上有一种温柔而羞怯的光辉。她的眼睛也梦似的晶莹，她的脸颊桃花般的娇艳，脸上还带着幸福的神色和追怀的情调。

皮彻仍旧有点好奇，注意到她今天早晨的举止有些异样。她不像往常那样，径直走进她办公桌所在的套间里去，却有点踌躇不决地逗留在外面的办公室里。有一次，她挨近麦克斯韦尔的办公桌，近得仿佛要让他知道自己在场。

坐在办公桌前的人简直成了一部机器，他是一个忙碌的纽约市的经纪人，由那些营营作响的齿轮和正在展开的发条推动着。

"哦——怎么？有事吗？"麦克斯韦尔粗声粗气地问道。他那些拆开了的信件堆在那张杂乱的办公桌上，好像舞台上的假雪。他那锐利的灰色眼睛唐突而不近人情，有点不耐烦地扫了她一下。

"没事。"速记员回答道，微笑着走开了。

"皮彻先生，"她对机要秘书说，"麦克斯韦尔先生昨天有没有对你说起另请一个速记员？"

"说过。"皮彻回道，"他吩咐我另找一位。昨天下午我就通知了介绍所。"

"那么，在有人顶替之前，"那年轻女人说，"我照常工作好啦。"她说罢走到自己的办公桌前，把那顶插着金绿色鹦鹉毛的黑色无边帽挂在老地方。

谁没见过一个生意大忙时的纽约经纪人，谁就没有资格当人类学家。诗人歌颂了"灿烂的生命中一个忙碌的时辰"。对经纪人来说，不但时辰是忙碌的，他的每一分每一秒也都忙碌不堪。

今天正是哈维·麦克斯韦尔的忙日。股票行情自动收录器开始痉挛地吐出一卷卷的纸条，电话机犯了不断发响的毛病。人们开始拥进事务所，在栏杆外探进身来向他呼唤，有的高兴，有的慌张，有的疾言厉色，有的刻薄狠毒。送信的小厮捧着信件和电报奔进奔出。事务所里的办事员跳来跳去。

交易所里有了飓风，山崩，暴风雪，冰川移动和火山爆发；自然界的巨变在经纪人的事务所里小规模地重演了。麦克斯韦尔把椅子往墙边一推，腾出身子来处理业务，忙得仿佛在跳脚尖舞。他从股票行情自动收录器跳到电话机旁，从办公桌边跳到门口。

正在这个忙得不可开交、愈来愈紧张的当口，经纪人忽然瞥见一堆高耸的金黄色头发，上面是一顶颤动的丝绒帽子和驼毛帽饰，一件人造海豹皮的短外衣，是一个从容不迫的年轻姑娘。皮彻正准备介绍。

"速记员介绍所派来的小姐，来应聘的。"皮彻说。

麦克斯韦尔打了半个转身，双手还捧着一堆纸张和股票行情的纸条。

"应什么聘？"他皱皱眉头说。

"应聘当速记员。"皮彻说，"昨天你吩咐我打电话，叫他们今天早晨派一个来的。"

"你头脑搞糊涂了，皮彻。"麦克斯韦尔说，"我干吗要这样吩咐你？莱斯利小姐在这儿的一年里工作令人十分满意。只要她愿意继续干下去，这个职位永远是她的。对不起，小姐，这儿并没有空位置。皮彻，赶快向介绍所取消要人的话，别再引谁进来啦。"

那个年轻姑娘愤愤离去。皮彻在百忙中对速记员说，老板近来好像越发心不在焉，越发容易忘事了。

业务越来越忙，节奏越来越快。麦克斯韦尔像一部高速运转、精巧坚固的机器——紧张万分，开足马力，正确精密，从不犹豫，言语、动作和决断都像钟表的机件那样恰当而迅速。证券和公债，借款和抵押，保证金和担保品——这是一个金融的世界，其中没有容纳人类世界或是自然界的丝毫空隙。

将近午餐时间，喧嚣暂时平静下来。

麦克斯韦尔站在办公桌边，手里满是电报和备忘便条，右耳上夹着一支自来水笔，一绺绺的头发凌乱地垂在前额上。他的窗子是打开的，因为可爱的女门房，春天姑娘，已经在大地的暖气管里添了一些热气。

窗口飘进了一股迷惘的气息——一股紫丁香优雅的甜香，刹那间使经纪人动弹不得。因为这种气息是属于莱斯利小姐的，是她的，只是她一个人的。

那股气息使她的容貌栩栩如生，几乎是触摸得到的显现在他眼前。金融的世界突然缩成一个遥远的小黑点。她就在隔壁房间里——相距不出二十步远。

"天哪，我现在就去。"麦克斯韦尔脱口说了出来，"我现在就去要求她。我不明白为什么早不去做。"

他一股劲儿冲进里面的办公室，像一个做空头的人急于补进一样。他向速记员的办公桌冲过去。

"莱斯利小姐，"他匆匆开口说，"我只有一点空闲，我利用它来说几句话。你愿意做我的妻子吗？我实在没有时间用普通的方式跟你谈情说爱，但是我确实爱你。请你快回答吧——那帮人正在抢购太平洋铁路的股票呢。"

"喔，你说什么？"年轻女人嚷道。她站了起来，眼睛睁得大大地盯着他。

"你不明白吗？"麦克斯韦尔着急地说，"我要求你跟我结婚，我爱你，莱斯利小姐。我早就想对你说了，所以事情稍微少一点时就抽空跑来，他们又打电话找我了。皮彻，让他们等一会儿。你肯不肯，莱斯利小姐？"

速记员的举动非常蹊跷。起先她似乎诧异得愣住了；接着，泪水从她惊讶的眼睛里奔涌而出；之后，她泪花晶莹地愉快地笑了，一条胳臂温柔地勾住经纪人的脖子。

"我现在懂得啦，"她柔声说，"这种生意经快要把你打垮了。起初我吓了一跳。难道你不记得了吗，哈维？我们昨晚八点钟在街角的小教堂里举行过婚礼啦。"

与你共品

　　一个经常不顾一切地沉浸于数字的计算之中的经纪人，竟然忘记自己在前一天晚上与女秘书已经结过了婚，而第二天又向她提出求婚。

　　这样的故事或许让人有点哭笑不得，或许又让人无可奈何，但是现实往往就是如此。我们能做的常常也只是在背后轻轻地叹息，感叹现实的残酷，怜悯只能存在于残酷现实缝隙中的爱情。

　　在这个繁忙的社会中，在人对财富的角逐中，人们的灵魂不断受到腐蚀，但是我们至少还应该相信心中的那份爱是永远不变的温暖。

（孙静怡）

他只是晕了过去，还并没有死。因此，我又跑进了厨房，搬起了冰箱，朝阳台下扔去，向他砸了下去，那家伙立即坠地毙命了。

天堂之门

[英] 马　克/著　闻春国/译

一个人死后，升进了天堂。在天堂的门口，他遇见了圣彼得。圣彼得对他解释道："今天，这里实在太忙了，所以，我只能接受那些死得特别窝囊的人。"

"好吧。"这个人便讲述道，"今天，我正在上班，一个同事向我吐露出一个秘密：我的妻子正在家里与情人幽会。我气急败坏地跑回家，发现妻子躺在床上，但是，她的情人却不见了踪影。于是，我朝阳台外面望去，看到一个男人吊在阳台外面，两手抓住阳台的栏杆。我朝他的手上猛击了几下，可他还是死死不松手。我走进厨房，找来了一个榔头，照着他的手狠狠地砸下去，他终于松手了，从25层楼上落下，却掉到了一棵灌木丛中。他只是晕了过去，还并没有死。因此，我又跑进了厨房，搬起了冰箱，朝阳台下扔去，向他砸了下去，那家伙立即坠地毙命了。不幸的是，恰在那时，我的心脏病发作了，很快便永别了人世。"

"哎呀！"圣彼得感叹道，"这确实是非常不幸的一天！你可以进去了，下一位！"

圣彼得又拿着排得满满的日程表向来人解释。

那个男人说道："我本来在26层楼自己家的阳台上给花草浇水，一不小心失足滑了下去。所幸的是，我抓住了楼下阳台的栏杆，悬在阳台下面。倒霉的是，一个男人朝我的手上猛击了几下。这还不算，他后来竟然还拿来一个榔头猛砸我的手，我实在受不了，便失手从25层楼上落了下来。不过，一棵灌木救了我。我认为自己这下可以大难不死了，没想到不知从哪里又飞来了一台冰箱，将我砸得粉身碎骨。"

"哇，确实死得窝囊。"圣彼得说道，"你可以进来了。下一位！"

下一个人说道："也许你很难想象出来。我那时是一丝不挂，情急之下，我便躲进了一个冰箱里……"

与你共品

三个人不同的窝囊死法，貌似都满足了圣彼得进入天堂的条件，可这一切又让进天堂的条件显得如此可笑。

小说的情节看起来夸张且不合情理，可一切又似乎是情理中的事，让人完全感觉不到什么不妥之处。而就在这些轻松幽默中不免暗含着一些讽刺的意味，用别样的方式阐释"窝囊"，表现的不仅是那三个男人窝囊，还有以窝囊的死法才能进天堂的可笑。

天堂并没有想象中的美好，在美丽的表面下可能只是愚昧和可笑，只有踏踏实实地做好自己，才不致落得窝囊与不堪。

（孙静怡）

　　她直视着他的眼睛，慢条斯理地说："回答我这个问题：我
想要一朵悬崖上的花，可要得到它，你将付出生命。你愿意为
我这样去做吗？"

婚　姻

[不丹] 卡尔马·次陵/著　郁　葱/译

　　扎姆的丈夫是一名工程师，他工作出色，为人稳重，深得扎姆的喜爱。经过三年恋爱，他们于两年前喜结良缘。然而，现在她却发现他们的关系已经变得平淡无味，再也没有了昔日的浪漫情调。

　　丈夫是个非常实际的人，而扎姆则生性多情。一天，她终于忍受不了这种平淡无味的生活，要求与他离婚。

　　"为什么？"丈夫听了非常震惊，不知所措地问。

　　"我只是感到非常厌倦。"她不假思索地说，毫不顾及丈夫的感受，"没有任何理由。"

　　那天夜里，丈夫默默地躺在她的身边。这让她更加失望，她想："一个连自己的危机都感觉不到的男人，我能指望他什么？"

　　终于，他问她："我怎么能够改变你的想法？"

　　她直视着他的眼睛，慢条斯理地说："回答我这个问题：我想要一朵悬崖上的花，可要得到它，你将付出生命。你愿意为我这样去做吗？"

　　"我明天给你答复。"他伤心地说。

　　第二天早上醒来，她发现丈夫不在了，只见饭桌上放着丈夫留的一张手迹潦草的字条，上面写着：

亲爱的：

　　我不会去为你采花，让我给你解释为什么。

你使用计算机时，总是不时把程序搞乱，每当这时，你就坐在屏幕前哭。我不得不动手为你恢复那些搞乱的程序，并为你擦去眼泪。

你总是把钥匙忘在家里，我不得不跑回家为你开门。

你喜欢旅行，可你总是迷路，我不得不去领你回来。

你一累总是痉挛，我不得不为你按摩，缓解你的疼痛。

你待在家里，我总担心你会感到孤独。为了减轻你的无聊，我不厌其烦地给你说笑话、讲故事。

当你老了的时候，我会在你身边为你剪指甲、梳头发。有我的陪伴，你永远不会感到孤独。

所以，亲爱的，除非我确信有人比我更爱你，我是不会去悬崖为你采花的，将你一个人留下……

她的眼泪落在字条上，模糊了上面的笔迹。

这就是我给你的答复。如果你认为我说得有道理，就请把门打开，因为我像往常一样，正拿着你喜欢的面包和新鲜牛奶站在外面。

她急忙打开门，只见他手里拿着面包和牛奶站在那里，一副充满期待的急切表情。她忘记了自己想得到的悬崖之花，充满爱意地一头扑进男人的怀里。

与你共品

小说中的妻子因为婚后渐渐难以忍受生活的平淡无味，而对想要挽回感情的丈夫提出了一个两难抉择——用生命换取一朵悬崖上的花儿。丈夫在沉默过后讲出心底最平淡最朴实的感受——希望在最平淡的生活中给妻子一切他所能给予的爱。

无论是怎样的付出，只希望心中所爱的人能够幸福快乐，因为这个信念无论做什么事都能义无反顾。

真爱不是多么名贵的东西，而是在无数件微不足道的事情里，一直付出心底的真情。即使，没有花朵，没有浪漫，但却是我们最平凡的爱意、最真正的生活。

（孙静怡）

主持人："您丈夫现在就在节目现场，现在他的账户上已经有600万了，您可以再帮他挣100万。您准备好了吗?"

谁想一夜暴富

〔俄〕米哈伊尔·卡佐夫斯基/著　佚　名/译

电视演播大厅，观众已经入座，节目主持人走上演播台。

主持人："最受大家欢迎的节目《谁想一夜暴富》开始了。水暖工德米特里·克努特获得了决赛权。有请德米特里!"

德米特里走上演播台，坐到了主持人对面。

主持人："德米特里，你真想一夜暴富吗?"

德米特里："当然了，非常想。"

主持人："你为什么想一夜暴富呢? 一夜暴富的人可没人喜欢。"

德米特里："大家不喜欢那些一夜暴富的人，是因为他们太吝啬。我要是一夜暴富了，我的钱大家一起花。"

主持人："但愿如此吧。那么我们现在讲一下游戏规则。您现在还一无所有，我们先在您的账户上存入500万，您要回答10个问题，您每回答对一个问题，我们就给您的账户增加100万，您每回答错一个问题，我们就从您的账户中扣除200万。您准备好了吗?"

德米特里："准备好了。"

主持人："美国的立法机关是联邦议会，瑞士的立法机关是联邦国会，俄罗斯的立法机关是什么?"

德米特里："国家杜马。"

主持人："非常好，现在电脑就给您的账户里增加100万。继续听题: 1812年，莫斯科被烧，请问谁是罪魁祸首? 拿破仑? 库图佐夫? 还是希特勒?"

德米特里："这连想都不用想，肯定是希特勒。"

主持人："您确定吗？用不用寻求场外帮助？"

德米特里："好吧。我给朋友打个电话。"

主持人："给哪个朋友？"

德米特里："瓦连季娜·安德列耶夫娜。"

主持人："她是您什么人？"

德米特里："我妻子。"

主持人："您对'朋友'这个词的理解有点儿问题。"

德米特里："有什么问题？"

主持人："对妻子可不能像对朋友一样。"

德米特里："那对朋友应该像对妻子一样？开个玩笑。总之，我现在给我妻子瓦连季娜·安德列耶夫娜打个电话。"

主持人："她认识希特勒？"

德米特里："不认识。但她读过《战争与和平》，非常了解1812年的那场战争。"

主持人："喂？您是瓦连季娜·安德列耶夫娜吗？"

一个女人的声音："对。"

主持人："我是《谁想一夜暴富》的节目主持人。"

女人："主持人您好！"

主持人："您丈夫现在就在节目现场，现在他的账户上已经有600万了，您可以再帮他挣100万。您准备好了吗？"

女人："我可不可以和我丈夫先说两句话？"

主持人："如果就说两句，当然可以。"

德米特里："亲爱的，你好吗？家里怎么样？"

女人："你别参加什么竞赛了。赶快回来吧！"

德米特里："怎么了？家里出什么事了吗？"

女人："还出什么事了呢！你刚上电视，还没暴富呢，家里借钱的、催债的都满了。连税警和检察院的都来了，要咱们家补交从1812年到现在的财产税！"

与你共品

还未暴富，就要背上沉重的各种债务。那么一夜暴富，不就永远成为金钱的奴隶了吗？看完故事，我们不禁感慨万分！

　　小说以节目对话形式慢慢地展开故事情节，深深地牵系着读者的思绪。在对话的描述中，主持人正在一步一步地诱惑德米特里产生一夜暴富的念头，正当读者暗自猜想结局时，故事却有了戏剧性的转变，仅仅因为妻子叫德米特里赶快回家这个理由就让他一夜暴富的梦彻底破碎。突如其来的结局留给我们的只是一连串疑问、幻想、反思。原来，不劳而获的金钱，最终也会成为一个恶梦。

　　"螳螂捕蝉，黄雀在后"，谁不想一夜暴富？归根到底是现实生活中的金钱对人欲的摧残。最大的财富，是日积月累的辛勤，不劳而获只能存在于可笑的幻想中。

（白海琼）

第三天，查尔斯用跷跷板碰了一个女孩的头，还出了血，因此被罚站。星期四查尔斯在讲故事的时间里又被罚站，因为他老是把脚踩得噔噔响。

查尔斯是谁

［美］雪利·杰克逊/著　益　忠/译

儿子劳里上幼儿园的第一天，他不再穿灯芯绒的罩衣和围兜了。他开始穿蓝色牛仔裤、系皮带。那天早晨，我注视着他与邻家较大的女孩一起出门，清醒地意识到，我生命中的一个时期结束了。

儿子从幼儿园回来，我问儿子："今天在幼儿园过得怎样？"

"还好。"他回答道，"老师打了一个粗鲁无礼的孩子。"他望着自己的面包说。

"他怎么啦？"我问，"他是谁？"

劳里待了一会儿说："查尔斯。他无礼，老师就打他，还叫他在角落里罚站。他真是太顽皮了。"

第二天中餐时，劳里一坐下来就说："哇！查尔斯今天又使坏了。"他咧开嘴说，"今天查尔斯打了老师。"

"查尔斯为什么要打老师？"我问道。

"因为老师要他用蜡笔涂成红色，"劳里说，"可查尔斯偏要涂成绿色，所以他就打老师。老师也打了他，还说不要别人和他一块玩。"

第三天，查尔斯用跷跷板碰了一个女孩的头，还出了血，因此被罚站。星期四查尔斯在讲故事的时间里又被罚站，因为他老是把脚踩得噔噔响。星期五老师不要他值日，因为他把粉笔乱扔。

星期六我对丈夫说："你不认为幼儿园的情形对劳里不太适合吗？那个查尔斯看来对他有坏影响。"

又到了周一，劳里又带回好多新消息。"你猜查尔斯又怎么了？"他一进门就对我说，"查尔斯在学校里大喊大叫，所以他又留校了。"

"那个查尔斯到底是个什么人物？"丈夫问劳里。

"他比我大点，"劳里说，"他没有橡皮擦子，也没穿罩衣。"

周二周三周四一切照旧。查尔斯在讲故事的时间里又大喊大叫，打了一个男孩的肚子，把他弄哭了。周五查尔斯又留校，其他孩子陪着。

就这样到了第三周，查尔斯成了家中的风云人物。

在第三第四周时，查尔斯看来有进步。在第三周星期四的午餐上，劳里报告说："今天查尔斯表现好，老师给了他一个大苹果。"

"你说什么？"我问。

"不错！我是说查尔斯，他分发蜡笔给大家，又捡起地上的书本，老师说他是个好帮手。"

"有这等事？"我有些怀疑地问。

"他是老师的好帮手，就这样。"劳里耸了耸肩。

接下来的好几个星期，查尔斯都是老师的小帮手，每天发东西又收拾好东西，再也没人留他的校了。

"下周有家长会，"有一晚我告诉丈夫说，"我要去会会查尔斯的母亲。"

"我很想知道她是怎样教好孩子的。"丈夫说。

"我也想知道。"我说。

可是那个周五，情况又逆转了。"你知道查尔斯今天干了什么吗？"劳里在午餐时说，"他教一个小女孩说一个字，她说了，老师就用肥皂水洗她的嘴，引得查尔斯大笑不止。"

"什么字？"他父亲不明智地问。劳里说他悄悄地告诉父亲，他绕到父亲那边，父亲低下头，听劳里兴致勃勃地说起那个字。父亲的眼睛睁得老大。

"那小女孩说了两遍，"劳里说，"查尔斯要她说两遍。这一次老师放过了查尔斯。"

又一个周一上午，查尔斯自己将那粗俗的字说了三四遍，每次都被用肥皂水洗嘴。他还扔粉笔。

那晚我出门去参加家长会。

会上，我扫视着每一个心安理得的主妇的面孔，想看看谁隐藏着查尔斯的秘密。可是，没有一个人面容憔悴，没有人为自己儿子的不良行为向大家道歉，甚至压根儿就没人提起查尔斯。

会后，我找到劳里的老师。

"我一直希望见到您。"我说，"我是劳里的母亲。"

"我们也一直对劳里很感兴趣。"她说。

"他很喜欢这儿的生活。"我说，"他经常谈论幼儿园。"

"头一个多星期里，因为适应的问题，我们之间曾有一些麻烦。"老师说，"现在好了，他是我的好帮手，当然有时还会有一些故态复萌。"

"劳里是一个适应性强的孩子。"我说，"我想这是受了查尔斯的影响吧！"

"查尔斯？"

"不错。"我笑道，"出了个查尔斯，您一定忙得不可开交吧？"

"查尔斯？"她说，"在我们这里根本没有一个叫查尔斯的孩子。"

我惊愕良久，方如梦初醒。

与你共品

劳里就是故事中查尔斯的现身，他向父母叙述查尔斯在幼儿园一周的经过，正是劳里适应幼儿园环境的一个侧写。

小说以孩子劳里的讲述为故事线索，平实的语言却引起读者的无尽好奇，期待之心有增无减。故事中母亲一直认为儿子劳里是一个适应性很强的孩子，无比信任孩子的表现，却担心幼儿园的一些不良环境会影响到儿子劳里，就在她为此无比自豪时，结局却戏剧性转变：原来那个粗鲁无礼的查尔斯其实就是自己的儿子。故事正好折射出现实中那些总是自以为是的人，只顾一味猜忌别人却从不在自己身上找问题。

一个故事，是一个孩子内心的解剖的方式。在读懂的同时，作为父母，更应该转化旧的教育观念，要从自身找问题，善于发现自身缺点，并及时改正。

（白海琼）

能有这样的结局，贵族老爷很高兴。他向朋友们说，他很幸运，因为不需要步父亲的后尘了。

威　胁

[俄] 契诃夫/著　　杨宗连　唐素云/译

有一个贵族老爷的马被盗了。第二天他在所有的报纸上都刊登了这样一个声明："如果不把马还给我，那么我就采取我父亲在这种情况下采取过的非常措施。"

威胁生效。小偷不知道会产生什么严重后果，不过他想着可能是某种特别可怕的惩罚，很害怕，于是偷偷地把马送还了。能有这样的结局，贵族老爷很高兴。他向朋友们说，他很幸运，因为不需要步父亲的后尘了。

"可是，请问你父亲是怎么做的？"朋友们问他。

"你们想知道我父亲是怎么做的么？好吧，我告诉你们……有一次他住旅店时，马被偷走，他就把马肚带套在脖子上，背着马鞍走回家了。如果小偷不是这样善良和客气的话，我发誓，我一定要照父亲那种做法去做！"

与你共品

是小偷害怕贵族老爷采取其父亲的非常措施送还了马，还是贵族老爷的善良和客气打动了小偷？这其中的蕴意不得而知。

小说开头就设下悬念，究竟是什么非常的措施？带着好奇心，随着故事的逐步发展，我们深刻地体会到了小偷那种"做了亏心事，定怕鬼敲门"的心理。而老爷幸运之处，就是他利用自己的聪明才智狠狠地抓住了小偷这种致命心理，不仅使自己的马失而复得，还挽回了父亲因软弱而被人耻笑的尊严。

贪生怕死是人的本性，更何况是一个做了亏心事的人呢？所以说"身正不怕影斜"，如果你没做对不起自己良心的事情，即使是再大的威胁，也动摇不了你那颗刚正的心。

（白海琼）

当市政当局打算要赶他俩走的时候，街坊邻居和不少市民对市政当局提出了控告。既然他俩在那儿坐了那么长的时间，他俩有权得到这幢房子。

坐

[美] *H·E*·弗朗西斯/著　佚　名/译

有一天早上，他看见一男一女坐在他家门前的台阶上。他们整天坐着，连位子也不移动一下。

每隔一会儿，他就透过门上的格子看一下那一对男女。

天黑了，他们仍不离去。他感到疑惑，很想知道他们到底是在什么时候吃饭，什么时候睡觉，什么时候做他们的事情的。

天亮了，他们仍然还坐在那儿。不管天晴或下雨，他们始终坐在那儿。

起先只是隔壁的邻居打电话问他："他们是谁？在那儿干什么？"

他也一无所知。

后来，街坊邻里都打来电话询问，连看到这一情景的过路人也打来电话询问。

他从未听到那一男一女讲过话。

接着他开始接到全城各地打来的电话。打电话的当中有陌生人，也有市参议员，有专门职业者，也有办事员，有杂务清洁工，也有不得不绕过这一男一女给他送信的邮递员。他必须采取点行动了。

他要求他们离开那儿。

他们置之不理，只是一声不吭地坐着，眼睛茫然地凝视着前面。

他说他要叫警察了。

警察把他俩训斥了一番，说明了他们的权力后，就把他俩押进警车带走了。

第二天早上，他俩又回来了。

他又叫来警察。只要他坚持，警察就必须给他俩找一个去处。但警察却说，要是监狱不怎么拥挤的话，就把他俩送进监狱。

"那是你们的事情。"他对警察说。

"不，这其实是你的事情。"警察告诉他。但警察还是带走了那一男一女。

次日早晨，他向外张望时发现那两人又坐在他家门前的台阶上了。

连续好几年，那两人每天都坐在那儿。

每年冬天，他总希望他俩被冻死。

然而，他自己却先死了。

他没有亲人，因此他的房子就归公了。

那一对男女继续坐在那儿。

当市政当局打算要赶他俩走的时候，街坊邻居和不少市民对市政当局提出了控告。既然他俩在那儿坐了那么长的时间，他俩有权得到这幢房子。

结果原告胜诉，那一男一女继承了这幢房子。

判决后的第二天早晨，全城所有房子前的台阶上都坐上了陌生的男男女女。

与你共品

看完小说后，让人哭笑不得。难道长期坐在房子前面，直到房子的主人死了，就可以得到这房子吗？这简直就是无稽之谈。

作者就是想通过这无稽之事，表达当今社会人民基本的住房问题，小说的结局更是讽刺当今社会人民为生活所迫的盲目精神状态，同时含蓄地揭露当今政治无法保障人民基本生活的危机。

现实中，无论是生活、工作还是学习，都存在着无形的沉甸甸的压力，当人无法缓解压力时，就出现精神上的病态，例如抑郁症。因此，我们应该学会舒缓紧张的生活节奏，排解压力，做生活的主人。与此同时，政府应该时时刻刻关注老百姓的生活情况，并作出相适应的政策调整。

（成文捷）

显然，他说话时，身子也在发抖。然而，我的手也一直在哆嗦，他的手也在打颤。我们两个人一边说着话，一边在不停地发抖。

窍 门

[前苏联] 左琴科/著　佚 名/译

现在住旅馆可真困难哪，这是谁都知道的事。

我一到了南方，立即就深有感触。

一下了轮船，我就快步直奔旅馆。旅馆的守门人对我说："现在的旅客可真奇怪，一下轮船，就都朝我们这儿奔，好像我们这是旅馆。旅馆倒也是旅馆，可就是没有闲房间了，全都客满。"

没有别的办法，我只好耍个花招，再碰碰运气吧。离开旅馆，我一边走，一边琢磨法子。

我手里拿着两件东西：一个是普通的提篮，另一件确实是个挺漂亮的钢板手提箱——其实就是个三合板箱子。

我把提篮暂存在卖报人那儿，然后把身上穿的那件外国进口大衣反穿了起来，大衣的方格里子就成为大衣面。我又把便帽低低地压在鼻梁上，买了支雪茄烟叼在嘴上。

我就这么个打扮，提着那只出口的钢板手提箱，大模大样的再次闯进了那家旅馆。

守门人对我说："先生，您不能进去了，里面没有空房间。"

可是，我却走近一个服务员的眼前，操起半通不通的外国话说："一个，房子的，有?"

服务员自言自语地说："我的上帝呀! 外国佬来了!"

接着，他也用半通不通的外国话回答说："是，是的，一个，房子的，可以的，有，有。请，请。我这就给您腾房间，尽可能找个好房间，臭虫少一些的。"

表面上我装得神气十足，其实两条腿却在哆嗦着。

这个服务员挺爱扯外国话，于是他又问："对不起，您哪，先生，请原谅。您是德国人，还是哪国人呢？"

我心里暗想："真糟糕，万一要是这个服务员懂点德国话可咋办呢？"于是，我对他说："我是西班牙，一个，房子的，明白吗？你的。西班牙，西班牙的。"

啊哈，这一下这个服务员可惊呆了。

"我的上帝啊，是个西班牙人！请您等一等，当然，我已经明白了，方才您说的是西班牙，西班牙人。"

显然，他说话时，身子也在发抖。然而，我的手也一直在哆嗦，他的手也在打颤。我们两个人一边说着话，一边在不停地发抖。

这时，我用似通非通的西班牙语对他说道："对的，对对的，请您把我的箱子送到我的房间去，其他以后再说。"

服务员回答说："好，好的，不用您吩咐。"

一点也没有错，这个服务员想赚钱的劲头来了，他又问道：

"先生，您付什么钱哪？是给外国钱，还是给我们的钱呢？"

为了让我明白他的意思，他用手指头比划着杠杠和圆圈。

我心里嘀咕着："我可不知道你说的是什么？真讨厌，快点提箱子算了。"

我一心想弄个房间，其他的我什么也顾不上了。

服务员用手提箱子，由于殷勤过分，用力过猛，箱子盖啪的一声崩开了。

箱子一打开，里面乱七八糟的东西都掉了出来：破衬衫、短裤衩、"吉尔"牌肥皂，还有其他的国货。

服务员一看，脸都气白了。他立即明白是上当了。气乎乎地说："啊，好个西班牙流氓，快点拿出证件来！"

"我不明白，"我尴尬地说，"要是没有房间的话，我就走。"

"您看！"服务员对守门人说，"他竟然冒充外国人混进来！"

这时，我真想快点溜走；可是，守门人反倒说："哎，请到这边来，您甭害怕。您真的急等着要房间吗？"

"我是刚下船的，有些晕船，这会儿连站都站不稳当。请您行个好，快给我弄个房间，我好躺下歇一歇，我可以多给你们点钱！"我哀求着说。

"我们是不受贿的。如果您真是急着要房间，我可以给您找一个，也不用什么酬谢。"服务员说，"只不过是这个房间没有钥匙。房间锁着，钥匙弄丢了。您得再付十五卢布给钳工，让他给您打开房门，再从旧钥匙中找一把配上。"

我乖乖地付了钱，算是弄到了一个房间。

到了晚上，我听隔壁旅客告诉我说，这个房间的钥匙根本没有丢，不过让他们敲去了十五卢布而已，那位旅客为自己房间的钥匙付了十卢布。我因冒充西班牙人，又被他们多弄去五卢布。

无论怎么说，我还是挺知足的，因为到底有房间住了。

与你共品

看完小说后，我佩服主人公的乐观积极的心态。换位思考，如果其他人遇到同样的情况，会很生气。

小说的主人公在租房间这件事上，先是冒充外国人，接着被揭穿，后来被骗，最后感到满足。作者讽刺地描写了中下层社会商家的卑鄙的、胸襟狭隘的经商手段，折射出隐藏在社会背后的各种旧的传统习惯势力侵蚀着社会的健康群体的现象。

即使现在，许多商家为了获得更多的利益，使用各种各样的手段欺骗消费者，表面上互利互惠，实际上既欺骗了消费者的金钱，也欺骗了消费者的感情。同时为了取得短期利益也失去了商家最重要的长期的利益——诚信。值得吗？

（成文捷）

但他也不喜欢花店的招牌。他说："假如你不在这儿卖花，又在哪里卖呢？帕帕·敦特，你应该把招牌上的'本店'两字去掉，这样多简单明了。"

招　牌

〔美〕哈里特·思勒/著　佚　名/译

帕帕·敦特一向非常喜欢花，他经营花店已经很多年了，花店坐落在一个十字路口旁。他工作非常勤奋，并且生活得也很美满，他甚至有足够的钱供他的儿子约翰上大学。

约翰也像他父亲一样喜欢花。虽然他想上大学，但他的理想是毕业后帮助父亲经营这个花店。

花店位于十字路口。尽管花店没有挂招牌，但由于帕帕·敦特多年的苦心经营，城里的人们谁都知道这儿出售的鲜花是全城最美的。

花店第一次开业时，挂着一块很大的招牌，上面写着：本店出售美丽鲜艳的花

第一个来到花店的顾客对帕帕·敦特说："我很喜欢你的花店，可不喜欢你的招牌。美丽鲜艳的花，难道你就不可以卖别的种类的花吗？你为什么不把'美丽鲜艳'删掉呢？"

帕帕·敦特欣然同意，认为这样很好，于是把招牌改为：本店出售花。

第二天，又一个顾客来到花店，他认为这个新开业的花店很使他称心如意，但他也不喜欢花店的招牌。他说："假如你不在这儿卖花，又在哪里卖呢？帕帕·敦特，你应该把招牌上的'本店'两字去掉，这样多简单明了。"

于是，帕帕·敦特又把招牌改为：卖花。

第三天，帕帕·敦特的叔叔来到花店。"你这个花店很漂亮。"他说，"可

是招牌太罗唆了。'卖花'，花当然是卖的，但是这样写，给人一种不愉快的感觉，你为什么不把'卖'字去掉呢?"

这样，花店的招牌上只剩下一个字：花。

又过了一天，本城的一个官员也来光临帕帕·敦特的花店。

"我们来到这儿，感到很荣幸。"官员说，"你的花店看起来很整洁，宽敞明亮。你是一个很善于经营花店的人，你的花店位置适中，橱窗布置得幽雅大方，不过，我对于你的招牌有些想法。'花'，你的橱窗里摆满了美丽的花，那么你的招牌就是摆设了。人们看见这花，就会知道你出售花。所以最好是让你的花自己去说明吧。"

帕帕·敦特听从了官员的忠告，索性摘去了招牌。

路过花店的人们一看到橱窗里摆放着的鲜花，总是不由自主地停下来。最后，帕帕·敦特的鲜花远近闻名，盛誉不衰，没有人再去别的地方买花了。

这样，许多年过去了。

现在，帕帕·敦特要和儿子一起经营花店，他高兴极了。随着岁月的流逝，他渐渐变得苍老，对经营花店已经有些力不从心了。

送走了那些看望约翰的人们，帕帕·敦特问儿子："约翰，现在，你要为花店做的第一件事是什么?"

"哦，爸爸，我们首先要挂个招牌。在商业化的今天，它尤其是必不可少的。"儿子回答。

"挂个招牌，孩子?"

"对。"

"那么，招牌上写什么呢?"

"嗯，让我想想……就写'本店出售美丽鲜艳的花'吧……"

与你共品

一个花店老板数次更改招牌，到最后不用招牌，花店却一直盛誉不衰。可是，当花店老板的儿子当老板的时候，要为花店做的第一件事就是挂个招牌，这就是父亲和儿子的区别，即人生阅历长短的区别。

小说通过花店老板三度更改招牌，最后不用招牌，但是快要接手花店的儿子却要为花店挂个招牌的事例，含蓄深远地表达了"本店出售的花最美"要靠劳动证明，而不是靠招牌吹捧。

　　做任何事情都要脚踏实地，用自己的劳动证明自己的实力，而不是纸上谈兵。更重要的是在奋斗的过程中，学会吸取和总结前人的经验，站在前人的肩膀上，结合自己的实际，加以努力，定会取得事半功倍的效果。

（成文捷）

他确信有护神在冥冥中保佑他，于是，立刻拿起笔来写信，并准备亲自拿信到城里的邮局去投寄。

一封寄给上帝的信

[墨西哥] 格雷戈里奥·洛佩兹/著　佚　名/译

在谷地的一座小山包上，住着一户人家。

站在山顶上，能望见山脚下的小河，望见畜栏边上那块玉米地。玉米在扬花结苞，地里间种的豌豆也花开正茂——这可是庄稼人朝思夕盼的丰收前景啊！

这个时候，地里最需要的莫过于水了，下一场大雨该多好呀，不然，下小阵雨也能给庄稼解解渴。莱恩科大叔心疼庄稼，这天他整个早上都搁下活不干，专门仔细地观察东北方向天空上云彩的变化。

"老婆子，我看这场雨可真的下定了。"

老婆子在忙着做饭，附和着说："是要下雨了，真是上帝赐的福。"

大一点的孩子在地里干活，小一点的小孩在屋边玩耍。莱恩科大婶直起嗓子把他们喊回来："吃饭喽……"

不出莱恩科大叔所料，当一家人正在吃饭的时候，天上的乌云像一座座巨大的山峰，滚动翻腾，从东北方向迅速涌来，越来越近。雨，大滴大滴地下起来了。空气也变得湿润凉爽了。

莱恩科大叔跑出屋外，跑到畜栏里，似乎要找点什么东西。其实，他什么也没找，而是想淋个痛快，使心里更加舒畅。他返回屋里，大声说道："老天爷给咱们下的不是雨，而是一块块新钱币，大的10分，小的5分咧……"

莱恩科大叔心花怒放。他出神地凝望着笼罩在雨幕中的秆粗苞肥的玉米和万千朵豌豆花，脸上显出了惬意的神情……

突然，狂风骤起，大块大块的冰雹夹杂着雨点从天空中倾泻下来。晶莹光洁的冰雹纷纷落下，这倒真的像天降钱币了。孩子们一窝蜂从屋里跑出去，冒着雨捡拾那些晶亮得像珍珠似的冰雹。

"哎呀，糟糕!"莱恩科大叔望着漫天冰雹，像挨了重重的一拳，立刻惊叫起来，"这冰雹不能再下了!"

然而，冰雹仍下个不停。它整整地下了1个小时，把屋顶、菜园、山坡、田地都盖满了。整个山谷一片白茫茫的，仿佛铺上了一层厚厚的白盐。树木被打成光秃秃的，一片叶子都不剩；地里的玉米全给糟蹋了，豌豆花七零八落。莱恩科大叔伤心透了。冰雹过去后，他站在自己的那块玉米地里，对着孩子们唉声叹气地说："如果遭的是蝗灾，也不至于落到这个地步……这冰雹打得庄稼一棵不留! 今年，我们连一颗玉米、一颗豆子也收不到了……"

黑夜降临了，这是个多么令人忧伤的夜晚。

"累死累活，颗粒无收!"

"没有哪一个人能帮咱们的忙!"

"今年就等着挨饿了……"

在这间处于谷地深处的孤零零的屋子里，人们心中只剩下这样的希望: 上帝救救我。

"庄稼看来是没有指望了，不过，咱们也不必太难过。别忘了，上帝不会让咱们饿死的。"

"不饿死一个人——牧师们都是这样说的嘛!"

找上帝救出苦海。希望之火在莱恩科大叔的心中彻夜燃烧。他从牧师的教诲中知道，上帝的眼睛洞察一切，人们心里想些什么，上帝也会知道。

莱恩科大叔身体健壮，在地里干起活来就像一头牛似的，力大无穷。别看他是个五大三粗的庄稼汉，他还是识点字的。到了礼拜天，天刚刚亮他就起来祷告。他确信有护神在冥冥中保佑他，于是，立刻拿起笔来写信，并准备亲自拿信到城里的邮局去投寄。

他写的不是什么别的信，而是一封寄给上帝的信。

"上帝，"他写道，"如果您不搭救，我们全家今年就要挨饿。我需要100比索买种子，买粮食，以便在地里重新播种，维持生活，因为雹灾……"

他在信封上只写了3个字: 上帝收。他把信装进信封以后，便带着一种难以平静的心情进城去了。到了邮局，他买了张邮票贴在信封上，把信投进邮箱里。邮局里有个雇员，他既当邮差，又兼打杂。他从邮箱里取出了那封寄给上帝的信，递给领班时，忍不住一个劲地哈哈大笑。上帝住在哪里，他当了这么多年邮差，却从未听说过上帝的地址啊！领班是个和蔼可亲的胖子，他看到这封信，也不禁笑起来。但是，他很快就收敛笑容，把信在自己的办公桌上顿了顿，神情严肃他说："多么坚定的信仰！但愿我的信仰也跟这个寄信人那样坚定。我要想他之所想，像他那样信心满怀地去开拓与上帝取得联系的通途！"

这封寄给上帝的信虽然没有办法送到上帝手中，但是，它却使领班深受感动。为了不使这信仰的奇迹幻灭，他心中升起了一个念头：以上帝的名义复信。然而，他把信拆开一看，才知道要回复这封信，不是费点纸张墨水、写几句好话就能把问题解决了的。不过，领班是个意志坚强、决不食言的人，既说复信，就得复信。他请雇员们捐款，自己也拿出了部分薪金；此外，他有几个朋友也高高兴兴地掏出了钱。因为他告诉他们，这是一个表示"上帝之爱"的行动。

领班无法凑够 100 比索这样一笔巨款。他寄给莱恩科的钱只有其所需数目的一半多一点。他把钱装进信封，写上收信人的姓名和地址，并写了一封信。信上什么话也没有，只有一个签名：上帝。

又一个礼拜天到了。莱恩科大叔急着打听他的信件，早早就来到了邮局。把信交给他的还是那个雇员，领班则站在邮局门口的台阶上看着，心里甜滋滋的——谁做了好事不感到愉快？

莱恩科大叔对上帝给他寄钱的事是深信不疑的，所以，当他看见信封里装有一沓钞票的时候，脸上一点惊异的表情也没有。等到数清了钞票的数目，他竟生气起来：难道连上帝也出差错，克扣他所需要的金钱吗？这是绝不可能的事！

莱恩科大叔猛然转身走到柜台前，要来纸张、笔墨，在那张公用写字台上把信纸一摊，又挥起笔来。他眉头紧锁，沉思默想，显然是在搜索枯肠，寻找字句，来表达他那愤激的感情。写完信，他到柜台前买了张邮票，用舌头舔上点口水，举起拳头往信封狠狠一捶，把邮票贴上了。

信一投进邮箱，领班就走过去把它取了出来。信是这样写的：

上帝：

我要的钱没有如数收到，只收到 70 比索。请再寄 30 比索，我急需使用。下次付款切勿邮寄，因为邮局这帮家伙都是盗贼，没有一个好东西。

与你共品

　　看似喜剧的一篇小说，结尾却让人心中骤生凉意。自己怀着一颗无私淳朴的心，默默无闻，不求回报，不肆张扬地做了好事反而遭到了人格的质疑与诬陷，其中的悲凉、难受、失望可想而知。

　　看似一个坚定的信仰，却道出了人性的自私与阴暗，我们之所以相信上帝是因为上帝能够满足我们的所有要求与欲望。因此，信仰，似乎已经沦陷为满足自身要求与欲望的工具，这该是个多么令人震撼的社会问题！

　　上帝，本就没有。但有着上帝一般心肠的人其实也不少，我们在选择相信上帝的同时，何不也试着去相信一下自己身边的你我他呢？毕竟，生命只有从信任中才能开出灿烂的花朵，散发醉人的芬芳。很多时候，我们也须坚信，坚信这世上还有良心，爱心，善心。

　　　　　　　　　　　　　　　　　　　　　　　　　　　　　（李艳姿）

老前辈说:"早告诉你就好了。那是个小康之家,只有老两口。因为无聊,所以这样戏弄推销员。"

老两口儿

[日] 都筑道夫/著　佚　名/译

他一进门,就出来一个白发老头。青年推销员恭恭敬敬地鞠了一躬。

"喔,喔,可回来了。你毕竟回来了。"

老头脱口而出。

"老婆子,快出来。儿子回来了,是洋一回来了。很健康,长大了,仪表堂堂!"老太太连滚带爬地出来了,只喊了一声"洋一!"就捂着嘴,眨巴着眼睛,再也说不出话来。

推销员慌了手脚,刚要说"我……"时,老头摇头说:"有话以后再说。快上来。难为你还记得这个家。你下落不明的时候才小学六年级。我想你一定会回来,所以连这个旧门我都不修理,不改原样,一直都在等着你呀。"

推销员实在待不下去了,便从这一家跑了出来。喊他留下来的声音始终留在他的耳边。大概是走失了独生子,悲痛之余,老两口都精神失常了吧。

"可怜见的,"他想着想着回到了公司,跟前辈讲这件事。老前辈说:"早告诉你就好了。那是个小康之家,只有老两口。因为无聊,所以这样戏弄推销员。"

"上当了! 好,我明天再去,假装儿子,来个顺水推舟,伤伤他们的脑筋。"

"算了,算了吧。这回又该说是女儿回来了,拿出女人的衣服来给你穿。结果,你还是要逃跑的。"

与你共品

看完小说,我们都在大笑之余又略有所思。一位推销员上门推销却遭到了戏弄，本以为是痛失爱子、精神失常、让人怜悯的老俩口，却原来是由于无聊，拿推销员来当消遣，打发日子。

物质生活富足，精神生活空虚，这是一些小康之家的通病。特别是人到老年，物质生活再丰裕，也难以打发心中的无聊、空虚、寂寞，难以代替儿孙满堂的天伦之乐。在物质生活日愈丰盛的今天，精神生活的富足是否应该更加值得人们关注呢？

不可缺少的是物质生活，不可小觑的是精神生活。只有具备充足的精神食粮，我们才不会整天与空虚作伴，与寂寞为友，我们思想的花园里才不会长满荒芜的野草，才能花香弥漫，瓜果遍野。

（李艳姿）

但是巴巴扬兹涅却有四十八个平方，共三个房间。为什么我要比他的房子小，我完全可以拥有更大的房子。

失　眠

［俄］A·卡聂夫斯基/著　　佚　名/译

由于情况特殊，我很早便上床了。但我发现失眠与几点上床并没有太大的关系。

妻子对我说："用数数的方式会好很多。希望会有效！我每晚都数好几万。"

"好吧！"我想也许应该听妻子的话。

一……二……三……三次被学校领导训斥。为什么不准时到校？为什么总是和其他老师发生矛盾？为什么不交计划？为什么只会埋怨我，而不关心一下这个问题的原因在哪里？如果这些你都处理好了，你就不会提出这么蠢的问题了！就好像我的失眠和他没有一点儿关系一样！

……八……九……十……我在学校起码有十年的教龄了，可是却叫莫萨金去当小组长。你想想看，我成天忙得不可开交，却还要替副博士答辩。也许我也像科学院院士那样睡不着吧，可这并不会引起别人注意！

……十七……十八……十九……十九个人都得了奖金。除我之外，每一个人都有一份。而且他们还那么若无其事的。我亲爱的同事，你们一定会睡得又香又甜。

……三十……三十一……三十二……一共就三十二个平方。但是巴巴扬兹涅却有四十八个平方，共三个房间。为什么我要比他的房子小，我完全可以拥有更大的房子。

……一百一十八……一百一十九……一百二十……这只是算出来的数目罢了，三扣两扣也就所剩无几了。全组又是我最少。皮楚金娜才只不过是个应届留校学生而已，可是已经拿了一百四十卢布，而且全用来买化妆品了。一个小姑娘哪里用得了那么多钱。但是我每个月光安眠药就得花十卢布。

……六千……七千……八千……八千个白血球，连医生都为这个数字惊叹。我已经达到这个极限了，可是却让纳哥涅奇内去休假。我的专业知识还少了不成！那老糊涂连个休息的机会也舍不得给我。这不，思维迟钝了，眼也花了，脑子里也嗡嗡地乱响。

呦！你瞧，天已经亮了，我确实困了，妻子的方法有效力了。又要睡过头，又要迟到，校长又得来那套老生常谈了……去他妈的吧！谁会在意那老家伙。

"我要睡了，下次再谈吧！"

与你共品

小说结尾引人发笑。失眠，这是个老生常谈的问题，确实，大多数人的失眠不是身体的原因，而是心理的原因。小说中的主人公在乎得多，计较得多，抱怨得多，让他心理失衡，生理失眠。

人生在世，有时候，我们不必计较太多，要抱着一颗平常心，闲看花开花落，笑望云卷云舒。因为计较得越多，快乐就越少，抱怨得越多，人生就越痛苦。与其天天让压抑苦闷笼罩着我们，倒不如放下沉重的心理负担，让自己的心灵得到些许歇息。

很多时候，我们习惯了计较，习惯了抱怨，计较别人的不是，抱怨世界的不公，可是我们却没有去换位思考，试着从自己身上寻找原因，或许，真的是我们做得还不够多，不够好呢？学着去换位思考吧，你会发现天是一如既往的蓝，花是一如既往的红。

（李艳姿）

　　在接下来的一个月的日子里，他神情忧郁，最后他垮了。他发烧可真厉害，根本神志不清。后来病情进一步恶化，怪可怕的。

悲惨命运

[英] 威·毛姆/著　　佚　名/译

　　有些人，在拜访别人或晚上与人聊天的时候，总觉得告辞是一件很难的事。时间一分接一分地过去了，到拜访者觉得自己真的该走的时候了，他站起来吞吞吐吐地说："呃，我想我……"紧接着主人就说："噢，你这就要走吗？时间真的还早呢！"于是拜访者拿不定主意的尴尬就接踵而至了。

　　在我所知的这类事情中，最悲惨的例子要数我可怜的朋友动三先生。他简直不知道该如何从所拜访的人家里脱身。他是那么忠厚，又是那么规矩，从不愿失礼。在他放暑假的第一天下午，他去他的一个朋友家里拜访。他在那聊了一会儿天，喝了两杯茶，然后好不容易鼓起勇气说："呃，我想我……"

　　可是女主人说："噢，别急！动三先生，你真不能再多待一会儿吗？"

　　动三从来都是说实话的。"噢，我，能，"他说。"当然，我——呃——可以再待一会儿。"他留了下来，喝了十一杯茶。夜幕开始降临了，他再一次站起来。

　　"呃，现在，我想我真的……"

　　"你非要走吗？"女主人客气地说，"我还以为你可以留下来吃饭呢……"

　　"呃，是可以的，"动三说："假如……"

　　"那就留下来吧。我肯定我的丈夫会很高兴的。"

　　"好吧，那就留下来吧。"他颓然回到椅子上，灌了一肚子的茶水，怪难受的。

男主人回来了。他们开始吃饭。动三从头到尾都在盘算着要在八点三十分告辞。主人一家都在纳闷，不知动三到底因呆笨而显得郁闷不乐呢，还是仅仅只是呆头呆脑。

吃完饭后，女主人想"打开他的话匣子"，于是拿出照片给他看。她把家里所有的珍藏照片都拿出来，总共有好多。到八点三十的时候，动三已经看了七十一张，大约还有六十张没看。动三站起来："现在告辞了。"他用恳求的口吻说。

"告辞？"他们说，"才八点三十呢！你有什么事要去办吗？"

"没什么事。"他承认，接着又闷声闷气的，然后苦笑了一下。

就在这时候，大家发现主人的宝贝儿子——那个可爱的小调皮鬼把动三的帽子给藏起来，因此，男主人说，动三先生非留下来不可了，于是就请动三一起抽烟聊天。动三时时刻刻都在想着果断地离去，可是办不到。后来男主人开始厌烦他了，就反话挖苦他说："动三先生最好留下来过夜，我们可以给你临时搭一个铺。"动三误解了他的意思，竟然连连道谢。于是男主人便为他安顿了一个空房间，内心却狠狠地诅咒他。

第二天上班吃完早饭后，男主人进城上班了，留下动三和家里的宝贝儿子玩。动三一天一直在琢磨着回去，可他又左右为难。男主人傍晚下班回来了，他发现动三还在家里，大感吃惊和恼火。他想开个玩笑把动三支走，于是说，我认为该向动三先生收房租和伙食费了！那个不幸的小伙子目瞪口呆一阵，然后紧紧握住男主人的手，向他预付了一个月的食宿费。

在接下来的一个月的日子里，他神情忧郁，最后他垮了。他发烧可真厉害，根本神志不清。后来病情进一步恶化，怪可怕的。有时候他从床上惊坐起来，尖叫道："呃，我想……"紧接着又倒回到枕头上，同时发出一声令人毛骨悚然的大笑。再一会儿，他又跳起来，大叫道："再来一杯茶，再拿照片来！哈！"

最后，经过一个月的痛苦折磨，在他假期的最后一天，他去世了。人们说在他临终之际，他在床上说："噢！天使们在召唤我，我想我真的该走了。再见！"

与你共品

看完这篇有点戏剧化的小说，心情却沉重而悲痛。当他能无所顾忌地说出再见的那一刻，已经是再也无法见的时候了。一次平常的拜访，却成了他生命的终点。多么地令人心酸、心痛、心凉。

　　表面上看是作者对动三先生悲惨命运的同情，实际却隐含着丝丝的嘲讽。确实，一些看似善良、忠厚、规矩的人，实际却是毫无主见，胆小，软弱与唯唯诺诺。一味顺从，一味屈就，一味忍耐，这些人性中的弱点把他们推向了死亡的深渊。

　　其实很多时候，让我们停滞不前、落后失败的往往是我们的虚伪，懦弱与唯唯诺诺。很多时候我们要敢于说"不"，对自己，对他人。同时，也反映出现在人与人交往中的一个重大问题，真诚，纯洁，纤尘不染的人际关系究竟还有多少？

（李艳姿）

很快，我就被捕了。执行这项命令的巡逻队一声不吭地包围了我，从我的脖子上摘去了战鼓，从我精疲力竭，冰冷的手中夺走了鼓槌。

鼓手的遭遇

［波兰］姆罗热克/著　佚　名/译

我爱我的鼓。我用一根宽带子系着鼓，挂在我的脖子上。这面鼓挺大，敲打淡黄色鼓面的鼓槌是用栎木做的。随着时光的流逝，我的手指已把鼓槌磨得铮亮，这也表明了我的勤奋和爱好。我常常背着这面鼓在大路上走，路上有一片片尘土，白茫茫的，有时一片泥泞，黑糊糊的，大路两旁的田野随着季节的变化，交替出现绿色、金黄色、褐色和白色。可是，我的鼓不受季节变化的影响，不停地发出急促的咚咚声。因为我的手已不属于我自己，而是属于这面鼓的了。一旦这面鼓沉默下来，我就会觉得浑身难受。

一天傍晚，正当我精神抖擞地敲打着这面鼓的时候，一位将军走到我面前。他衣着不整，上身穿件短上衣，没有扣扣子，袒胸露怀，下身穿的是一条衬裤。

他跟我打了个招呼，干咳了一声，接着便赞扬起政府和国家来，最后他似乎是漫不经心地说："您总是这样不停地敲鼓吗？"

"是的！"我高声回答，同时敲得更有劲了。"为国争光！"

"说得对，很对。"他点点头表示赞同，但显得有些忧心忡忡。

"您还要这样长时间地敲下去吗？"

"是的，将军同志，只要我还有力气！"我兴奋地回答。

"噢，好小伙子！"将军夸奖我说，同时伸手挠了挠头。

"你能这样敲多久呢？"

"一直敲到死！"我自豪地大声说。

"嗯，嗯……"将军感到惊诧，他沉默了片刻，思索着什么，随后又转了话题。

"已经很晚了。"他说。

"晚只是对敌人而言，绝不是对我们。"我大声叫嚷说，"明天属于我们!"

"说得很好，很好。"将军表示同意，但有点恼火，"我指的是时间已经很晚了。"

"战斗的时刻已经来到! 让大炮轰鸣吧! 让钟声敲响吧!"我怀着一名真正的鼓手的高尚的激情，振臂高呼起来。

"不，不要敲钟!"将军急忙说，"钟，当然要敲，但只是在某些时候。"

"对，将军!"我紧接着他的话说，浑身激动得发热。

"我们有了战鼓，干吗还要钟。当我的战鼓敲响时，让钟声统统停下来吧!"为了证实这一点，我把鼓敲得像在发起冲锋一样。

"绝不是相反，是吗?"将军犹豫而又谨慎地问道。同时，用手把自己的嘴遮了起来。

"绝不是相反!"我大声说，"我们的战鼓将不停地发出雷鸣般的响声，将军，您可以信赖您的鼓手!"我感到有一股暖流流遍了我的全身。

"我们的军队可以因为您而感到骄傲。"将军有点儿酸溜溜地说。他的身子微微颤抖了一下，因为夜幕已经降临到宿营地上。在灰蒙蒙的雾气中，将军的那顶帐篷的尖顶孤独地耸立着。

"是的，我们的军队会感到骄傲。我们不会停滞不前，因为我们要进军，是的……夜以继日地进军。但我们每前进一步……是的，每一步……"

"我们每前进一步，都伴随着不停的胜利鼓声!"我脱口而出，一边击着鼓。

"喔，这，这，"将军嗫嚅地说，"是的，确实是这样。"说完，他朝自己的帐篷走去。我独自一人留了下来。但是，孤独更增强了我作为一名鼓手的自我牺牲精神和责任感。"将军，你走了。"我心想，"但是你知道，你忠诚的鼓手还在警戒着，你的额上已经出现了一道道犁沟似的皱纹，你还在全神贯注地考虑战略部署，用小旗在地图上标明我们共同的胜利之路。你和我，我们两人将一起迎接曙光，迎接光辉灿烂的明天。我将以你和我个人的名义，用鼓声宣告它的来临。"

这种对将军的爱戴之情，这种为事业而献身的精神充溢了我的心灵，我竭尽全力把鼓点敲得更急，更响。夜已深沉，我用青春的全部热情，怀着一个伟大的理想，献身于我的光荣劳动，只是在鼓槌击鼓间歇的时刻，我才听见从将军的防水帆布帐篷里传来的弹簧垫的咔溜声。有人仿佛在辗转反侧，不能成眠。后来，在将近午夜的时候，在帐篷前面，隐约出现了一个白色身影，这就是身穿睡衣的将军。他的声音有点嘶哑。

"所以，您是说，这个……您的鼓还要继续击下去，是吗？"他说。在这夜静更深的时候，他还到我这儿来，真是使我感动，他真正是战士的慈父啊！

"是的，将军！无论是寒冷还是睡意，都不能战胜我，只要我一息尚存，我就要击鼓，我的天职和我们为之奋斗的事业要求我这样做，鼓手的守则和荣誉也要求我这样做！苍天在上，我保证战鼓长鸣！"我讲这番话的时候，丝毫没有想到要向将军献媚，也没有想到要博得他的欢心。这不是指望升官或是获得奖赏的夸夸其谈，我甚至根本没有想过可以去作这样的理解。我始终是一名诚实的，直心肠的，称职的鼓手。

将军咬了咬牙。我以为，这是因为他感到冷的缘故。后来，他瓮声瓮气地说："好，很好。"说完就走了。

很快，我被捕了。执行这项命令的巡逻队一声不吭地包围了我，从我的脖子上摘去了战鼓，从我精疲力竭，冰冷的手中夺走了鼓槌。谷地里一片寂静。我不能向同志们解释清楚，他们用刺刀架着我，把我带到了营地以外的一个地方。按照规定是不允许这样做的。他们之中有一个人告诉我，逮捕我是执行将军的命令，罪名是暴露目标，暴露目标！

此刻，天色已开始发亮，天空升起了第一批玫瑰色的云彩。迎接黎明的只是一阵阵响亮的鼾声，当我们走过将军的帐篷时，我清楚地听见了这鼾声。

与你共品

　　一个是忠诚称职的鼓手，另一个是不修边幅的将军，为何鼓手最后要被逮捕，将军却呼呼大睡？爱国，最重要的是要有实际行动，而不是凭着领导的头衔滥用权力。

权力是把双刃剑，运用得好，会造福人民；相反，滥用权力，必将给人们带来祸害。所以端正上层领导的态度，监督好上层领导的权力，是兴国安邦的必经之路。小说通过鼓手和将军不同态度的对比，讽刺了生活中有些官员心肠狭窄、鲁莽自私，对自己的工作不负责任的不良现象。

思想家顾炎武说过："国家兴亡，匹夫有责。"想要维护好国家的利益，需要尽职尽责，端正自己的态度，如果有些人只是挂着领导的头衔而无所事事，甚至因个人的利益，利用所拥有的权力压制别人，后果将不堪设想。

（龚晓琳）

这就是我要打电话说的。今天下午 3 点有一辆灰狗班车去华盛顿，如果你把我留给你买食物的钱寄给我，我就能赶上这趟班车了。

来自赌城的电话

[美] 阿特·布屈沃德/著　佚　名/译

在每个男人的生活中都有这么一个时侯，如果他单独在拉斯维加斯，他就不得不打接电话人付费的电话给他妻子。这一时刻对我而言比预期的要来得早。

"你好，亲爱的，"我说，"我正在拉斯维加斯给你打电话。"

"我知道你在哪儿打电话，"她说，痛苦正从听筒里渗透出来，"你昨晚在干什么？"

"我和一个歌舞女郎约会。"我告诉她。

"别和我撒谎。你在赌博。"

"一点点，不多。"

"你输了多少？"

"我爱你。"我告诉她。

"我说你输了多少？"

"我给你打电话不是谈这个，我想和你谈谈孩子。"

"孩子怎么了？"她急于知道。

"他们长大了为什么非得去读大学？许多孩子没读大学也照样出人头地。"

"你没输掉他们读大学的钱吧？"她尖叫起来。

"只是他们三年级和四年级的钱。"

"你还输了什么？"

"你现在站在哪儿？"

"在我们的卧室里。"

"别再说'我们的'卧室了。"

"你没输了房子吧?"她狐疑地问道。

"只是一部分,我还保留了浴室和车库的所有权。"

我可以听见电话那一端的啜泣声。

"不,亲爱的,等一分钟,你说过这房子对我们来说太大了,而你喜欢小一点的。把这看做是一种好运气,亲爱的,你在吗?"

"是的,我在。"

"行行好,你知道结婚周年纪念日我给你买的带珍珠的金项链吗?"

"你把它输掉了?"

"当然不会,你认为我会干这么低下的事吗?"

"那么,项链怎么了?"

"我想问你出去时把它丢在什么地方,那么,我们就能因此拿到保险金,我们可以得到一个比卖掉它更好的价钱。"

"我会杀了你。"她说。

"别这样,这将是一个错误。"

"你意思说你还输了人寿保险?"

"他们告诉我像我这么做的人可以长寿。"

"好吧,你总算没输了我的皮外套。"

"我说不出话来。"

"你输了我的皮外套?"

"谁在华盛顿穿皮外套?"我回答她。

"你几时回家?"

"这就是我要打电话说的。今天下午 3 点有一辆灰狗班车去华盛顿,如果你把我留给你买食物的钱寄给我,我就能赶上这趟班车了。"

"那你回来后我们吃什么?"

"打电话给农业部,根据法律,我们有资格分享他们的过剩食品。"

与你共品

赌博,一种毒瘤恶疾,使人生贪欲,离骨肉,败坏社会风气,严重腐蚀人类的心灵。一个幸福美满的家庭为何变得支离破碎?那是因为丈夫染上了赌博,输掉了家里的一切,造成了家庭的种种危机。

　　小说通过一对夫妻之间的一次简单的通话，形象生动地折射出赌博对家庭的毁坏：使人精神不振，扭曲人生观、价值观；输掉孩子的学费、输掉房子；忘记夫妻之间的相互疼爱，毁掉孩子的未来；甚至骨肉分离、妻离子散、家破人亡。赌博吞噬着一个个美好的家庭。

　　社会在发展，时代在进步，而面对多彩缤纷、变化无常的世界，我们更应该洁身自好，远离赌博。

（石凤莹）

第四辑

情深意长

每天，他们早晨分手，晚上相见。一星期过去了，迪莉娅带回家 15 美元。她却显得有些疲惫。

爱的磨难

［美］欧·亨利/著　　佚　名/译

乔从中西部来到纽约，梦想当画家。迪莉娅从南部来到纽约，梦想搞音乐。乔和迪莉娅是在一间画室里相见的。不久以后，他们结了婚。

他们居住的只不过是一套狭窄的房间，却生活得很幸福。他们互敬互爱，而且双方都热衷于艺术。他们生活中的每一件事都是顺心满意的，但他们发现已经花完了所有的钱。迪莉娅决定去做家庭音乐教师。一天下午，她对丈夫说："乔，亲爱的，我找到一位学生了，一位老将军的女儿。她是位性情温柔的姑娘。一星期教三节课，一节课 5 美元。"

但是，乔并不高兴。"我干些什么呢？"他说，"你以为我可以眼睁睁地看你工作而自己却轻松地搞自己的艺术吗？不，我也要挣钱。"

"亲爱的，你真傻。"迪莉娅说，"你必须继续练习绘画。我们一周有 15 美元，会生活得很幸福的。"

"或许我还能卖掉一些我画的画哩。"乔说。

每天，他们早晨分手，晚上相见。一星期过去了，迪莉娅带回家 15 美元。她却显得有些疲惫。

"克莱门提娜有时使我感到烦恼，她不下苦功夫练习。但是，那位将军真是一位最可爱的老人，我多么想你能见他一面呀，乔。"

这时，乔从口袋里摸出 18 美元。"我卖给了一个来自皮奥里亚的人一张我画的画。"他说，"他还定购了另一张。"

"我太高兴了。"迪莉娅说，"33 美元！以前我们从没有这么多的钱去花费。今晚我们将吃一顿丰盛的晚餐了。"

第二个星期，乔回到家，把又得到的 18 美元放在桌子上。过了半小时，迪莉娅回来了，她的右手上缠着绷带。

"你的手怎么了？"乔问道。迪莉娅笑着说："噢，克莱门提娜递给我一盘汤时，一些汤溅到我手上。"

"你今天下午什么时间烫着手的，迪莉娅？"

"我想大概是 5 点钟吧。那把烙铁……我意思是说那盘汤……是在 5 点左右备好的。你问这个干吗？"

"迪莉娅，来，坐在这儿。"乔说着把她拉到长沙发上，并且坐在她身边。

"你每天都干了些什么，迪莉娅？你真的在做家庭音乐教师吗？告诉我实话。"她哭了起来。

"我找不到一个学生。"她诉说道，"所以，我就在一个洗衣坊里找到一项工作：熨衬衣。今天下午，一个女孩把一只烙铁放在我的手上，把我重重地烫了一下。但是，告诉我，乔，你是怎么猜出我不是在做家庭音乐教师呢？"

"很简单。"乔说，"我知道关于你绷带的所有来历，因为是我把它们送给楼下洗衣坊的一个小女孩的，她用热烙铁烫坏了别人的手。你明白了吧，我也在你工作的洗衣坊里的动力机房里工作。"

"那么，你画的画呢？你是卖给了那位来自皮奥里亚的人吗？"

"算了吧！你的将军和他的克莱门提娜是无中生有的，那么，我那位来自皮奥里亚的人也是胡说的。"

接着，两人大笑起来。

与你共品

在品读作品时，已被乔和迪莉娅给予对方的浓浓爱意所打动。平坦的爱情之路固然令人羡慕和向往，但唯有在磨难中建立、发展、繁衍的爱才能成熟、真诚、长久。

小说采用一般记叙文的形式，将整个故事娓娓道来，让读者感动于乔夫妇在艰苦的生活环境下相互扶持、疼惜的温馨对话和情节。另外小说善于巧设悬念，既吸引读者的兴趣，又带给我们不一样的意外结果。

这是茫茫人海中众多贫穷恋人以及夫妇之间质朴爱情的写照和缩影。他们将浓烈的爱意，默默地释放，并以此温润彼此，经营幸福。

（蔡裕婷）

丈夫从不顾自己的身体，时常冒着严寒在风浪中打鱼。她从早到晚忙着干活，又怎样呢？一家人勉强糊口而已。

穷苦人

[俄] 列夫·托尔斯泰/著　　万　宇/译

在一间渔民住的茅屋里，渔夫的妻子冉娜坐在灯下缝补旧渔帆。风在院子里呼啸，哀号，浪涛冲击着海岸，发出哗啦哗啦的声响……天气又黑又冷，但渔夫的茅屋里却温暖如春，炉火还没有熄灭。挂着白蚊帐的床上有五个小孩在大海的咆哮声中熟睡。冉娜的丈夫，一大早就出海了，现在还没有回来。她倾听着波涛的喧嚣和狂风的呼啸，心里忐忑不安。

旧式的木制钟嘶哑地敲过了十点、十一点……丈夫还是没有回来。冉娜直嘀咕。丈夫从不顾自己的身体，时常冒着严寒在风浪中打鱼。她从早到晚忙着干活，又怎样呢？一家人勉强糊口而已。孩子们连鞋都穿不上，不管夏天还是冬天都光着脚跑路。吃的不是白面包，要是黑面包够吃，就算不错了。下饭的只有鱼。"唉，总算命好，孩子们没灾没病。没有什么可抱怨的。"冉娜这样想道，又留心听着风暴的呼啸。"他在哪儿呢？上帝保佑他，救救他，可怜他吧！"她一边说，一边划着十字。

睡觉还嫌太早。冉娜站了起来，往头上披了一块厚头巾，点着提灯，走出门外，看看大海是不是平静一些了，灯塔上的灯是不是还亮着，能不能看得见丈夫的小船。但是，海上什么也看不见。风使劲地刮着她的头巾，一块掉下来的什么东西叩打着街坊小屋的门，于是冉娜突然想起来，从傍晚起她就想去看望生病的街坊。"还没有人去照料过她呢！"冉娜想道，敲了破房门。仔细听着……没有人应声。

"寡妇的处境真难啊！"冉娜站在门口想道，"孩子虽然并不多，只有两个，可是一切都得她一个人操心。而她自己又有病！唉，寡妇的处境真艰难啊！我进去看看她。"

冉娜又敲了敲门。还是没有人应声。

"哎，街坊！"冉娜喊了一声。"出了什么事情了？"她想道，推了一下门。门开了，冉娜走进了屋。

小木屋又潮又冷。冉娜提起灯，看看病人在哪儿。首先映入她眼帘的是正对着门的一张床，床上躺着她的街坊。她如此安静地，一动也不动地仰卧着，好像刚刚咽气一样。冉娜把提灯再靠近一些，不错，她脑袋向后仰着，在那张冰凉发青的脸上呈现出死的安详。死者一只苍白的手仿佛要去拿什么东西，落了下来，垂在草垫上，而就在死去母亲的旁边，睡着两个胖脸蛋、卷头发的娃娃，身上盖着一件破衣裳，蜷着腿，两个黄头发的小脑袋紧紧靠在一起。看来，母亲在临终前还曾来得及用旧头巾裹住他们的小腿，用自己的衣服把他们盖上。他们呼吸得匀称而平静，睡得香甜而酣畅。

冉娜取下摇篮，用头巾把他们裹好，抱回家来。她的心跳得很厉害；她自己不知道，她怎么会这样做，又为什么要这样做，但是她知道，她不能不做她已经做了的事。

回到家，她把没醒的孩子放在床上自己孩子的旁边，急忙把帐子拉好。她激动得脸色发白，好像受到良心的折磨。"他会说些什么呢？"她自言自语道，"养活五个孩子可不是闹着玩的事，还不够他操心的……是他回来了？不是，他还没有回来，为什么要把这两个孩子领回来呢？！……他会揍我一顿？！那也活该，我该挨揍。他回来了！不是！……唉，不回来更好。"

门吱呀响了一下，仿佛有人进来了。冉娜颤抖了一下，从椅子上欠起身子。

"没人。还是一个人也没有！上帝啊！我干吗要做这件事？我现在怎么还敢看他的眼睛？"冉娜心事重重，久久坐在床边，默不作声。

雨停了，天亮了，但是风还在呼啸，海仍在咆哮。

突然大门开了，一股新鲜的海上空气冲了进来，一个身材高大面色黝黑的渔夫拖着湿漉漉的刚破了的渔网走进小屋，说道："我回来了，冉娜！"

"哎，是你！"冉娜说道，没有勇气抬头看丈夫。

"嘿，夜真黑啊，可怕极了！"

"是呀，多可怕的天气！哎，打了多少鱼？"

"真是糟透了，糟透了，什么也没有打着，渔网还刚破了。情况很坏啊！……我告诉你，碰上了倒霉的天气。我好像从来没碰见过这样的黑夜。还说打什么鱼！

能活着回来就算万幸了。得啦，我不在家的时候你都干了些什么事？"

渔夫把网拖进屋里，坐在火炉旁。

"我？"冉娜说，脸色苍白，"我干了什么事……我在家缝缝补补……大风呼叫得我都有点害怕了。我真为你担心。"

"对，对，"丈夫低声说，"天气坏透了！有什么办法呢！"

俩人沉默了一会儿。

"你知道吧，"冉娜说，"街坊西玛死了。"

"真的？"

"不知是什么时候死的，大概是昨天吧，看来死时很痛苦。想必是心疼孩子。两个孩子还都是小不点呢……一个不会说话，而另一个刚刚会爬……"

冉娜沉默下来。渔夫皱起眉头，他的脸色变得严肃而忧虑。

"是呀，这倒是件事！"他说道，不时地搔搔后脑勺，"好吧，又有什么办法呢！得把他们抱过来，要不他们就醒了，孩子们怎能同死人在一起呢！好吧，就这么办吧，咱们总能熬得过去。快去领他们吧！"

但冉娜没有动地方。

"你是怎么啦？不愿意吗，冉娜？"

"他们就在这儿。"冉娜说着，把蚊帐拉开了。

与你共品

再一次读这篇小说，心灵亦再一次受到震撼，内心越发赞叹托尔斯泰的文思和笔下冉娜夫妇的善良、纯朴、坚强。

小说先后描写了环境的恶劣、冉娜的担忧以及寡妇的处境等，各种细腻的描写衬托出了人物高尚的人格，故事层层推进，在中间情节设下层层悬疑，吸引读者，一直到冉娜收养寡妇的孩子和丈夫的一致应允，可谓是将人物的性格塑造得生动而丰满，不愧是大师笔下的高大的"穷苦人"。

贫与富，永远都不会是衡量人的价值的标准。唯有拥有高尚的品质，方能得人敬佩。只要人人都充满爱，满怀善良之心，世界才能变得更加美好，更加和谐。

（蔡裕婷）

突然，喀嚓一声，随着一声惨叫，一个沉重的物体从楼梯上滚落下来。

雪　夜

〔日〕星新一/著　　海明珠/译

雪花像无数白色的小精灵，悠悠然从夜空中飞落到地球的脊背上。整个大地很快铺上了一条银色的地毯。

在远离热闹街道的一幢旧房子里，冬夜的静谧和淡淡的温馨笼罩着这一片小小的空间。火盆中燃烧的木炭偶尔发出的响动，更增浓了这种气氛。

"啊！外面下雪了。"坐在火盆边烤火的房间主人自言自语地嘟哝了一句。

"是啊，难怪这么静呢！"老伴儿靠他身边坐着，将一双干枯的手伸到火盆上。

"这样安静的夜晚，我们的儿子一定能多学一些东西。"房主人说着，向楼上望了一眼。

"孩子大概累了，我上楼给他送杯热茶去。整天闷在屋里学习，我真担心他把身体搞坏了。"

"算了，算了，别去打搅他了。他要是累了，或想喝点什么，自己会下楼来的。你就别操这份心了。父母的过分关心，往往容易使孩子头脑负担过重，反而不好。"

"也许你说得对。可我每时每刻都在想，这毕业考试不是件轻松事。我真盼望孩子能顺利地通过这一关。"老伴儿含糊不清地嘟哝着，往火盆里加了几块木炭。

突然，一阵急促的敲门声打破了这寂静的气氛。

两人同时抬起头来，相互望着。

"有人来。"

房主人慢吞吞地站了起来，蹒跚地向门口走去。随着开门声，一股寒风带着雪花挤了进来。

"谁呀？"

"别问是谁。老实点，不许出声！"

门外一个陌生中年男子手里握着一把闪闪发光的匕首。声音低沉，却掷地有声。

"你要干什么？"

"少啰唆，快老老实实地进去！不然……"陌生人晃了晃手中的匕首。

房主人只好转身向屋里走去。

老伴儿迎了上来："谁呀？是找我儿子……"她周身一颤，后边的话咽了回去。

"对不起，我是来取钱的。如果识相的话，我也不难为你们。"陌生人手中的匕首在炭火的映照下，更加寒光闪闪。

"啊，啊，我和老伴儿都是上了年纪的人，不中用了。你想要什么就随便拿吧。但请您千万不要到楼上去。"房主人哆哆嗦嗦地说。

"噢？楼上是不是有更贵重的东西？"陌生人眼睛顿时一亮，露出一股贪婪的神色。

"不，不，是我儿子在上面学习呢。"房主人慌忙解释。

"如此说来，我更得小心点。动手之前，必须先把他捆起来。"

"别，别这样。恳求您别伤害我们的儿子。"

"滚开！"

陌生人三步两步蹿上楼梯。陈旧的楼梯发出吱吱呀呀的声音。

两位老人无可奈何，呆呆地站在那里。

突然，喀嚓一声，随着一声惨叫，一个沉重的物体从楼梯上滚落下来。

房主人从呆愣中醒了过来，慌忙对老伴儿说："一定是我们的儿子把这家伙打倒的。快给警察挂电话……"

很快，警察们赶来了。在楼梯口，警察发现了摔伤了腿躺在那里的陌生人。

"哪有这样的人，学习也不点灯。害得我一脚踩空。真晦气。"陌生人一副懊丧的样子。

上楼搜查的警察很快下来了。

"警长，整个楼上全搜遍了，没有发现第二个人，可房主人明明在电话中说是他儿子打倒的强盗，是不是房主人神经不正常?"

"不是的。他们在上学的儿子早在数年前的一个冬天死了。可他们始终不愿承认这一事实。总是说，儿子在楼上学习呢。"

谁也没有再说话。屋子里很静，屋外也很静。那白色的小精灵依然悠悠然然地飞落下来……

与你共品

世间的爱千万种，唯有父母对子女的爱是最无私，最深沉的。在阅读小说时，已被老人的爱所感动，相信已化为精灵的他们的儿子也在默默地被感动着，为拥有这样的父母，更为拥有这样的爱。

小说采用一般的文学叙事方式，开场对环境的描写是极其独到的，也为下文奠定了基调。人的心情与雪夜的寒冷相映衬。突如其来的结局，让我们为老人对儿子的深深思念和浓浓的爱意所动容。

父母对孩子的爱永远是无私无欲无求的，或者说关爱孩子已经成为他们生命中不可改变的习惯，而他们也一直心甘情愿。身为子女的我们，应该从现在开始思考，不要再把父母的爱想得理所当然，是时候好好爱我们的父母了。让爱成为一种习惯吧!

（蔡裕婷）

当时她们都很迷恋他，绫子偏偏和晶美又是最好的同性朋友。不过，这两个女孩儿那时都还不到敢向异性吐露爱心的年龄。因此，也就没有发生什么争"郎"大战。

妈妈的秘密

〔日〕赤川次郎/著　佚　名/译

千万不能让丈夫知道。

绫子拿着那个小包，站在桥上。夜深人静，河水在黑暗中悄无声息地流淌着。

它能带走这秘密吧。

小包飞快落入河中。回家吧，明天丈夫住院，得起个大早呢。

绫子疾步往回走。轻轻打开后门，穿过厨房，溜进卧室——丈夫站在那里！丈夫满脸愤怒。

"上哪儿去了？""这……""哼，是把见不得人的东西扔到河里了吧！"丈夫真的动了气。绫子的脸也变白了。

"扔了什么。说！"绫子忍不住反问一句，"你怀疑我什么？""我替你说吧——是北山的信！"绫子睁大了眼睛。接着，慢慢将视线移至脚下。

"跟那家伙勾搭上啦！"啪！一记沉重的耳光。绫子头晕目眩，一头栽倒在床上。

好不容易抬起头时，女儿有纪子正怯生生地站在床边，黑黑的瞳仁里充满了恐惧和疑惑。

"我到底是谁的孩子？"有纪子问，"是爸爸的，还是叫北山的那个人的？"

"你为什么问这个？"

"想知道。"

良久，绫子没有作声。微风吹拂着她那业已大部分变白的头发。

"好。"绫子终于开口了，"那就告诉你吧。"

"和我结婚前，你爸爸爱着一个人，她叫……"

晶美，并不出众。在中学，比他低一年级。当时她们都很迷恋他，绫子偏偏和晶美又是最好的同性朋友。不过，这两个女孩儿那时都还不到敢向异性吐露爱心的年龄。因此，也就没有发生什么争"郎"大战。论家庭背景，绫子占上风。晶美死了父亲，与母亲二人相依为命，度日维艰。她自然穿不起绫子身上的漂亮衣裤，也不善于玩耍。不过，绫子知道，晶美特有的那种清纯、温柔和娴静是谁也学不到手的。

那件事发生在一个炎热的暑假。

晶美突然跑到了绫子家。他正巧也在。紧追而至的是一群恶煞似的男仆，他们的主人是当地首富，晶美的母亲在那家干活。

"让那个女孩儿滚出来！"男仆们叫嚣说，他们小姐放在梳妆台上的宝石不见了，晶美当时正进府找她母亲，偷宝石者必是晶美无疑……他，发怒了，让晶美躲进里屋，他转身直奔门口，跟那帮男仆大吵起来。

大概是被他那不要命的样子吓住了，男仆们嘟嘟哝哝着回去了。本来他们也没有充分的证据。

他走向面色惨白、颤抖不已的晶美，温柔地拉起她的手……然而，那件事并未结束。暑假期间，晶美偷盗宝石的传言飞遍整个镇子。新学期开始后，没一个人愿意跟她说话。她母亲也失去了工作，娘儿俩的日子更难过了。他则明明确确地爱起了晶美。那不是出于怜悯或同情，而是纯粹发自内心深处的诚挚之情。绫子一如既往关心着晶美，同时暗暗在心里发誓：委屈自己，成全他们。

然而，单靠一个学生的爱情，是无法支撑母女俩的生计的。这件事终于画上了一个句号——晚秋的一个黄昏，晶美和她母亲一同投河自尽了。

"后来，你爸爸倒插门到了咱们家，再后来，就有了你。"绫子停顿了一下，"不过，你爸爸在心里一直思念着晶美。我只是他的妻子，晶美才是他的恋人，而且只有她一个……"有纪子长长地叹了口气。

"可这与你扔到河里的东西有什么关系呢？""我打扫里屋的时候，发现了塞在天棚上的宝石，就把它偷偷地扔进了河里。""是，是这样……"有纪子几乎喘不过气来。"晶美被人追到咱们家，趁你爸爸跟人吵架的当儿，踩着板凳，把宝石塞到了天棚里。"

"那你为什么不告诉爸爸呢？"绫子莞尔一笑："我那时已经得知，晶美的不幸使你爸爸在身心方面所受的沉重打击和极度悲痛该有多大。对你爸爸来说，晶美是完美无瑕的女性偶像。如果告诉他真实情况，你想会发生什么事儿?""妈妈!"有纪子紧紧地抱住了母亲。

"您才是最爱爸爸的人啊!"

绫子的脸微微发红。

与你共品

秘密带给人的往往是意料之外的事实，在品读中，妈妈的秘密让读者了解到绫子的伟大，有对丈夫的爱，对丈夫的宽容以及对家庭的责任感。

小说通过回忆式的方式带读者一起回忆了年轻时期丈夫、绫子和晶美的爱恋情感纠葛，道出了绫子对丈夫深深的理解、包容之心，尽管她面对着丈夫的无理取闹、有意歪曲、怀疑和粗暴行为。字里行间，一个伟大的妻子、母亲的高大形象便于无形中跃然纸上。

得不到的才是最珍惜的，看不清的才是最美丽的。人们往往都喜欢这样，却看不到身边的人，而这个人也往往是他们最值得用一辈子的时间和生命去珍惜、去呵护的人。且珍惜吧，执迷不悟的人!

（蔡裕婷）

父亲抽泣地说："对不起。昨晚我们一夜没合眼，女儿太小了，真舍不得她。把不懂事的孩子送给别人，我们做父母的心太残酷了……"

父母心

[日] 川端康成/著　佚　名/译

轮船从神户港开往北海道，当驶出濑户内海到了志摩海面时，聚集在甲板上的人群中，有位衣着华丽、引人注目的、年近四十的高贵夫人。有一个老女佣和一个侍女陪伴在她身边。

离贵夫人不远，有个四十岁左右的穷人，他也引人注意：他带着三个孩子，最大的七八岁。孩子们看上去个个聪明可爱，可是每个孩子的衣裳都污迹斑斑。

不知为什么，高贵夫人总看着这父子们。后来，她在老女佣耳边嘀咕了一阵，女佣就走到那个穷人身旁搭讪起来：

"孩子多，真快乐啊！"

"哪的话，老实说，我还有一个吃奶的孩子。穷人孩子多了更苦。不怕您笑话，我们夫妻已没法子养育这四个孩子了！但又舍不得抛弃他们。这不，现在就是为了孩子们，一家六口去北海道找工做啊。"

"我倒有件事和你商量，我家主人是北海道函馆的大富翁，年过四十，可是没有孩子。夫人让我跟你商量，是否能从你的孩子当中领养一个做她家的后嗣？如果行，会给你们一笔钱作酬谢。"

"那可是求之不得啊！可我还是要和孩子的母亲商量商量再决定。"

傍晚，轮船驶进相模滩时，那个男人和妻子带着大儿子来到夫人的舱房。

"请您收下这个小家伙吧！"

夫妻俩收下了钱，流着眼泪离开了夫人的舱房。

第二天清晨，当船驶过房总半岛，父亲拉着五岁的二儿子出现在贵夫人的舱房。

"昨晚，我们仔细地考虑了好久，不管家里多穷，我们也该留着大儿子继承家业。把长子送人，不管怎么说都是不合适的。如果允许，我们想用二儿子换回大儿子！"

"完全可以。"贵夫人愉快地回答。

这天傍晚，母亲又领着三岁的女儿到了贵夫人舱内，很难为情地说："按理说我们不该再给您添麻烦了。我二儿子的长相、嗓音极像死去的婆婆。把他送给您，总觉得像是抛弃了婆婆似的，实在太对不起我丈夫了。再说，孩子五岁了，也开始记事了。他已经懂得是我们抛弃他的。这太可怜了。如果您允许，我想用女儿换回他。"

贵夫人一听是想用女孩换走男孩，稍有点不高兴，看见母亲难过的样子，也只好同意了。

第三天上午，轮船快接近北海道的时候，夫妻俩又出现在贵夫人的卧舱里，什么话还没说就放声大哭。

"你们怎么了？"贵夫人问了好几遍。

父亲抽泣地说："对不起。昨晚我们一夜没合眼，女儿太小了，真舍不得她。把不懂事的孩子送给别人，我们做父母的心太残酷了。我们愿意把钱还给您，请您把孩子还给我们。与其把孩子送给别人，还不如全家一起挨饿……"

贵夫人听着流下同情的泪：

"都是我不好。我虽没有孩子，可理解做父母的心。我真羡慕你们。孩子应该还给你们，可这钱要请你们收下，是对你们父母心的酬谢，作为你们在北海道做工的本钱吧！"

与你共品

读后，不得不从内心最深处发出已为大家所熟知的感慨名句：可怜天下父母心哪！

小说采用朴素的白描手法，描述了一对夫妇以换子女来缓解家庭一时的惨境却屡次变卦的故事。作者不仅真实地表现了底层人群生活与情感上的矛盾纠结，充分地表达出她们的痛苦，还对她们报以同情和怜悯，取得良好的多重效果。这就是川端康成小说的思想精髓。

　　在我们为夫妇的情感矛盾纠结的同时，也对这社会的现实感到愤懑。虽然社会上残忍的父母不多，但依然是存在的。与其说这些父母太过于残酷、残忍，倒不如说这社会、这现实太过于残酷。

（蔡裕婷）

没有人能像博贝捡起那枚硬币时感觉到那么富有。他拿着
那枚硬币全身掠过一股暖流。随后他就走进了眼前的一家商店。

一角钱的玫瑰

[美] 克里斯·罗斯/著　高振桥/译

博贝坐在后院的雪地里，感到身上越来越冷。博贝没有穿靴子，他不是不喜欢靴子，因为他根本就没有靴子可穿。他脚上的运动鞋有几个地方开了洞洞，在保暖方面很无能为力。

博贝在后院待了一个小时了，他使劲地想，却无论如何也想不出该给妈妈送什么礼物。他一边想一边摇头，"没有用的，就算知道了送妈妈什么，也没有钱去买呀。"

自从五年前爸爸去世以后，一家五口只好勉强度日，不是妈妈不尽心，也不是妈妈不努力，只是因为花销太大了。她晚上在医院里上班，挣的那一点微薄的工资只能支撑成这样了。他们虽然家境贫寒，但这并不能削弱一家人彼此相爱。博贝有两个姐姐还有一个妹妹，妈妈不在家的时候，她们操劳家务。

姐妹们手巧，都已经给妈妈制作了漂亮的礼物。不知怎么的，博贝感到很委屈。现在已经是圣诞节前夕了，他还两手空空呢。

博贝拭去脸上的一滴眼泪，踢了一下脚下的积雪，开始向着两边布满了大小商店的街上走去。六岁就没有了爸爸，尤其是博贝现在不能跟爸爸说说心里话，真够可怜的。

博贝走过一家又一家商店，透过一个个装修华丽的窗户看里边的东西。就在这时，他的眼睛一下看到了有个什么东西在晚霞中闪光。他蹲下身来，发现那是一枚小小的一角钱的硬币。

没有人能像博贝捡起那枚硬币时感觉到那么富有。他拿着那枚硬币全身

掠过一股暖流。随后他就走进了眼前的一家商店。当一个售货员告诉他说一角钱什么也买不了的时候，他那颗激动的心很快就凉了下来。

他还是走进了一家花卉店，在那里排队等候。店主人问他要买什么东西的时候，他掏出了那一角钱，问能不能买一朵花，当做圣诞礼物送给妈妈。店主人看看博贝，又看看他手里的一角钱，然后把手放在博贝的肩上，说："你就在这里等着，我去想想办法。"

博贝一边等一边看那些美丽的鲜花。尽管他是个孩子，也能理解为什么所有的妈妈和女孩子们都爱花。

最后的一个顾客离开后关门的声音，使博贝的心思又回到了自己的事情上。那里只剩下了他一个人，他觉得有些孤独，有些害怕。

突然，店主人出来了，他向柜台走过去。啊！博贝眼前摆放着十二朵鲜红的玫瑰花，那些花带着绿绿的叶子还有长长的枝条，用一个银环跟一些小白花束在一起。店主人把花束拿起来，却把它轻轻地放进了一个长长的白色盒子里。博贝看着，心顿时凉了。

"小伙子，这个卖一角钱。"店主人一边说，一边伸手向他要那一角钱。博贝的手慢慢地移动着，慢慢地把那一角钱交给店主人。这是真的吗？一角钱，人家不是说什么都买不到的吗？店主人察觉到了博贝的疑虑，就接着说："我碰巧要贱卖一些玫瑰花。你看那些花漂亮吗？"

博贝不再犹豫了。店主人把那个盒子送到他的手里的时候，他知道那不是一个梦。店主人给博贝开门，让他回家。他听到店主人在身后说："圣诞节快乐，孩子。"

店主人转身返回，这时他的妻子出来了。"你在那儿跟谁说话呢？你收拾好的花呢？"她问道。

店主人看着窗外，眼睛里含着眼泪。他回答说："今天早晨我碰到了一件奇怪的事情。我在摆放货物，准备开门的时候，好像听到有个声音跟我说话，那个声音叫我留下十二朵最漂亮的玫瑰花，当做一个特殊的礼物。那时我搞不清是我走神了还是怎么的。不过我还是把花留下了。后来，也就是刚才，一个小男孩进来了，他想用一角钱给他的妈妈买一朵花。

"看见了他，我好像看见了好多年前的我自己。那个时候我也是一个穷孩子，也没有一分钱给妈妈买礼物。我在街上走着的时候，一个我从来没有见过面的大胡子叫住了我，他说他要给我十块钱。

"今天晚上我一看见那个孩子，就明白了那声音说的是谁了。我挑选了十二朵最最漂亮的玫瑰花。"

店主人和妻子紧紧地拥抱着，他们觉得他们得到了最好的圣诞礼物。

与你共品

相同的遭遇，类似的场景。当初的少年已经变成了今日的花店老板，机缘巧合，让他看到了另一个孩子在重演着自己幼时的无奈。

一角钱可以什么都不是，一角钱也可以是一个少年卑微的自尊以及对母亲难以言表的爱。文章用富有戏剧化的情节，让我们在短短的一段文字中，感受到了跨越几十年的动人故事。纵然时光流逝，未曾改变的却是孩子对母亲那份值得让人呵护的爱，以及体谅他人、成全这份爱的仁慈和善良。

我们都曾握紧过那来自陌生人的援助之手。但比起感恩和回报，用同样敏感的心去观察和体谅那些陷入窘迫的人，并且不动声色地帮他们渡过难关，对于我们，其实是更好的表达感激的方式。

（潘绿玫）

索尔德简直不能相信，他把船稳住，死死地盯着他儿子的灭顶之处，好像他一定还会露出水面。

父　亲

〔挪威〕边尔生/著　黄　峻/译

故事中要讲的这个人，是他所属的教区中最富有、也是最有影响的人，名叫索尔德·奥弗拉斯。一天，他来到牧师的书房，神情肃穆，趾高气扬。

"我生了个儿子，"他说，"我想带他来接受洗礼。"

"他取什么名儿？"

"芬恩，仿照我父亲的名字。"

"教父母？"

名字说了出来，是索尔德在这个教区的亲属中被认为是最合适的人了。

"还有什么事？"牧师抬头问道，农夫迟疑了一会儿。

"我很想让他能单独接受洗礼。"

"这么说是在礼拜天以外的日子了。"

"就在下星期六，中午十二点。"

"还有什么？"牧师问。

"没什么了。"农夫捻弄着他的帽子，似乎就要离去。

牧师这时站了起来。"不过还有一件事，"他说着便向索尔德走去，拿起了他的手，庄重地凝视着他的双眼。"上帝断定这孩子会给你带来幸福。"

十六年后的一天，索尔德又一次站在牧师的书房里。

"真的，索尔德，你保养得这么好真令人吃惊。"牧师说道，因为他看到索尔德几乎没任何变化。

"这是因为我无忧无虑。"索尔德回答说。

牧师对此没说什么。过了一会儿，他问道："今晚有何贵干？"

"今晚是为我儿子来的，他明天要来行按手礼。"

"他是个聪明的孩子。"

"我要听到我儿子明天在教堂里排列的次序，我才会把钱交给你。"

"他将名列第一。"

"这么说我听到了，这是给你的十块钱。"

"还有什么事要我做吗？"牧师问道，他两眼注视着索尔德。

"没了。"

索尔德走了出去。

又过了八年。一天，牧师的书房外传来了一阵喧闹声，因为来了许多人。索尔德走在人群的前面，第一个进入书房。

牧师抬起头，认出了索尔德。

"今晚来的人很多，索尔德。"他说。

"我来这儿是请求为我儿子公布结婚预告的。他马上要迎娶古德蒙特的女儿卡伦·斯托莉迪，她就站在我儿子的身旁。"

"嗬，她可是教区里最富有的姑娘。"

"大伙也都这么说，"农夫回答说，一只手把头发向后掠了掠。

牧师坐了一会儿，仿佛在沉思，随后把名字写在了簿子上，不再吭声了。他们在名字的下面签上字。索尔德把三块钱放在桌上。

"一块钱足够了。"牧师说。

"我完全清楚，不过他是我的独子，我想把事情办得体面些。"

牧师拿起钱。

"索尔德，这是你第三次为你儿子来这儿了。"

"如今我总算了结了心事，"索尔德说道。他扣上钱包便道别了。

人们缓缓地跟在他的后面。

两星期后的一天，风和浪静，父子划船过湖，为筹办婚事前往斯托利登。

"座板放得不牢，"儿子说着便站了起来，把他坐的那块座板放直。

就在这时，他从船舷上一滑，双手一伸，发出一声尖叫，落入湖中。

"抓住这根桨！"父亲嚷着，旋即站起来递出船桨。

可是儿子经过一番挣扎后，不再动弹了。

"等一等！"父亲叫着，开始把船向儿子那儿划去。

儿子这时仰浮了上来，久久地向他父亲看了最后一眼，沉了下去。

索尔德简直不能相信，他把船稳住，死死地盯着他儿子的灭顶之处，好像他一定还会露出水面。湖面上泛起了一些泡沫，接着又是一些，最后一个大气泡破裂了。湖面上波光粼粼，平静如镜。

人们看见这位父亲绕着这块地方划了三天三夜，不吃不喝，目不交睫。他一直在湖中荡来荡去，寻找他儿子的尸体。直到第三天清晨，他找到了。他双手捧着儿子的尸体，越过丘陵向家园走去。

大约一年后，一个金秋的黄昏，牧师听到门外的走道上有人小心翼翼在摸索着门闩的声音。他打开大门，一个身材高大，瘦骨嶙峋的男人走了进来。他弯躬曲背，满头银发，牧师看了很久才把他认了出来，是索尔德。

"这么晚还出来?"牧师一动不动地立在他的面前问道。

"啊，是的，是晚了。"索尔德边说边坐了下来。

牧师也坐下了，似乎在等待着。接着，一阵长时间的沉默。索尔德终于说道：

"我带了些钱想送给穷人，我想把它作为我儿子的遗赠献出去。"

他站起来把钱放在桌上，又坐了下去。牧师把钱数了数。

"这笔钱数目不小，"他说道。

"是我庄园一半的价钱。我今天早上把庄园卖了。"

牧师坐在那儿，沉吟许久。最后，他轻声问道：

"索尔德，你现在要干什么呢?"

"做些好事。"

他们坐了片刻，索尔德双目低垂，牧师目不转睛地盯着他。没多久，牧师说道，声音温存而缓慢：

"我想你的儿子最终给你带来了真正的幸福。"

"是的，我自己也是这么想的。"索尔德说着抬起了头，两大滴泪水慢慢地沿着脸颊流了下来。

与你共品

父亲为了自己心爱的儿子，四次亲自登门拜访牧师。但第四次的拜访，却是那么的不同。

父亲四次和牧师见面时的外貌和精神状态，小说都进行了精练而准确的描写，前三次巧妙地和最后一次形成鲜明对比：父亲没有了以往的神采奕奕和作为一名富人的趾高气扬，取而代之的是因儿子意外去世而衰老的身心。就在此刻，我们深刻感受到父亲的心理变化，但就是在这最让人心碎的时刻，他才最终感受到了儿子给他带来的幸福。

　　我们庸庸碌碌一生，拼尽全力，也许物质上已经远远优于他人，并认为这或许就是我们炫耀和展示幸福的资本。殊不知，那些沉重的繁华，并不会让人心生快慰，真正能让人感受到幸福的，只能是抛开荣华富贵后愿意为他人着想的那颗心。

（潘绿玫）

　　这天，母亲干了一天活，累得疲惫不堪，实在失去了活下去的勇气。她偷偷买了一包安眠药带回家，打算当天晚上和孩子们一块死去。

一颗豆粒

〔日〕铃木健二/著　亦　萍/译

　　我认识一位视一颗豆粒为自己生存意义的夫人。

　　她大儿子上小学三年级、二儿子上小学一年级的时候，悲剧降临她家。丈夫因交通事故身亡。这是一次非常微妙的交通事故，丈夫不仅自己身亡，而且最后还被法庭判成了加害者。为此，他的妻子只得卖掉土地和房子来赔偿。

　　母亲和两个孩子背井离乡，辗转各地，好不容易得到某一家人的同情，把一个仓库的一角租借给她们母子三个居住。

　　只有三张榻榻米大小的空间里，她铺上一张席子，拉进一个没有灯罩的灯泡。一个炭炉，一个吃饭兼孩子学习两用的小木箱，还有几床破被褥和一些旧衣服，这是他们的全部家当。

　　为了维持生活，妈妈每天早晨六点离开家，先去附近的大楼做清扫工作，中午去学校帮助学生发食品，晚上去饭店洗碟子，结束一天的工作回到家里已是深夜十一二点钟了，于是，家务的担子都落在了大儿子身上。

　　为了一家人能活下去，母亲披星戴月，从没睡过一个安稳觉，生活还是那么清苦。他们就这样生活着，半年、八个月、十个月……做母亲的哪能忍心让孩子这样苦熬下去呢？她想到了死，想和两个孩子一起离开人间，到丈夫所在的地方去。

　　有一天，母亲泡了一锅豆子，早晨出门时，给大儿子留下一张条子："锅里泡着豆子，把它煮一下，晚上当菜吃，豆子烂了时少放点儿酱油。"

这天，母亲干了一天活，累得疲惫不堪，实在失去了活下去的勇气。她偷偷买了一包安眠药带回家，打算当天晚上和孩子们一块死去。

她打开房门，见两个儿子已经钻进了席子上的破被褥里，并排入睡了。忽然，母亲发现当哥哥的枕边放着一张纸条，便有气无力地拿了起来，上面这样写道：

"妈妈，我照您条子上写的那样，认真地煮了豆子，豆子烂时放进了酱油。不过，晚上盛出来给弟弟当菜吃时，弟弟说太咸了，不能吃。弟弟只吃了点冷水泡饭就睡觉了。

"妈妈，实在对不起。不过，请妈妈相信我，我的确是认真煮豆子的。妈妈，求求您，尝一粒我煮的豆子吧。妈妈，明天早晨不管您起得多早，都要在您临走前叫醒我，再教我一次煮豆子的方法。

"妈妈，今天晚上您也一定很累吧，我心里明白，妈妈是在为我们操劳。妈妈，谢谢您，不过请妈妈一定保重身体。我们先睡了，妈妈，晚安！"

泪水从母亲的眼里夺眶而出。

"孩子年纪这么小，都在顽强地伴着我生活……"母亲坐在孩子们的枕边，伴着眼泪一粒一粒地品尝着孩子煮的咸豆子。一种必须坚强地活下去的信念从母亲的心里生发出来。

摸摸装豆子的布口袋，里面正巧剩下倒豆子时残留的一粒豆子。母亲把它捡出来，包进大儿子给她写的信里，她决定把它当做护身符带在身上。

十几年的岁月流逝而去，兄弟俩长大成人。他们性格开朗，为人正直，双双毕业于妈妈所憧憬和期望于他们的一流国立大学，并找到了满意的工作。

直到如今，那一粒豆子和信，仍时刻不离地带在这位母亲的身上。

与你共品

"一颗豆粒"是我们生活中一种多么平凡的东西，但它却让一位母亲放弃死亡的念头，这是为什么呢？很显然，是这颗普通的豆粒让她看到了未来的希望，也是这颗豆粒让她明白了儿子的孝心，更是这一切让她重新燃起了对生活的信心。生活总让人感到有各种各样的压力。然而，如果我们学会关心彼此，珍惜彼此，那么我们就可以彼此依靠，利用互相关爱的力量一起冲破目前的困境，展望充满希望的未来。日本作家铃木健二先生曾经说："所谓人生价值，是一种如何生存的质量问题。"这位母亲以她生命的故事生动地告诉我们，只要相信未来有希望，只要坚定地活着，人生就有价值，有质量。

（徐少娟）

——会不会是无言电话？不过男人想不出被人故意找麻烦
或恶作剧的理由。

无言电话

〔日〕古贺准二/著　佚　名/译

在一套窄小公寓的房间里，一个男人正往小饭桌上摆碗筷。没有灯罩的
电灯发出暗淡的灯光照到阳台上，晾衣竿上挂着淡蓝色的鸟笼，笼中偶尔啾
啾地响起一对十姊妹的对鸣声。电话铃响起，男人停住了手。

"喂——"

"……"

"喂，这里是城之内——"

"……"

"您是哪一位？"

虽然能听到呼吸声，但对方不说话。

——会不会是无言电话？不过男人想不出被人故意找麻烦或恶作剧的
理由。

"——找我妻子京子吗？她到附近的糕饼店买东西去了。不瞒您说，今天
是我60岁的生日。本来我忘得一干二净，可妻子说：'今天是你的生日。你
的病也好了，我得豁出点钱来买盒蛋糕。'她刚出去，一会儿就会回来……"

"两年前我得病以后，实在让她辛苦了。"

"——想来，我一直让她很辛苦。"

"从前，我生存的意义就是工作。天天追赶时间和钱，又被它们追赶，把
妻子和孩子丢在一边不管。"

"有一次做股票投机，遭受了惨重的损失。为了还债，房子、土地都到了
别人手里，我才突然发现失去了朋友、公司，还有孩子们。"

"像坠入绝望的深渊里，我想自杀的时候，妻子这么说：'孩子他爸，你权当自己回到刚出生时那样一无所有的状况。咱们两手空空从头开始吧——'"

"我那时才醒悟过来，同时对过去的生活产生了怀疑，我究竟图个什么来着。直到现在还感谢我妻子，我是从她那儿获得了新生。"

"两年前我得大病的时候也让我妻子非常担心。直到现在我还不怎么能工作，所以妻子只能去打零工。我有时真是觉得奇怪，她那瘦弱的身体里怎么会蕴藏着那么多的精力。"

"……"

"——我女儿隆子六年前跟男人一起离家出走了。想来我应该承认她第一次自己选择的异性。但我当时觉得更体面一点儿的男人才和我女儿般配。这应该说是做父亲的一点私心了。"

"听说我女儿好像有了两个儿子，一个五岁，另一个三岁，他们现在正是最可爱的时候吧……"

"啊，这个，像是我妻子有时瞒着我去看他们。"

"……"

"——我有一个儿子名字叫彻，十年前他竟说想当音乐家，大概不想做像他父亲这样的人吧。我劝他不管怎样应该先读完大学，可是他不听，我们吵架后，最终和他断绝了父子关系。"

"那个小子该是三十岁了吧，也不知在哪儿怎样过日子……"

"每天一早一晚，我都要和妻子一起祈祷他平安无事。"

"——现在，我跟妻子两个人孤零零地在这小公寓里过着俭朴的日子。"

"我们养着一对十姊妹，它们很亲昵，还下了两个蛋。"

"我跟妻子今天早晨刚刚说起，看着母鸟和公鸟交替抱窝的样子，就想起我们夫妇当时的情景来。"

"——我一个人讲了很多没用的事情。啊，您是哪位来着？"

电话里对方的呼吸急促起来。

"喂，您怎么了？"

"……"

突然话筒中响起一阵呜咽声。

"——爸，祝您生日快乐！隆子姐姐和妈妈也在这里。我们马上就去您那儿！"

这是隔了十年之后才听到的儿子的说话声。

"……"

男人无言地握紧话筒，大颗的泪珠顺着脸颊流了下来。

与你共品

寂静的屋子里忽然出现了"无言的电话"，男人想不出被人故意找麻烦或恶作剧的理由。那会是谁的来电呢？为什么在男人不停地述说自己的生活时，电话对方一直无回应呢？

文章以平实的口吻讲述着故事，让读者带着疑问往下读，直到文末才让我们心中无数的疑惑霎时间得到了解决。原来，对方就是令主人公一直感到愧疚的儿子。作者有意对文章做这样的安排，既吸引了读者，又使故事顺理成章地发展。

作者这样的写作技巧很感人，然而，作者也在叙述这个故事时巧妙地告诉我们一个道理：在生活中，我们并不缺少爱，只是缺少表达爱的方式。所以，聆听与述说是人们能够交流爱的一种重要形式。

（徐少娟）

她一定听到电话里的咔嚓声了，因为她问："你还在听吗？
请不要挂断电话！我需要你。我觉得很孤独。"

午夜电话

〔美〕利斯蒂·克雷格/著　　佚　名/译

我们都知道午夜的时候突然来一个电话会是什么样的感觉。这个午夜电话也是一样。我一听到电话铃响，就立刻从床上爬起来去抓话筒，同时看了看墙上的红色数字。午夜。当我抓住话筒的时候，名种各样的恐慌想法充斥着我睡意朦胧的大脑。

"你好？"

我的心突然沉重地一跳，下意识地把话筒握得更紧些，眼睛注视着我的丈夫，此时，他正把脸转向我这一侧。

"妈妈？"由于静电干扰，我几乎听不见电话里的低语声，但是我立即想到了我的女儿。当电话另一端那个年幼带着哭泣腔的绝望声音变得越来越清晰的时候，我伸手握住了丈夫的手腕。"妈妈，我知道现在已经很晚了。但是，不要……不要说话，听我说完。在你问话之前，是的，我喝了酒。我一路驾车回来，跑了好多英里的路……"

我猛吸了一口凉气，松开丈夫的手腕，把手覆在前额上。睡意仍然搅扰着我的大脑，我努力压抑住内心的恐惧。有什么事情不太妙。"我很害怕。我所能考虑的是如果警察对你说我已经死了，这会对你造成多大的伤害。我想……回家。我知道离家出走是错误的。我知道你很为我担心。我几天前就应该给你打电话了，但是我害怕……害怕……"极度压抑着痛苦的啜泣声通过话筒灌注到我的心里面。我女儿的面孔立即浮现在我的脑海里，我的睡意朦胧的意识变得清晰起来："我想……"

"不！请让我把话说完！我请求你！"她恳求道，声音里没有太多的愤怒，但充满了绝望。

我住口不言，开始考虑该说些什么。这时候，她继续说："我怀孕了，妈妈。我知道我现在不应该喝酒……尤其是现在，但是我很害怕！"声音再次中断了，我咬着嘴唇，觉得自己的眼睛湿润了。我朝丈夫看了看，他正静静地坐在那里。他问："是谁?"我摇摇头，因为我不知道该如何回答。他跳下床，走出房间。几秒钟后拿着一台手提电话回来了。他把电话贴在耳边听着。

她一定听到电话里的咔嚓声了，因为她问："你还在听吗? 请不要挂断电话! 我需要你。我觉得很孤独。"我抓着话筒，注视着我的丈夫，寻求指导。"是的，我在听，我不会挂断的。"我说。"我早就应该告诉你，妈妈。我知道我应该告诉你。但是我们一谈话，你就只是告诉我我应该怎样做。你读过所有关于如何处理事情的小册子，但是一直以来，都只是你一个人在说。你从不肯听我说。你从不肯听我告诉你我的感觉。好像我的感觉一点也不重要。因为你是我的母亲，你认为你知道所有的答案。但是有时候，我不需要答案，我只想有人听我说。"

我觉得喉间哽着一块硬块，眼睛注视着床头柜上放着的那本打开的《如何跟你的孩子交谈》的小册子。"我在听着呢。"我轻声说。

"你知道，我驾车回到这条路上来，才开始想到我的孩子，想保护他。接着，我看见这个电话亭，我仿佛又听到你说不应该喝酒，更不应该酒后开车的话。于是我叫了一辆出租车，我想回家。"

"你做得很对，亲爱的。"我说，我觉得心里的痛苦有所减轻。我丈夫坐得离我更近一点，把他的手指插进我的手指中。我从他的触摸中知道他心里想的和我一样，并且认为我说得恰到好处。

"不过你知道，我认为我现在能开车。""不行！"我猛咬了一下嘴唇。我的肌肉变得紧张起来，我紧紧地握住丈夫的手，"你要等出租车来。在出租车来之前不要挂断电话。"

"我只想回家，妈妈。"

"我知道，但是为了你的妈妈，你必须这样做。请你等出租车来。"

我听到电话里一片沉寂，心里很害怕。我听不到她的回答。我咬着嘴唇，闭上眼睛。无论如何，我必须阻止她亲自开车。

"出租车来了。"

仅仅在我听到电话里有人叫出租车的那一刻，我才感到如释重负。"我回家了，妈妈。"我听到电话咔嚓一声挂断了，接着话筒里一片寂静。

我下了床，眼里盈满了泪水。我走到客厅里，来到我的 16 岁女儿的房间里，黑暗、沉寂笼罩着房间里的一切。我的丈夫来到我身后，用胳膊搂着我，他的下巴贴在我的头顶上。我擦去脸颊上的泪水："我们必须学会聆听。"我对他说。

他把我的身体扳过去面对着他："我们会学会的。你就瞧着吧。"然后他把我拥进怀里，我把头伏在他的肩膀上。我任由他抱着我。过了一会儿，我站直身子，注视着女儿的床。他深思了一秒钟，然后问道："你认为她会知道她拨错号码了吗？"

我看着我们熟睡中的女儿，然后转向他说："也许这并不是一个拨错的号码。"

"妈妈，爸爸，你们在干什么？"女儿的声音从棉被底下传出来，有点模糊。女儿从床上坐起来，我走到她的床边。"我们正在练习。"我回答。"练习什么？"她咕哝了一句，又躺了回去。她的眼睛很快又闭上了。"练习聆听。"我轻说着，用手抚摸她的脸颊。

与你共品

午夜里突然出现的一通电话惊扰了主人公的睡梦。这通拨错的电话让主人公情不自禁地联想到了自己的女儿，更领悟出这通电话也许正上演着一个未知的故事。

生活中存在着许多这样的人，他们渴望着有人能静静地聆听自己的心声，渴望得到理解。就是这通电话，我们恍然醒悟：在人与人的交往中，我们往往会不经意地忽略了别人的感受，并且把别人的求助拒之于千里之外。所以，"练习聆听"就成了一件多么重要的事！

美国著名人际关系学大师戴尔·卡耐基先生说过："如果你希望成为一个善于谈话的人，那就先做一个致意倾听的人。"所以，我们要学会倾听，学会做一个好听众，这样不仅利于彼此间的理解，还有利于化解彼此间的误会。

（徐少娟）

第二天，艾米的照片和她写给圣诞老人的信被登在《新闻岗哨》报的醒目位置，故事很快传遍了全国，所有的报纸、电台和电视台都争相报道福特·威利市的这位小姑娘的故事。

艾米，我们爱你

〔美〕阿兰·舒兹/著　佚　名/译

当艾米·哈根多思从教室拐角处一瘸一拐地穿过走廊时，她迎面撞上了一个正从五楼冲下来的高大男孩。

"小心点，小心点！"男孩盯着艾米轻蔑地大叫道。接着，男孩得意地笑着，学着艾米的样子撑住他的右腿一瘸一拐。

艾米厌恶地闭上眼睛。

"甭理他。"她边告诫自己，边朝教室走去。

但直到晚上，那个男孩讥笑的表情仍影响着她的情绪。这已经不是第一次了。从艾米读三年级开始，几乎每一天都有人那样取笑她。孩子们笑她讲话结结巴巴，走路一瘸一拐。对此，艾米烦恼极了。有时，即使全班人都在，她也觉得孤立无援。

那天回到家，艾米坐在饭桌旁一言不发。她妈妈知道学校里肯定又出事了，所以她决定和女儿分享一些有趣的消息。

"电台上有个圣诞愿望比赛。"她说，"写一个愿望给圣诞老人，就可能得奖，我想此刻坐在饭桌旁的那个金黄色卷发的小女孩也许该试试。"

艾米咪咪地笑了。这个比赛听起来像是很好玩，她开始盘算圣诞节到底许个什么愿好。突然，一个念头浮上脑海，艾米眉开眼笑。要了铅笔和纸，艾米开始给圣诞老人写信。

当艾米认认真真地写信时，家里人都在猜想她想要什么。艾米的姐姐和妈妈想，也许可爱的芭比娃娃会是她愿望的第一个。她的爸爸猜是一本相册，但艾米不准备公布她的圣诞愿望。

下面就是艾米那天晚上写给圣诞老人的信：

亲爱的圣诞老人：

我叫艾米，今年 9 岁，我在学校有个麻烦，你能帮我吗？他们都笑话我走路和说话的样子。我患了脑瘫，我真希望有一天他们不再取笑我，您能实现我的愿望吗？

爱你的艾米

印第安纳州福特·威利市的 VULT 电台，成堆成堆的信从全国各地寄来参加圣诞愿望比赛。工作人员向听众朗读了男孩女孩们想得到的各种不同的圣诞礼物。当艾米的信送到电台时，台长李·托宾仔细地读了一遍又一遍。他知道，脑瘫只是全身肌肉部分失控，艾米的同学肯定以为她是残疾人。他认为让全城的人知道这个特别的女孩和她不同寻常的愿望对他们都有好处。于是，托宾先生拨通了当地报社的电话。

第二天，艾米的照片和她写给圣诞老人的信被登在《新闻岗哨》报的醒目位置，故事很快传遍了全国，所有的报纸、电台和电视台都争相报道福特·威利市的这位小姑娘的故事。她只想要一个简单但极不寻常的礼物——没有被取笑的一天。

突然间，邮递员频繁地光顾艾米的小屋。每天，她和家人都会收到全国各地的从小孩到大人寄来的信，他们带来串串节日的祝福和鼓励的话语。

在那个难以忘怀的圣诞节，几乎有 20 万人从世界各地为艾米送来友谊和支持。艾米和家人都逐一详阅他们的信件。其中，许多作者也是残疾人，有些人小时候也曾被人取笑过。每个作者都带来一些特别的信息。从这些陌生人寄来的卡片和信件中，艾米高兴地看到这个世界充满互相关爱的人，从此以后，她不会再孤单。

许多人还谢谢艾米勇敢地站出来为他们讲话，更多的人则鼓励艾米抬起高傲的头，把取笑抛诸脑后。妮安·得克萨斯州的一名六年级的学生，这样给艾米写道："我想做你的朋友，我们一定会很快乐。没有人可以取笑我。因为，即使他们做了，我也听不到。"

艾米真的如愿了，那一天，在威利小学，没有一个人取笑她。

那年，福特·威利市市长把 12 月 21 日这一天命名为艾米·哈根多思日。市长说艾米的这个愿望，教给人们最深刻的做人道理。"每个人，"他说，"都希望得到别人的尊重、理解和关爱。我们有责任去实现这个最美丽的愿望……"

与你共品

艾米小小的圣诞愿望出乎意料地被刊登上报纸，受到了全市人民的关注，她的愿望如愿以偿地实现——没有取笑的一天。

艾米的愿望虽小，却很美丽，她的愿望折射了人人都渴望得到尊重、理解和关爱的美好心愿。爱，不只有一天，追求爱是人类永恒的主题，法国著名思想家、文学家罗曼·罗兰说："爱是生命的火焰，没有它，一切变成黑夜。"爱能照亮人生，人们追求爱的步伐永远不会停止。

得到别人的关爱固然是一种幸福，关爱别人更是一种幸福，当人人将关爱当成良好的习惯和乐于遵循的行为准则时，我们的世界将会变得更加美好。

（林燕红）

　　我慢慢发现，这孩子打得很有规律，他射出一弹，向一边移一点；射击一弹，再移一点，然后再慢慢地反方向移回来。

看不见的爱

［美］威廉·戈尔丁/著　赵丽萍/编译

　　夏季的一天，天色很好，我决定出去散步。在一片空地上，我看见一个10岁左右的男孩和一位妇女。那孩子正用一只做得很粗糙的弹弓射击一只立在地上、离他有七八米远的玻璃瓶。

　　那孩子有时能把弹丸打偏一米，而且忽高忽低。我便站在他身后不远处，看他练习，因为我还没有见过打弹弓这么差的孩子。那位妇女坐在草地上，从一堆石子中捡起一颗，轻轻递到孩子手中，安详地微笑着。那孩子一颗颗接过来，一颗颗打出去，当然，他都浪费掉了。从那妇女的眼神可以看出，她是孩子的母亲。

　　那孩子很认真，屏住气，很久才打出一弹。但我站在旁边都可以看出他这一弹一定打不中，可是他没有罢手的意思。

　　我走上前去，对那位母亲说："让我教他怎么打好吗？"

　　男孩停住了，但还是看着瓶子的方向。

　　母亲对我笑了一笑，说："谢谢，不用！"她顿了一下，望着孩子悄悄对我说，"他看不见。"

　　我怔住了。

　　半晌，我喃喃地说："噢……对不起，但为什么……"

　　"别的孩子都这么玩儿的，不是吗？"

　　"呃……"我说，"可是他……怎么能打中呢？"

　　"我告诉他，总会打中的。"母亲平静地说，"关键是他做了没有。"

　　我沉默了。

过了很久，男孩的频率逐渐慢了下来，他已经累了。

母亲并没有说什么，还是很安详地捡石子，微笑着，只是递石子的节奏也慢了下来。

我慢慢发现，这孩子打得很有规律，他射出一弹，向一边移一点；射击一弹，再移一点，然后再慢慢地反方向移回来。

他只知道大致的方向啊！

夜风轻轻袭来，蛐蛐在草丛中轻唱起来，天幕上已有了疏朗的星星。弹弓皮条发出的"嘛啪"声和石子崩在地上的"砰砰"声仍在单调地重复着。对于那孩子来说，黑夜和白天并没有什么区别。

又过了很久，夜色笼罩下来，我已看不清那瓶子的轮廓了，但是男孩仍在尝试。

"看来今天他打不中了。"我想。犹豫了一下，我对他们说声"再见"，便转身向回走去。

走出不远，突然身后传来一声清脆的瓶子破裂声，随即是划破夜空的、夸张得令人心碎的母子的欢呼声……

与你共品

读完小说，我被故事中的母亲深深感动了。她安详的微笑，从容的姿态，轻声说话的语气，无不体现着母亲对孩子耐心、细微的体贴及自尊心的保护；孩子以认真的练习、一次次努力的尝试回应了母亲的爱。

小说以旁观者的视角，细致的动作描写记录了母子间情深意切的浓浓爱意，文中无一处标有"爱"字，但字里行间，处处自然流露的却是深沉广蕴的爱，这份爱虽然看不见、摸不着，但早已在彼此心里留下深深的印记。

故事中这位平凡的母亲对失明的孩子给予了殷切的期望、信心与无微不至的呵护，让我从中感受到母爱的伟大和温馨，当天下人都已经放弃自己的时候，母亲却能始终坚守自己，鼓励自己。

（林燕红）

尽管我和他们在一起的时间并不比他们与自己的亲生母亲共同生活的时间短，我还是多少有点觉得自己是个闯入他人领地的"外人"。

网上继母

[美] 朱迪·卡特/著　邓　笛/译

我总觉得"继母"这个词是对那些和有孩子的男人成婚的女人们所贴的标签，这样做的原因很简单，我们总得管她们叫个什么。实际上，做继母是很难将母亲的角色继续下去的。"继母"与"母亲"虽只一字之差，却完全不是一回事。至少，这是我刚做我丈夫四个孩子的继母时的感觉。

我和丈夫结婚已有六年了，我和他一起看着他的几个孩子从一个个小不点儿长成少年。这几年，我们彼此都在不断调整，以适应我们这个新的家庭组合。我们一起度假，一起打球，一起看碟片，我还辅导他们做作业，给他们烧可口的饭菜。然而，尽管我和他们在一起的时间并不比他们与自己的亲生母亲共同生活的时间短，我还是多少有点觉得自己是个闯入他人领地的"外人"。我和几个孩子之间总有着一条无法逾越的鸿沟，我永远是被他们那个家庭小圈子排斥在外的。由于我没有自己的孩子，我为人母的体验全来自于我丈夫的这四个孩子，我时常悲叹我可能永远都无法领略到父母和孩子之间那种特有的纽带关系。

后来孩子们在离家很远的一个城市里读书并寄宿，我的丈夫为了能与他们保持联系，就买了一台电脑，并上了网，以便能随时互发 E—mail，或在网上聊天儿。然而这些现代化的通讯工具在方便联系的同时，却也疏远了人与人之间的关系，尤其是我，如果 E—mail 的收信人是"爸爸"，我就有被忘却或被轻视的感觉。

一天晚上，我的丈夫已经睡着了，而我因为失眠，就坐到了电脑前，我上网后，发现长女玛可正与家里通话。虽然我和她也彼此发送过一些电子邮件，但我们之间从来没有在网上交谈过。我有了一个主意，不想让她知道键盘前坐的是我还是她的爸爸，除非她主动问起。那天晚上，她自始至终都没有问，我也没有暴露自己。她谈起了她的学习成绩，谈起了前一天晚上舞会上的一些细节，还谈到了一个男生对她有了好感，我逐一发表了看法，最后我说，时候不早了，上床休息吧。她回答道："好的，谈的时间很长了！爱你！"

我读了这句话后，意识到她肯定一直认为自己是在与她的爸爸交谈，因为我和她虽然相处融洽，但互相从来没有直接说过这些感情外露的话。想到这些，我心中不禁感到一阵失落与悲哀。但是，为了不使她尴尬，我负疚地将错就错，答道："我也爱你！晚安！"

我再次想到了他们的家庭圈子，在这个排他的私人空间里，我始终有着一个外来者的身份。我又一次感受到了那种深切的痛楚：寂寞寥落，与他们格格不入。然而，就在我将手伸向键盘准备关机时，玛可的最后一句话出现了——"代我向爸爸说声晚安。"

顿时，我泪眼蒙眬。

与你共品

看完小说，我被最后"代我向爸爸说声晚安"那句话所感动、所震撼了，可想而知，当继母看到这几个字时复杂的心情了。

小说以第一人称"我"的视角展开故事，通过描写"我"的细微的心理变化，生动细腻地叙述了为人继母的难与苦，以及最后所收获到的感动。小说平淡的语言正如继母与孩子们之间的关系一样，表面上看似平淡朴实，实则内蕴暖暖真情，令人感动不已。

爱，只要付出真心，对方终能感受得到，体会得出。也只有爱，才能打破横亘于家庭的大小鸿沟，打破所有的间隙。让我们用心体会爱吧！

（潘粤金）

看着那满满的一盘葡萄，看着她贪婪地吃着葡萄的样子，我和莫莉不禁感慨万分。

天堂里也有葡萄吗

〔美〕娜塔莎·弗兰德/著 李 威/编译

在距离我们大学几英里远的地方，有一个专门停放家庭拖车的停车场，里面坐落着一片绿松石颜色的房屋。梅丽莎就住在位于保龄球场和收费公路之间的那一栋房子里。而在停车场外面的草地上，到处都撒满了空的啤酒罐和被丢弃的衣服。

"莫莉，我们来这儿做什么呀？"当我们来到这个地方的时候，我不禁感到非常惊讶，便问莫莉道。

此刻，莫莉正缓缓地把车开向那块没有任何垃圾的地方。见我问她，她便以朋友之间才有的口吻答道："我们不是要去做一件与众不同的事吗？想起来了吗？"

"哦，上帝，瞧我这记性！"经她这么一提醒，我猛地想了起来。就在3个星期之前，我为我们俩在志愿者协会注了册，那天，当我回到宿舍，仍旧按捺不住内心的激动。看着我那近乎疯狂的样子，莫莉微微地笑了笑。每当看到我表现异常的时候，她总是这么微笑着，因为她太了解我了，并能读懂我的内心世界。从她的笑容里，我仿佛能听见她在说："哈！你以为我们是谁啊？穿着名牌服装，接受了名牌大学教育就了不起吗？冒冒失失地来到别人的家里，就要把人家的女儿带走？你以为我们是谁啊？"

但不管莫莉怎么想，最终我们还是达成了一致，并且联系到了一户人家，他们有个女儿名叫梅丽莎。我们决定帮助梅丽莎。于是，今天，我们就驱车来到了这里。

当我们敲开房门的时候，那户人家的父母并没有前来开门，开门的是梅丽莎，我们顿时感到一阵轻松。梅丽莎身材非常瘦小，四肢细得像竹竿似的。但是，她仍旧是那么天真可爱。只见她上下打量着我们。她一定在想："这两个女孩子信得过吗？"

在她的身后，站着两个年龄稍大一点儿的孩子，他们也和梅丽莎一样，有着一头蓬松散乱的金发和一对蓝色的眼睛。当梅丽莎带着我们参观他们的拖车房屋时，我看得出他们有些不情愿。我知道，他们不想让我们看到他们家的寒酸。

"这儿是电视机，这儿是椅子。还有，这儿有一幅画，是我在上美术课的时候画的。"梅丽莎为我们介绍道。

在这个过程中，梅丽莎的父母一直都静静地坐在椅子上，看着她像一只蝴蝶似的飞过来飞过去。就像天下所有的父母一样，他们目不转睛地注视着自己那成为焦点的孩子，开心地微笑着。

"瞧，这个是我，那时候我还是小孩子呢。"这时，梅丽莎指着一张照片对我们说道，"这个是马克，是我的双胞胎兄弟，可是他已经死了。"

于是，我和莫莉侧过身子，靠近她，以便能够看清楚那张照片。照片上是两个长得一模一样的婴儿，一个穿着粉红色的衣服，一个穿着蓝色的衣服。

"米茜，"这时，梅丽莎的妈妈向她招了招手，并且柔声喊道。于是，她转过身，走到妈妈的身边，然后，她俯下身子，聆听着她妈妈告诉她的一个秘密。片刻之后，她才转过头来，一脸严肃地对我们说道："妈妈说马克和其他的天使一起住在天堂里。"

她的话音刚落，房间里顿时被一种莫名的沉默笼罩起来。良久，我和莫莉竭力地打破了这种难耐的氛围。我们向他们一家郑重地承诺：我们会为梅丽莎系牢安全带，并且会带 4 份食物回来，8 点钟准时到家。

梅丽莎兴奋地抓住了我和莫莉的手，欢快地跳了起来。"卡蒂，达斯第，我会为你们多吃一些的。"她大声说道。

接着，我们一起走向汽车，而梅丽莎则仍旧抓着我和莫莉的手，走在我们的中间。她一边走，一边转过头，向卡蒂和达斯第挥挥手。此刻，卡蒂和达斯第正站在窗前，小脸紧紧地贴在玻璃上，向我们这边张望着，目光中充满了羡慕和渴望。

"他们也想来的。"当我们打开车门，把梅丽莎抱上轿车后面的座位上时，她说。

"下次吧，小妹妹。今天晚上是专门为你准备的，是属于你自己的。"我们告诉她说。在前往我们大学的这一路上，梅丽莎坐在轿车后面的座位上，浑身充满了愉悦和快乐。她的嘴里不停地唠叨着："今天晚上是专门为我准备的，是属于我自己的特殊一晚，特殊一晚。"

来到我们学校的餐厅，她问道："所有的东西……我都能吃吗？"

"当然。"我们告诉她说，"比萨饼啦、意大利面条啦、麦片粥啦，还有汤啦以及沙拉等，你想吃什么就吃什么。"

顿时，梅丽莎惊讶得目瞪口呆。然后，她盯着那一盘盘的食物，围绕着食物桌转了几圈，直到我们把她带到了位于公共餐厅中间的专门摆放沙拉的柜台。

在沙拉柜台，她仔细地看了一遍所有的食物，沉思了片刻，然后把她的碟子搁在滑面上，并指着放在一个金属罐里的东西问道："那里面是什么东西？"

"哦，那是葡萄，青葡萄。"

越过梅丽莎的头，我悄悄地对莫莉耳语道："难道她从来没有吃过葡萄吗？"

"它们好吃吗？"梅丽莎问道。

"嗯，它们非常好吃。"我们告诉她说。听我们这么一说，她消除了顾虑，也就没有再径直走向冰激凌机。

于是，我将梅丽莎抱了起来，这样，她就能用那一对沙拉钳夹到葡萄了。她一个个地夹着，很快，她的盘子里就堆满了葡萄。然后，我们找了个地方坐了下来，她便开始津津有味地大吃起来。

"哇，你可真像个女牛仔。"我笑道。

看着那满满的一盘葡萄，看着她贪婪地吃着葡萄的样子，我和莫莉不禁感慨万分。我们没有想到在我们大学的餐厅里，在那一桌桌丰盛的食物当中，她所想要的、她所最想要的食物竟然是葡萄。她认为它们是她这一辈子所见过的"最好看、最甜美"的食物，她希望每个星期、每一天甚至每一顿都能吃到葡萄。

于是，我们3人又走到了沙拉柜台，开始往塑料杯里装葡萄，一共装了4个塑料杯，这是给梅丽莎的家人的。

在我们驾车带梅丽莎回家的路上，大家都沉默不语。梅丽莎静静地坐在后面的座位上，望着怀里紧紧抱着的那四个装满了葡萄的塑料杯，虔诚地微笑着，并且时刻小心着不让它们被打翻。

当我们驶离那条收费公路，驶过那个保龄球场，穿过那个停放家庭拖车的停车场，把车开到了那块没有任何垃圾的地方，正准备下车的时候，梅丽莎突然开口打破了沉默。

"姐姐，"她问道，"天堂里也有葡萄吗?"

闻听此言，莫莉转过头，和我面面相觑着。同时，她把手伸向我，紧紧地握了一下我的手，仿佛是在默默地对我说："你来回答这个问题吧。"

于是，我转过头，爱怜地注视着梅丽莎，温柔地答道："孩子，天堂里当然也有葡萄，而且，每一餐都有，每一餐。"

与你共品

人们总是以为拥有巨大的财富才是真正的幸福，殊不知亲人简单的一句问候、一个眼神就让人感动不已，但这往往又是世界上最容易被忽略的幸福。

作者通过文字带领读者探访了梅丽莎，又了解了梅丽莎生活的困境和艰辛。梅丽莎面对丰厚的美食的情景，表现出的不仅仅是小孩子的好奇心，更是对生活的一种美好的向往，而梅丽莎更想让死去的双胞胎兄弟也享用这些美好的东西，这是一个姐姐对弟弟的爱啊! 一个人的幸福不是真正的幸福，但愿马克在天堂里也能享受到可口的葡萄!

繁忙的社会让人们忙于自己的事业、前途，一些人在自己的世界沉浮，想到的也只是自己，只有相互体谅、关爱、人与人之间的生活才会变得更加幸福、更加美满。

(潘粤金)

第五辑

咄咄怪事

人们沉默着。复活者看看自己刚才出来的土坑，它还没有合上。她又等了一会儿，但看来实在没有人想说话，于是就向周围的人说："再见。"然后又回到原来的土坑里去了。

有什么新鲜事吗？

[匈牙利] 厄尔凯尼/著　佚　名/译

一天下午，布达佩斯公墓第二十七区十四号墓穴上近三百公斤的墓碑轰然一声，倾倒在地。接着墓穴豁然裂开，原来是躺在里面的哈伊杜什卡·米哈伊夫人——诺贝尔·施蒂芬妮亚（1827－1848）复活了。

尽管因为风吹雨淋，墓碑上的字迹多少有些剥落，但她丈夫的名字也还是可以看得清的。可不知道为什么，他没有复活。

因为天气不好，在公墓的人不多。但凡是听到声音的人都过来了。这时，这位少妇已经掸去身上的尘土，向人借了一把梳子正在梳头。

一位戴黑面纱的老太太问她："你好吗？"

"谢谢，很好。"哈伊杜什卡夫人说。

一位出租汽车司机问她渴不渴？

这位刚活过来的死人说，现在不想喝什么。

"确实，布达佩斯的水，味道实在无法恭维，他也不想喝。"司机发表自己的看法。

哈伊杜什卡夫人问司机，他对布达佩斯的水为什么不满意？

因为用氯消的毒。

"用氯消的毒。"花匠阿波斯托尔·巴朗尼科夫点点头（他是在公墓门口卖花的），所以他那几种高级花只好用雨水来浇。

这时有人说，现在全世界的水都用氯消毒。

说到这里，没有人接话了。

"那么，有什么新鲜事？"少妇问。

什么新鲜事也没有，人们说。

又沉默了，这时下起雨来。

"您不怕淋湿吗？"做钓竿的私营手工业者德乌契·德若问这位复活者。

不要紧，她还爱下雨天呢。

老太太说，当然也得看下什么雨。

哈伊杜什卡夫人说，她喜欢的是夏天那种凉丝丝的雨。

但是阿波斯托尔·巴朗尼科夫说，他什么雨也不喜欢，因为一下雨，公墓就没人来了。

做钓竿的私营手工业者说，他非常能理解这一点。

现在谈话停顿了好长一段时间。

"你们说点什么吧。"新复活的少妇向四周看了看说。

"说些什么？"老太太说，"没什么好说的。"

"自由战争以后什么也没发生过吗？"

"要说，也可以说一两件，"手工业者挥挥手，"但就像德国人说的那样：'比这有意思的事也不多。'"

"不错，说得对。"出租汽车司机说。好像为了招徕乘客，他回到自己的汽车那里去了。

人们沉默着。复活者看看自己刚才出来的土坑，它还没有合上。她又等了一会儿，但看来实在没有人想说话，于是就向周围的人说："再见。"然后又回到原来的土坑里去了。

做钓竿的手工业者怕她滑倒，伸手过去扶了她一把。

"祝你一切都好。"手工业者说。

"怎么了？"出租汽车司机在大门口问大家，"她莫非又爬回去了？"

"爬回去了。"老太太摇摇头，"其实，我们谈得多么投机啊。"

与你共品

小说通过对复活者哈伊杜什卡夫人放弃人世生活，回到土坑继续沉默的描写，折射出了现实社会人性的冷漠。

对于一个沉默了上百年的人来说，人世间的一切都应该被视为"新鲜事"。复活者哈伊杜什卡夫人——一个沉默了上百年的人，然而，当她发现自己面对的竟是充满压抑的沉默世间的时候，最终还是选择了回到自己的土坑里。

活着的人沉默着，死而复活的人被沉默着！这个社会怎么了？是活着的人厌倦了生活？抑或是刚刚复活的人对新的生活的幻想太多？有人说："沉默是金"，可是这样的金子如果世人都去追求的话，那么最终也会变得廉价。

（夏雨哲）

科学家们还来不及破译这些密码，舷窗外居然会云集娇小玲珑的粉红色水母！通信系统中传来了数据处理技师简的惨叫声。

神秘之球

[美] 迈克尔·克莱顿/著　　佚　名/译

在南太平洋深达千英尺的水面下，一群美国科学家正对一艘巨大的不明船体进行探测。探测的过程中引发了一连串的惊奇和疑问。原来这是一艘太空船，根据船上的资料，它是自外太空坠落而来。但令人惊讶的是，它竟完好无损，而且已有300年的历史。在这艘太空船上最神秘莫测的物体是一颗直径30英尺的大球。这个大球似乎也隐藏着不可捉摸的秘密。于是，一些离奇怪幻的现象产生了。

心理学家诺曼·詹森因其一篇名为《关于地球人与不明生命形式接触并互相影响的建议》的论文而当选异常事物调查组成员。他的工作是监视小组10名成员的行为和态度并对他们的恐惧心理进行调整。随着探测大球工作的深入，一场人类（实体）与非实体之间的无硝烟战争即将爆发。

工作仍在继续，所有调查人员都在绞尽脑汁地试图打开大球的门。使诺曼大惊失色的是，他看见动物学家贝思身后那台监视器上的那颗大球的门正悄无声息地向旁边滑动着打开。他看见那门一片漆黑。他刚想叫人注意，那门又随即关上了。一种不祥的预感涌上心头。而黑人数学家哈里最终还是在大球内部待了三个小时。但他从大球里出来后全身僵硬，反应迟钝；他不知道自己的名字，不知道自己在哪里，也不知道现在是哪一年。他被抬回居留舱后，昏睡了一个半小时后突然醒来，抱怨头痛。疑团加大了。接着，电脑屏幕显示出一连串的螺旋数字，而这些数据并非出自舱内电脑，它可能代表那个生灵本身！人们都迫不及待地想揭开这个秘密，一个更广阔的未知世界能否被开拓？

科学家们还来不及破译这些密码，舷窗外居然会云集娇小玲珑的粉红色水母！通信系统中传来了数据处理技师简的惨叫声。一个小时后，水母群消失了。它们的消失就像它们当初的出现一样神秘。电脑屏幕上新的数字又出现了！哈里打通了联络通道。突然，警报声响彻整个居留舱。居留舱正遭受一个庞然大物的攻击。它有两条触须，向外延伸时比它的臂还长，足足有 40 英尺长，每条触须的末端是平坦的"前足"或是"掌"，看上去就像一片叶子。这前足是用来捕捉食物的工具，前足的吸盘上长着一圈又小又硬的甲壳质。贝思认为它是巨型鱿鱼。在这次灾难中，死了三个人。

然而，这种灾难性游戏只是一个开始。巨型鱿鱼又发起了攻击，舱内又失去了一位科学家。而诺曼吃惊地发现，居留舱不知什么时候来了一个身穿制服、身材修长的黑人水兵。他自称来自"海上大黄蜂号"。一个小时后，他们搜遍整个居留舱，没有发现那个黑人水兵的踪迹，舱外也没有潜艇的影子。资料表明，现役舰艇近来没有任何舰艇取名为"海上大黄蜂号"。疑团进一步加大。而当诺曼发现之前出现的所有的怪现象都源自从大球里出来的哈里后，他只能与另外一个幸存者贝思并肩作战了。他俩用麻醉混合剂催痹了哈里，原先的怪现象消失了：水母群不见了，巨型鱿鱼消失了，黑人水兵也无踪影了。舱内似乎恢复了平静。

但诺曼错了。他不得不承认，贝思也出现了问题。此刻，他惊见：所有从大球内部出来后的人都有一种魔幻的力量在支撑他们。残酷的现实使他必须依靠他个人的力量向离他 1000 英尺的海面前进。在这之前，他毅然走进大球的门。魔幻力量唯独不在他身上起作用——因为唯独他一个人有面对走入神秘大球的充分心理准备。最后，诺曼不但成功走出了神秘大球，还及时将舱内的两名仅存人员——哈里和贝思救出水面，诺曼拯救了他们的灵魂，也成功地面对了自己的命运。

实际上，所有探测这个神秘大球的科学家们都成功地面对了自己的命运，不是吗？

与你共品

小说描写的是以诺曼为首的美国科学家对一个神秘的球进行探测，然而随着探测的深入，摆在他们面前的却是一场死亡性的灾难。最终，智者诺曼凭借自己坚毅的心态，救助了同事。

当面对毁灭性的灾难时，每个人都会有自己求生的看家本领，但是，最终也只有那些做好充分准备的人才能获得安全！它果然是个神秘的球，它不仅出现得离奇，而且在科学家对其进行研究的过程中所发生的事情也令人难以置信。

"在病魔面前，人多数是被吓死的。"所以心态就是一个人的生命，无论再大的挫折困难，只要坚持一个平和的心态，就没有任何外界力量可以左右你！

（夏雨哲）

"他说，独角兽额头正中长着一只金角。"她说完了。精神病医生严肃地给警察发出暗号。警察从椅子上跳起来，抓住了这位妇女。

花园里的独角兽

〔美〕詹姆斯·瑟伯/著　　佚　名/译

一个阳光灿烂的早晨，一个男子正坐在厨房的角落里吃早餐。他吃着炒鸡蛋，偶尔抬起头来，看见花园里有一只金角白色独角兽，正在静静地吃玫瑰花。于是，男子走到楼上的卧室，唤醒正在酣睡的妻子："花园里有一只独角兽！正在吃玫瑰花！"她睁开眼，讨厌地看着他。"独角兽是神话里的动物。"她咕哝着，不理睬他。

丈夫慢慢地走下楼梯，向花园走去。独角兽还在那里，正在吃郁金香。"吃吧，独角兽。"他边打招呼边拔起一枝百合递过去。独角兽认真严肃地吃着。由于花园里有一只独角兽，男人感到很高兴，他又跑进屋里唤醒妻子。"独角兽吃了一枝百合花。"他说。

妻子从床上坐起来，冷淡地打量着他。"你真是个傻瓜。我要叫人把你送到精神病院去。"她说。

男人不喜欢听"傻瓜"和"精神病院"这样的字眼，特别在阳光灿烂的早晨和花园里有一只独角兽的情况下，他更不想听到这样的话。他想了一下，说："好吧，走着看吧！"说着他就往门外走。他想再到花园里看看那只独角兽，临走前对妻子说："独角兽额头正中长着一只金角。"但独角兽已经走了。男人就在玫瑰丛中坐下，没多会儿工夫睡着了。

丈夫走后，妻子就赶紧起床穿衣。她很高兴，眼睛射出胜利的光芒。她先打电话给警察，再打电话给精神病院医生，要他们尽快到她家里来，并带上紧身衣。警察和医生都来了，他们坐着，有趣地观察着这位夫人。"我的丈夫，"她开始说，"今天一早看见一只独角兽。"警察与医生面面相觑。"他说，独角兽吃了一枝百合花。"她继续说。警察又望着医生，医生也望着警察。"他说，独角兽额头正中长着一只金角。"她说完了。精神病医生严肃地给警察发出暗号。警察从椅子上跳起来，抓住了这位妇女。但是他们要制伏她也不容易，因为她拼命挣扎。最后他们还是制伏了她。当她的丈夫走进屋里时，他们刚好给她套上了紧身衣。

"您对您妻子说过，您看到了一只独角兽，是吗?"警察问。

"当然没有，"丈夫答道，"独角兽是神话里的动物。"

"我想知道的就是这些，"精神病医生说，"把她带走。很遗憾，先生，您的妻子精神失常了。"

尽管这个妇人又骂又闹，警察还是把她带走了，并关进了精神病医院。

从此，她的丈夫过上了幸福的生活。

与你共品

小说中这对夫妇的日子肯定早就过不下去了！这多么发人深思！

从小说的字里行间，我们可以知道妻子并非一个贤妻良母，而且丈夫对妻子也是容忍很久了。小说运用丈夫在花园中看见只有神话中才会出现的独角兽来让这对夫妇拉开了他们之间的战斗，最后以丈夫的胜利作为结局。其实，就算没有独角兽，这对夫妇的战争也会爆发，只是迟早问题而已。

小说中的这一对夫妇向我们折射了现代生活中所存在的婚姻危机！在现代这个社会中，婚姻危机已成为人们日常生活中最大的危机之一，甚至更胜于经济危机。而如何处理这种危机，则见仁见智。或许勇敢放手，微笑着说再见是一种好的选择。但是谁又能说及时发现问题、解决问题不是真正的解决之道？

（盘婷）

这位播音员便住在电视台，每天三次上电视，每一次他都报道一条爆炸性新闻，声望越来越高。

特 技

[日] 星新一/著　佚 名/译

电视台的新闻广播员，某日，一如往常，刚要播放稿件，竟违背自己的意志，信口开河起来：

"下面报告新闻。发现了一起行贿受贿案件。据报，K企业定期向主管机关的高级官员重金行贿……"

播后，电台内部掀起轩然大波。有人问他："你为什么讲了原稿上根本不存在的事儿？"

"脑袋出毛病了？真丢人，人家会抗议的。胡侃下去，我们电台就会威信扫地。"

电台里的人都被吓得面色如土，广播员也等着革职。然而，奇怪的是压根没有人打来电话表示抗议。

不仅如此，电台还得到情报说，电台点名的那几位高级官员已经引咎辞职。还听说，对此报道半信半疑的警方，在K企业进行搜查，很快就发现了行贿的证据，立刻逮捕了嫌疑者。

电视台里的气氛一下子变了，肯定播音员第一名报道了爆炸性新闻，赞许的呼声代替了责难。

"真是惊心动魄！你说的全是事实，你是怎么知道的？"

"我也不大清楚。只是这念头在脑子里一闪，就变成话语脱口而出了。"

"说不定这是特技呢。你具有发现暗地违法的能力。今后可要大力发挥你的才能哟，我们电视台的听众，会一下子增多的。"

"噢，但不知能否一帆风顺。"

第二天的新闻节目时间里，这位广播员又胡侃起来："播送去年偷税者前十名名单。第一名……"

随后，他不仅播放了偷税的金额，还详细地报道了他们偷税的手段。这次又给他说中了。

税务署的人员立刻出动，不费吹灰之力就获取了证据。于是，这个新闻节目大受欢迎，听众和观众不断打来电话，一个劲儿地打气。

"了不起，是大众的战友！用你的特技，毫不留情地把那些坏家伙揪出来，让我们大家心里痛快痛快！"

这位播音员便住在电视台，每天三次上电视，每一次他都报道一条爆炸性新闻，声望越来越高。

但是，接连几天，他的身体便支持不住了，每周都想方设法地请假。他打算回家。可是就在他回家的一路上，不管是谁，一见了他便逃之夭夭。

有的也许是骗取了公司的差旅费的，违章乘车的，装病不上班的，学生时代考试作过弊的，骗过女人的，等等，全都有点什么把柄。他们不愿意接近这位电视台里最有威信的播音员，也许害怕自己的弊端也被宣扬出去，那就吃不消了，因此，尽作鸟兽散了。

他心神不快，总算回到了家。但是，妻子不见了，据说几天前就逃之夭夭。特技即使对她，也不例外。

与你共品

小说向我们展示了舆论对于公众的影响力，同时也向我们揭示了生活在这个时代，有时候知道了太多别人的秘密也不是好事，难得糊涂也不错啊！

小说向我们展现一位新闻广播员得到了发现暗地违法的特技。周围人对广播员的态度由责难到赞许再到最后的逃之夭夭，就连他的妻子也离他而去。可见这项特技对大众的影响都很大。

在这个时代，小说中播音员的特技不是每个人都想拥有的，万事须量力而行、巧取智为，方能在奉献爱心之时避免成为众矢之的。

（盘婷）

然而，年轻人忍住了没叫出声来，相反，他朝 4 楼继续飞行。4 楼窗前坐着位年轻的姑娘，她的双眸——如矢车菊般幽蓝——正凝视着远处，神情忧郁而苍茫。

飞过窗口的年轻人

〔俄〕阿卡登·爱沃琴科/著　佚　名/译

这个悲惨凄美的故事是这样开始的：

在一幢高层住宅的 6 楼上，3 个人正激烈地争吵着。

一个女人正用丰美的手臂，紧紧攥着床单，哽哽咽咽地分辩着："哦，约翰！我发誓我没做错什么！他引诱我——而且，我向你保证，我是被迫的，我挣扎过……"

其中的一个男人，还穿着大衣。正指手画脚地训斥着那里的第三个人："流氓！我要让你立即像死狗般完蛋，你得为这个软弱的女人付出代价！"

屋里的第三个人是个青年男子。尽管此时他有点衣冠不整，仍坚持着不可一世的尊严。"我？干吗？我又没干什么！我——"他抗议着，神色凄凉地盯着屋里空旷的角落。

穿长大衣的男人打开朝街的那扇窗，一把抓住那衣冠不整的年轻人，将他扔了出去。

年轻男人发觉自己在空中飞，赶紧害臊地系好内衣的纽扣，并悄悄地自我安慰说："没关系！失败只会使我们更加坚强。"

还没到 5 楼，他就从胸中发出一声深沉的叹息。"我的天哪！"年轻人想道，"我可是爱过她的！而她连向丈夫坦白的勇气都没有！现在我觉得她是多么遥远，与我毫不相干。"

绝望地想着这一点时，他已落到第五层。飞过窗口时，他好奇地朝里张望了一下，一个年轻的学子正坐在倾斜的桌前，支着肘儿托着脑瓜看着书。

想到在此之前，他一直沉溺于世俗的享乐，荒废了学业。现在，他为知识的光亮所吸引。"我最最亲爱的学子啊，"他想冲着那正读书的男孩喊，"你唤醒了我内心沉睡的理想抱负，让我摆脱了对虚幻人生的无谓的痴迷。正是这种痴迷，才导致了6楼上的后悔莫及的结果！"

然而，年轻人忍住了没叫出声来，相反，他朝4楼继续飞行。4楼窗前坐着位年轻的姑娘，她的双眸——如矢车菊般幽蓝——正凝视着远处，神情忧郁而苍茫。

这年轻人目不转睛地盯着她。这时他才意识到以前与女人们的种种邂逅不过是虚无缥缈的痴迷，也只有在这一刻，他才真正体味到那个奇特而神秘的字眼——爱情。

他开始喜欢上这平静的家庭生活，喜欢上这种无以言传的被爱的举动，喜欢上这种欢乐祥和的生存方式。

接下来飞行中所经历的场面，更坚定了他这种念头。

在3楼的窗口，他看见一位笑逐颜开的母亲，正轻哼着小曲，轻摇着一个笑嘻嘻的胖囡囡，那眼眸里饱含着为人母的自豪之情。

"我也想娶4楼的姑娘，生一个3楼这样的脸上红扑扑的娃娃，"年轻人心中暗想，"为了我的家人，我将付出所有，并在这种付出中收获幸福。"

接下去就到2楼了。在这儿见到的情景使得这年轻人的心又痛苦地抽搐起来。

在一张豪华气派的写字台前，坐着位男人，头发凌乱，目光呆滞。他正凝视着面前的一帧带框的照片，与此同时，他右手写着什么，左手举着把手枪，枪口正对着太阳穴。

"快住手，你这疯子！"年轻人想大声劝阻，"生命是多么美好啊！"但某种本能的情感，使得他没有喊出声来。

屋里的摆设富丽堂皇。由这富贵舒适年轻人想到生活中还有某种东西，能够破坏一切的舒适与满足，甚至整个家庭。"那是什么呢？"他想，心情沉重。他现在已飞到一楼了。命运似乎蓄意要给他一个刻薄的充满讽刺意味的回答。在一楼的窗口，他看到了这一切。

一个年轻男人坐在窗前，上身一丝不挂地隐在幔帐里。他的膝间坐着个半裸的女人。正往下掉的男人想起他曾见过这个女人，那时她衣冠楚楚地伴着丈夫在外面散步——但现在这男人绝非她的丈夫。

这时，年轻人开始回顾曾有过的计划：学着那青年学子努力求知；娶4

楼的姑娘；过3楼那样宁静恬淡的家庭生活——他的心再次沉重起来。

他感受到这一切如过眼云烟，感受到梦寐以求的幸福的虚幻——终于，他彻悟了。

"毕竟，我已亲眼目睹了这生命的无意义！活着既愚昧又痛苦。"男人想到这，脸上露出苍白的嘲讽的笑容。最后，他毅然决定就在人行道上结束这次飞行。

当人们好奇地围观他那一动不动的躯体时，谁也不曾想到，就在几分钟前，他曾经历了怎样的一场错综复杂的闹剧。

与你共品

小说讲诉一名被女朋友的丈夫从六楼扔下去的年轻人下落到每一层楼所见到的景象以及他对自身人生的思考，虽然一切都太晚了，但他还是彻悟了。

小说的构思很巧妙！我们都知道，由于地球有地心引力，一个人从六楼往下坠到地面的时间是很短的，但作者却安排年轻人在下坠的那么短的时间内看到每层楼不同的家庭，他生活了那么久都没把自己的人生看透，反而到了人生的最后时刻居然想到人生只是一场虚幻的梦，他彻悟了。这也死而无憾了！

我们的人生也是非常短暂的，谁也预料不到下一刻会发生什么事情，那就好好经营自己的人生，让自己过得更有意义些吧！

（盘婷）

不过你刚才仅仅是在本地机器中安装了 love. exe 程序，只有将你本地机器中的 love. exe 程序同其他的人类机器的心灵连接在一起，你的 love. exe 程序才能不断升级。

给心灵装上爱的程序

［美］史蒂文·卡维/著　佚　名/译

某日，一位神色黯然的客户走进一家安装人类程序的软件公司，请求工程师帮他排除烦恼。因为最近一段时期，在他与别人交往的时候，他的系统经常死机。他讨厌身边的每个人，说亲朋好友们都在莫名其妙地远离他！软件工程师听完他的倾诉，启动了他的人体机器，进入他的心灵认真检查，几秒钟后，工程师安慰他说没出什么大毛病，只是他的心灵存储器中丢失了 love. exe 程序。于是，工程师耐心指导客户按步骤在心灵中安装爱的程序。

工程师：首先请打开你的心灵，现在，你在心灵的位置了吗？

客户：是的，我进入了"我的心灵"，但是这里有几个文件正在运行，在它们运行的同时我可以安装 love. exe 程序吗？

工程师：请问是哪些文件？

客户：稍等，是我以前安装的"怨恨文件"、"往日伤痛文件"、"自卑文件"和"嫉妒文件"，这些文件正在运行。

工程师：安装没有问题。只是你必须马上将"往日伤痛文件"从你的操作系统中删除，这样，love. exe 程序才可以无障碍地自动安装起来，并且将永久性地保存在你的内存中，完全不会妨碍其他程序的运行。同时，在 love. exe 程序安装的过程中，它会利用自身携带的一个叫做"自信"的文件覆盖掉你系统里的"自卑文件"。最后，你还要把"嫉妒文件"和"怨恨文件"的运行窗口关闭，因为这两个文件的运行会阻止 love. exe 程序的正常安装，你能关闭它们吗？

客户：对不起，关闭无效，请帮我一下吧！

工程师：好的，请返回你的"心灵主菜单"，调出一个名为"宽容"的文件来，你可以根据自己的安装需要，反复调用多次，直到把"嫉妒文件"和"怨恨文件"彻底从你的心灵中清除。

客户：好极了，我完成了！现在我看到 love. exe 程序正在安装呢。

工程师：请注意，几秒钟后，你会从桌面接收到一条新信息，它提示你："当前系统重新配置了你的心灵，配置完毕！"你看到了吗？

客户：我看到了，这意味着 love. exe 程序已经安装完了？

工程师：是的。不过你刚才仅仅是在本地机器中安装了 love. exe 程序，只有将你本地机器中的 love. exe 程序同其他的人类机器的心灵连接在一起，你的 love. exe 程序才能不断升级。

客户：不好了！我的安装桌面显示一条错误信息！

工程师：请念。

客户："程序无法在网络中运行"，这是什么意思？

工程师：不必担心，这只是一个一般常见错误。是说目前 love. exe 程序只是在你的心灵外部运行，还无法真正运行在你自己的心灵世界中。这是一个复杂的过程，用非技术性语言解释就是，在你爱别人之前，必须要先爱你自己。

客户：那么下一步我应该如何操作呢？

工程师：不用着急，请进入名为"自我认可"的目录中。

客户：好啦，我已打开了这个目录。

工程师：请点击该目录的以下文件，它们是"宽容文件"、"自信文件"、"实现自我价值文件"以及"仁爱文件"，将它们全部选中后，复制到"我的心灵"的文件夹中，拷贝完毕后，你的心灵系统将自动删除某些不兼容的文件，如"自私文件"、"伪善文件"等，同时修复程序运行中出现的故障，最后不要忘记将"自我苛刻文件"从当前目录中删除！

客户：我成功了！现在桌面显示"我的心灵"已经安装了正版的 love. exe 程序！系统提示"微笑文件"启动了，同时，"热情"、"友好"以及"满意"三个文件正在"我的心灵"中运行呢！

工程师：恭喜你，系统已经顺利安装了 love. exe 程序！故障解除了，但最后，我可要提醒你一句。

客户：什么？

　　工程师：记住，爱是一种免费软件，你完全可以慷慨大方地把爱的各种指令赠送给那些你遇见的人，爱会在人类灵魂间传播、共享，当爱的指令把一个人的心灵同另一个人的心灵链接在一起的时候，love. exe 程序会自动在彼此心灵间升级。用非技术性语言解释就是，只有当你把自己的爱给予别人的时候，你才能得到别人的爱！

　　客户：多谢，我会的！

与你共品

　　小说的构思很有新意，"给心灵装上爱的程序"。我们都知道，只有机器才能有安装程序的可能性，但小说中工程师却能满足客户的要求，为客户安装爱的程序。

　　一个人，如果心灵中没有了爱的程序，大家都会远离他，因为他是一个不能用爱去交流的人。同样，记住往日的伤痛就无法打开我们的心扉，怨恨、自卑、嫉妒、自私、伪善和自我苛刻就会阻碍我们爱的施行，而宽容、自信、实现自我价值和仁爱却能帮助我们实现自我认可。向人微笑能体现我们的热情、友好。这些无疑都是我们日常生活中人与人交往的真理。

　　"在你爱别人之前，必须要先爱你自己"，"只有当你把自己的爱给别人的时候，你才能得到别人的爱"。让我们都给心灵安装爱的程序吧！

（盘婷）

随着年龄的增长大脑里储存了各种记忆，因此就容纳不下新的记忆。所以，要用这个机器抹去不需要的记忆，在脑细胞上植入需要留存的记忆。

近乎完美的答卷

[日] 船木和明/著　　佚　名/译

他已经一筹莫展了。

连续五年报考重点大学，结果都落第了。

因此，他对那份突如其来的、离奇古怪的宣传广告极感兴趣："特别向您出售最新开发的划时代的新旧记忆相互交换的记忆器。"

倾囊买来的机器就像在邮购广告上常看到的睡眠学习器一样。

说明书这样写道："人的大脑记忆储藏能量是有一定的限度的。随着年龄的增长大脑里储存了各种记忆，因此就容纳不下新的记忆。所以，要用这个机器抹去不需要的记忆，在脑细胞上植入需要留存的记忆。所要抹去的记忆可由使用者任意筛选。"

他首先试着把那些无聊的笑话以及那些不知为什么清晰地残存在记忆中的五岁前后的记忆跟难懂的化学方程式进行了交换。

如同水掺入沙子里一样，知识令人吃惊地清楚地输入进大脑里。

由此开始，他抹去了过去的各种各样的记忆，并换上了考试中新近出现的知识。

无论你记忆多少，都不会因此而满足。临近考试便常自责，后悔这呀那呀都没记住，后悔记住了的却没理解深透。

在机器的使用说明书上，还告诫使用者："留神勿使用过度。"

不过他不能顾及到那种程度，他在不断地把过去的记忆换成备考的知识。

小学时代留下的和同学之间的愉快的往事，换成了世界史中各国在各时代中的关系。

和父母去旅行留下的令人怀念的往事，换成了在考试中或许只出现一个半个的上千英语单词。

和初恋时的女孩子首次约会时留下的酸甜苦辣，换成了在考试中或许出现的文学史。

他直到考试逼近之日，还在不断地把过去的记忆换成备考的知识。

判这张考卷的教授因其异常完美而感叹。

"完美，没见过如此完美的解答。"

这个学校的入学试题的难度一直居各校前茅，各学科的合格分数线每年均在 50 分，近年来很少见到超过 70 分的答卷。

然而，教授刚判的试卷却无可挑剔地应得满分。

"完美的解答，这是近乎完美的答卷。"

教授满腹疑云地几番审视着答卷。

于是，教授赞赏地去看答卷的最上方，却什么也没有。

教授直视着这张考号栏、姓氏栏均为空白的答卷，感到这是这张近乎完美的答卷的美中不足。

他离开考场一路往家走。

连自身的记忆、自己是谁都和备考知识交换了。

没有交换的记忆只是到考场和回家的道路，凭此他还能一路往家走。

与你共品

小说的主人公是一个很可悲的角色。因为多次落榜去买了所谓的能交换记忆的记忆器，本以为肯定会金榜题名的，结果是考了试却跟没考一样，而且还失去了自己最为宝贵的几乎一切记忆。

其实，记忆器的使用说明书已告诫过使用者"留神勿使用过度"。只是他在使用时已迷失了自我，以至于生活中所有酸甜苦辣的回忆都丢失了，只留下一大堆没多大意义的应考知识点。这是未能正确对待心理认知的失调感所造成的恶果啊！

我们一生中有许许多多的记忆，有些记忆是很珍贵的。所谓的功名利禄都是过眼云烟，但记忆一旦丢失了，我们就会失去自我，也失去了生活的意义。

（盘婷）

"全部财产都用在如您所说的'纳凉'上了。您的曾孙们拒绝继续支付这笔费用，所以最近 10 年来是我在照料您，我也为您的复活付了钱。"

苏　醒

[美] 杰尼·著莱奇塔/著　古　今/译

2052 年，克拉肯被解冻后苏醒过来。

格雷姆·克拉肯正在死去。他觉得剧烈的头痛填满了全世界所有的空间，年轻医生的话很难进入他逐渐丧失的意识。

"我赞成您的决定。将来的某个时候，医学发展到人们学会医治许多疾病，其中包括医治骨髓癌时，您给我们留下的钱将用来为您化冻，使您复活，并把您的病治好。您，50 岁，将重新生活……"

夜间格雷姆·克拉肯去世了。他的遗体被安置在相当于液态氖温度的低温墓地的一个密封集装箱内，一直保存到医生规定的时候。

他梦见自己沉浸在温暖的大海里，接着，梦渐渐地消失，海水的蔚蓝色也渐渐地褪色，而海水本身则变成一片蒙蒙白雾，他不想醒来，然而雾变得越来越凉爽，于是他睁开了眼睛。格雷姆·克拉肯看见一间放置着仪表和器械的病房，这些仪表和器械都带有五颜六色的指示器。他还看见床边的椅子上坐着一位老年人。

"哈啰！"那人说道。看样子他约摸 80 岁，稀疏的白发和一张皱纹很深的面孔。

"早晨好！"格雷姆·克拉肯仔细地瞧了瞧，惊呼道："医生！！是您?"

"对，克拉肯先生，您的记忆很好。"

"您戴着一对耳环?"

"这不是耳环，而是收音机。"

"为什么?"

"我好收听娱乐广播节目。立体声。"

"怎么开关呢?"

"用舌头弹出响声……今天天气非常好。"

格雷姆·克拉肯顺着医生身旁望了望窗口:"对,好像是这样。顺便说一句,天气已经能够预先选定了吧?"

"尝试了一个时期,但后来就不行了。"

"大概不一致的选定太多了吧?"

"嗯。"

突然窗子上的玻璃像尘土一样地散落,病房里变得亮了些。

"这是怎么啦?战争?"

"战争已经消除,这只不过是窗子脏了。现在窗子不用人擦洗,而只需更换。"

新的玻璃从窗框下面自动滑上,替换了原来的玻璃。

"现在是多少年?"

"2052 年。"

"我在低温墓地纳凉已经相当久了……我的财产情况您知道不?"格雷姆·克拉肯继续详细打听,"还留下什么吗?"

"全部财产都用在如您所说的'纳凉'上了。您的曾孙们拒绝继续支付这笔费用,所以最近 10 年来是我在照料您,我也为您的复活付了钱。"

"啊,我非常感谢您,阿比斯医生,我对您感激万分!我将开创一番事业,挣钱,向您偿还欠账……"

"我毫不怀疑……您会还账……并且很快就……"

"谢谢您的信任,医生,我的骨髓癌怎么样了?你们学会治疗骨髓癌了吧?"

"当然,采用注射疗法——就这样。"

"往骨髓里注射?"

"是往肌肉里注射。"

"哈哈……这么回事……就是说你们给我治疗好了?"

"还没来得及。"

"您知道,我已经不痛了。"解冻的人用胳臂肘支撑着稍微抬起身子,摇摇头。

老头着急起来。

"我强烈要求您，克拉肯先生……请您小心谨慎——在换心脏……之前……您需要绝对安静。就定在今天晚上。"

"什么？换心脏？"大吃一惊的格雷姆·克拉肯往后仰靠在枕头上了，"怎么？我的……心脏……有点……"

阿比斯把头摇了几下，慢慢地，手捂着胸口站起来，转过身去。

"不是您的，而是我的……"

与你共品

为了等待时机治疗骨髓癌，在长期的冰封之后，格雷姆·克拉肯终于在2052 年苏醒，他再三感谢医生阿比斯的照料。然而格雷姆万万没想到他要把心脏还给心脏衰弱的阿比斯，作为阿比斯为他的复活付了钱的报答。

这是发生在未来的故事，里面描述了神奇而先进的技术。作者采用倒叙的手法，在情节中埋下伏笔，创造了一个惊人的结局。格雷姆的重生并不是自己的重生，在他选择冷冻的时候就已经注定了他的死亡，这个重生是医生阿比斯的，为了自己的重生，阿比斯才会付费照顾格雷姆。

人性有自私的一面，但也有无私的一部分。有为了自己才关爱他人的阿比斯，也有默默奉献的雷锋，要找到自己心灵的善处，以善为师。

（华琼蕾）

他让我把脑袋凑近汽车的排气管半小时，我立即就恢复了充沛的精力，又能够和人家长谈了。

新鲜空气可以使你致命

[美]阿·布奇沃德/著　郑　恩/译

烟雾曾经一度是洛杉矶最大的吸引力，而现在则遍及全美国，人们都习惯于这种被污染了的空气，以致呼吸别的空气反而感到很困难。

最近我到各处讲演，我停留的地方，其中之一就是亚桑那州的费拉洛斯塔夫，那里海拔大约 1000 米。

走出机舱的时候，我立即就闻到一种独特的气味。

"这是什么味道？"我问了一下接我的人。

"我什么也没闻到。"他答道。

"有一种很明显的气味，这是我所不能适应的。"我说。

"啊，你讲的一定是新鲜空气。许多人从飞机走出来就呼吸到他们从未呼吸过的新鲜空气。"

"这会怎么样呢？"我不免有所顾虑地问。

"没关系。你刚才呼吸的就像别的空气一样，这对你的肺部会有好处的。"

"我也听过这种说法，"我说，"不过，要是这是空气的话，我眼睛为什么不淌水呢？"

"对于新鲜空气，眼睛是不淌水的，这就是新鲜空气的优点；你还可以节省许多优质纸揩眼泪。"

我环顾周围一下，各种物体一片清晰明澈，这可是一种奇特的感觉——我反而感到非常不舒服。

我的主人意识到这一点，他想使我消除顾虑，说："请不必担心。反复试验证明你可以日日夜夜呼吸新鲜空气，对你的身体是不会有任何损害的。"

"你刚才所讲的，无非是想让我不要离开这里。"我说，"在大城市生活过的人，谁也不能长时间待在有新鲜空气的地方，他忍受不了。"

"好吧，新鲜空气要是烦扰你的话，你为什么不给你的鼻子捂上一块手帕而用嘴巴呼吸呢？"

"对了，我要试试。不过，如果我早知道要到一个除了新鲜空气便没有别的空气的地方的话，我就应该准备好一个外科手术用的面罩。"

他们沉默地开着车。大约 15 分钟后，他问道："现在你觉得怎么样？"

"是的，我想对了。现在可以肯定，我不打喷嚏了。"

"这里是不需要打什么喷嚏的。"这位陪同的先生承认说。他又问道："你原来那地方是不是要打大量的喷嚏？"

"老是要打。有些日子，整天要打。"

"你喜欢打喷嚏吗？"

"打喷嚏并非必要，可是，你要是不打，你就会死亡。——请问，这一带为什么没有空气污染呢？"

"费拉洛斯塔夫人大概吸引不了工业的光临。我猜想我们确实是落在时代的后头了。当印第安人相互使用通讯设备的时候，我们费拉洛斯塔夫才开始嗅到仅有的一点烟尘，可是风似乎又把它吹跑了。"

新鲜空气实在使我感到头晕目眩。

"这周围没有内燃机汽车？"我问道，"让我呼吸几个小时也好。"

"现在不是时候。不过，我可以帮你去找一部载重汽车。"

我们找到了载重汽车的司机。我在暗中塞给他一张 5 美元的钞票。于是，他让我把脑袋凑近汽车的排气管半小时，我立即就恢复了充沛的精力，又能够和人家长谈了。

离开费拉洛斯塔夫，再也没有人像我这样高兴的了。我的下一站就是洛杉矶，当我走出飞机的时候，我在充满烟雾的空气中深深地吸了一口气，我的双眼开始出水了，我开始打喷嚏了，我觉得又像一个新的人了。

与你共品

多么荒诞离奇的故事！"我"习惯了在有污染的空气中生活，呼吸新鲜空气反倒觉得难受，故意到汽车排气管呼吸半小时才有活力，只有回到有污染的地方，身体才得到适应。

作者以其独特的情节设置，运用反讽的写作手法，将正常现象——呼吸新鲜空气有益健康倒过来写：新鲜空气可以致命，深刻地讽刺了社会发展过程中忽视环境保护的做法。

当前世界依旧面临着社会发展和环境保护的冲突，如果在此方面，人类调节不好，今后我们是不是也会向文中的"我"一样，习惯了污染，遇到洁净空气反而觉得不舒服呢？

（华琼蕾）

这个秘密只有死者自己知道，对于别人来说，他的复活只不过是件令人难以置信的喜事罢了，亲友们商定为他召开庆祝会。为祝贺死者康复，大家自然递了喜钱。

庄严的仪式

[日] 星新一/著　佚　名/译

他死了，才七十多岁。不会有人说："年轻轻的竟然死。"但他死得太突然。

"我心里有点难受。"

他说完，刚刚躺下不一会儿就咽气了。他死后的面容那样安详宁静，就连最后守在身边的医生都惊诧不已，"仿佛在安眠！"这样形容倒颇为相称。他的脸上没有丝毫的留恋和痛苦。

然而，无论死者面容怎样安详，其死是毫无二致的。这对于遗属来说，只有悲痛。

"他真的死了吗？真不敢相信！"

"希望他再多活几年，哪怕两年，不！一年也行。"

人们声泪俱下地互相诉说着这么一句话。热心的亲友和熟人为举行葬礼做好了各种准备。转眼就守夜辞灵了。

死者的亲友们接到讣告纷纷赶来。

"这事太突然了。你们一定很悲伤。但是，希望各位自持节哀。如果过度悲伤，反倒违背了死者的遗愿。"

人们用这样常用的吊唁辞令安慰着遗属。然而，这不过是虚礼罢了。来吊唁的人呈上香奠，燃起线香，接着，不免要对死者追忆一番。

"他真是个好人哪！开朗豁达，而又善于社交。见到他就让人高兴。"

"可是，他又守口如瓶，若事先告诉他这是秘密，那他就不会泄露于人，是个值得信赖的朋友。"

"他聪明，是个富于创造性而又想象力丰富的人。不过，他的设想切合实际，很有希望获得成功……"

"是啊，好像他还建了个小小的实验室，搞什么实验。他把各种药混合起来，好像在调配什么，没看到他的研究笔记，如今也就无从知晓了……"

"总而言之，他是个好人。"

来者无不这样缅怀死者。

不多时，僧侣到场诵起经来。棺材前摆放着鲜花，葬礼继续进行。熟人们陆续散去，灵前只剩二三个亲友和遗属了。

这时，棺材里窸窸窣窣作响，人们不禁面面相觑，一种不安和含有某种侥幸心理的气氛笼罩着整个灵室。接着传来了喘息声。

"哼……"

声音的确发自棺内。人们不禁又一次面面相觑，不敢相信这是真的，是错觉吧？难道真会……

此时，一位朋友站起来，打开棺材盖儿。

"啊！他还活着……"

声音很大，仿佛在说服他自己。棺材里的死者竟然瞪着眼睛，活动手指，用沙哑的声音说：

"把我抬出去……"

"哦，复活了吗？太好了。当然要把你抬出来。谁来帮下忙？"

悲伤肃穆的气氛一扫而光，顿时喧闹起来。人们把死者抬到床上，香火熄灭了，供花扔到了院庭，请来了医生诊后说：

"真奇怪，方才确实是脉搏消失了，呼吸也停止了。"

一个朋友问道：

"是怎么回事？"

"应该说是奇迹吧。我只能说他生命力顽强，除此之外无法解释。他现已恢复健康，一切正常了。诸位多加保重……"

医生委婉地否认了自己是误诊后，转身回去了。死者躺在床上只是微微一笑，当周围的人们散去的时候，便自言自语道：

"我悄悄研制了一种起死回生药。它的特效功能刚才得到了验证。如果每天服用少许，即使死亡，一会儿也会复活的。就像马达一旦停止运转，还会再次开动起来一样……"

死者快活地笑了。

"……可是，我不能公开这个秘密，倘若人口过剩，效果岂不适得其反！只要我一个人能复活就行了。"

这个秘密只有死者自己知道，对于别人来说，他的复活只不过是件令人难以置信的喜事罢了，亲友们商定为他召开庆祝会。为祝贺死者康复，大家自然递了喜钱。

"恭喜，恭喜。"

"您真幸运，实在令人羡慕。"

大家都这样祝贺。听到这些，死者开口道：

"我也觉得像一场梦似的。今生能与大家再次交往，我实感荣幸。"

关于药的秘密，他只字未提。既然被认为是奇迹，他也就无须赘言了。

事隔一年，他又死了。遗属和亲友们又聚在灵前为他垂泪哀悼：

"希望你再多活些年啊！"

"不过，他已多活了一年，够幸运的了。他该没有什么遗憾的了。"

又到了守夜的时候，人们手持香奠前来焚香。

那天夜里，棺材里又发出了声响和呻吟。当时，灵室前只有一个死者的朋友。他揭开棺盖说：

"又活了？"

看到死者在棺材里眨眼，他想：

"怎么回事？这样可好，一年前，大家都曾来吊唁过。贺喜时也都交了礼钱，这次又是这样。可人们都会在百忙之中前来治丧的呀！"

如果再次复活，不知世人将怎样评论。名声一定太坏，说不定会说这是诈骗行为。守夜这样庄严的仪式也要举行三次，也就变得无聊了。

世上的常规不可打乱。这个家伙已经死了。死人就应该是死的。

"把我抬出去。"死者在棺材里请求道。可是，那个朋友摇了摇头。

"最好，你还是不出来。这既是为了你，也是为了大家。"

说罢，朋友勒紧了死者的喉咙……然后，燃起线香，默默地双手合十……

与你共品

他吃了自己研制的起死回生的药之后死去，在别人前来吊唁的时候复活，却没有告诉任何人实情。在第二次庄严的守夜仪式上他再次起死回生时，朋友却把他勒死了。

　　故事中的他守住药的秘密，利用药的功效欺骗世人，最后却因为这种死而复生的奇迹断送了自己的性命！法国 19 世纪浪漫主义作家大仲马说过："当信用消失的时候，肉体就没有生命"。他一再进行的死亡欺瞒打破了常规，也使自己失去了朋友的信任和祝福，就像狼来了的故事一样，最终使自己走向毁灭。

　　诚实守信，既是中华传统美德，又是当前道德建设的重点。待人接物做到诚实守信，便会让生命开出一朵绚丽的花！

（华琼蕾）

虽然里面只装着换洗的衬衫和从银行抢来的八百万块现款，还有抢银行时使用的手枪，却重得很，好像他过去犯过的所有罪行都装在里面似的那么重。

旅途的终点

[日] 都筑道夫/著　佚　名/译

终于到了。下了公共汽车，他边走边想，终于到了。

他明知这是危险的。父母已不在人世，活着的只有那些他不想见的亲戚。尽管如此，他还是想再看一眼自己出生的故居。他打算对出生的故居只看一眼就立即返回车站。他很疲倦，手里的提包也重得很。虽然里面只装着换洗的衬衫和从银行抢来的八百万块现款，还有抢银行时使用的手枪，却重得很，好像他过去犯过的所有罪行都装在里面似的那么重。

他步履维艰地走到自己出生的小镇口，停住了脚步。药铺、自行车铺、点心铺，还排列着这些旧铺子，和往昔一模一样。

山货店的老人站在店前。他瞠目而视。老人本来是在他第一次入狱时死去的。他走近老人，确实是山货店的老人，老人不予理睬，也不开口。他往店里窥伺，见女孩子在看杂志。这个女孩子比他大两岁，据说已经当了东京一个酒馆的老板娘。他茫然窥伺巷内，看见自己出生的故居。从故居里走出中学生时代的自己，他跟踪自己。中学时代的自己走进酒酱店，招呼了一声，却没有人答应。他是来买酱的，见没有卖货的，便把手伸进钱箱。是的，这是第一次。他见自己在往钱箱里望。不行，住手。一开始干，就会形成今天的自己。住手。中学生干起来了。他从提包里拿出手枪，对中学生扣动了扳机。头脑恢复正常时，他已被警察抓住了双腕。这里是他出生的小镇，却不是从前的酒酱店。一个长发学生倒在他身旁。学生手里抓着手提式保险柜。

周围啧有烦言："准是盗窃没有人看门的人家的，但冷不防就开枪也太那个了。"

"莫非是个疯子?"

"还是个学生嘛,是顺手牵羊吧。"

"可怜见的。"

他一边被警察拉走,一边大叫:"我是把他救了,不使他尝到我这样的痛苦!"

与你共品

如果说人生是一场漫长的旅途,我们都是这条路上的行者,可有人却已经走到了这场旅途的终点。

小说通过对一个抢劫犯进行深入地剖析,把主人公内心的矛盾挣扎表述得淋漓尽致,笔者不时对主人公犯下的罪行进行提醒,使得情节顺着指引逐渐发展,渐渐进入情节发展的高潮,主人公游走于现实与幻境之间,既然遇见了又一个"自己",这一次他没有放纵,而是选择提前终结旅程。结局出人意料,却又在情理之中,主人公的最后话语又把读者带入思考之中。

年轻的生命如此终结,主人公的命运给了他自己警示,却未能改变他人生的结局。如何挽救失足青年,主人公没有找到方法,而对这一问题全社会都应该予以深思。

(范昀)

　　那小伙子钉在自己背上，像镜子一样闪闪发亮，照出了自己的过去、现在与未来，没有一样遗漏；而且是自己的儿子，更是双目盲瞎。我越来越难以忍受。

梦

[日] 夏目漱石/著　佚　名/译

　　做了这样的梦。背着六岁的孩子——的确是自己的儿子。然而，怪的是，不知什么时候，眼睛竟然盲瞎，变成毛头小伙子了。我问："你眼睛什么时候瞎的？"回道："很早以前。"

　　声音是小孩子的，用词却是大人的，而且彼此对等，没有尊卑之分。左右是碧绿的田，道路狭小，鹭鸶的影子时时映在黑暗中。

　　"走到田里了？"背后说。

　　"你怎么知道？"回首向后问道。

　　"不是有鹭鸶鸣叫吗？"对方回答。鹭鸶果然叫了两声。纵是自己的儿子，我也觉得有点恐惧。背着这样的东西，前途不知会变成怎么样。难道没有可抛置的地方？我望着前方，发现黑暗中有一大片森林。那地方大概可以，才这么一想，背后就发出声音："呵，呵。"

　　"笑什么？"孩子没有回答，只问道："爸爸，很重吗？"

　　"不重。"

　　"会越来越重噢！"我默默朝森林走去。田间道路不规则，蜿蜒如蛇，很难走出去。不一会儿，来到双岔路。我站在路口歇一下。

　　"应该有石碑。"

　　小伙子说。不错，有一块八寸宽的方形石头耸立着，高及腰际。在黑暗中也可以明显看到上有"左往日洼，右往堀田原"的红色字样。红字的颜色很像蝾螈的腹部。

"往左边好了。"

小伙子命令。往左看，前方森林暗黑的影子从高空投向我俩头上。我有点犹豫。

"不必顾忌。"

小伙子又说。我只好往森林那边走去。心想：虽然盲瞎，却什么都知道，一面直往前走，背后说："盲瞎总不方便啊。"

"所以我才背你呀。"

"让你背，实在过意不去。但不能瞧不起人啊。就是被父母瞧不起，我也不愿意。"

我不由得厌烦起来。想尽快到森林去把他丢掉，便加快了脚步。

"我知道再走一会儿就到了——正是这样的晚上。"

背后独语般地说。

"什么？"我尖声问道。

"你说什么——你不是已经知道了吗？"孩子嘲弄般回答。这么一来，我仿佛已有所悟，但仍然无法清楚知道。想来再往前走一下就可以知道。知道了反而麻烦，还是在不知道的时候，尽快抛弃，比较放心。我愈发加快脚步，刚才就下雨了，路越来越难走，拼命往前走。那小伙子钉在自己背上，像镜子一样闪闪发亮，照出了自己的过去、现在与未来，没有一样遗漏；而且是自己的儿子，更是双目盲瞎。我越来越难以忍受。

"这里，是这里。就是那棵杉树下。"

在雨声中，小伙子的声音清晰可闻。我不禁停下脚步，不知不觉间已走进森林里。一丈前的黑影看来就是小伙子所说的杉树。

"爸爸，就是那棵杉树下。"

"咦，是的。"

我不由得答道。

"是文化五年（一八〇八年）戊辰年吧？"不错，想来似乎是文化五年戊辰年。

"一百年前，你杀了我。"

一听到这句话，我脑海里突然闪现出一种自觉：在一百年前文化五年戊辰年的一个这样黑暗的晚上，我在这杉树下杀了一个瞎子。当我发觉自己竟是杀人凶手时，背上的孩子顿时像石雕一样沉重。

与你共品

　　一百年前的罪孽，不曾因为时间的流逝而磨灭。一路行来，过去、现在和未来，交织成为黑夜里背负孩子的路途。"我"过去所犯下的罪孽，今日的负担，在梦境里，历历重现。

　　文章在阴郁的气氛里开始，带着梦的悬疑莫测，离奇诡异，才六岁却已变成毛头小伙子的儿子，明明眼盲却清楚地熟悉前方路途，背负青年小伙的行走，一切都是如此地不可思议，却又有着一种奇怪的协调。

　　往日的罪过，会随着时间越来越沉重，而不会消减。所以我们应该谨言慎行，严于律己，才不会在将来造成恶果。

（范昀）

星期六时他们一起坐在屋顶上晒太阳。乌迪凝望天空，凝
望别人的屋顶。他蓦地想起他们在一起这么多年，竟然没有见
过天使飞翔。

墙上的窟窿

[以色列] 埃德加·凯里特/著 佚 名/译

伯纳多特林荫大道旁的墙上有个窟窿，有人告诉乌迪，要是冲着墙窟窿
喊出一个愿望，它就会实现，乌迪将信将疑。

这天夜里，孤独的乌迪冲墙上的窟窿大喊：我想找个天使做朋友！天使
真的出现了。可是每当乌迪需要他时，天使往往不见了踪影。天使佝偻着背，
总是穿着一件雨衣，把翅膀藏起来。没旁人在场时，他就脱下雨衣，有一次
乌迪甚至触摸了他的羽毛。

有小孩儿问他雨衣里装的是什么，他说是借来的书，他不想把书弄湿了。
书的故事是假的，他的翅膀也是假的，"天使"当然也是假扮的。只有乌迪坚
信他是真的天使。

他给乌迪讲述令人着迷的故事：讲天堂里的幸福，讲夜里不用把钥匙从
汽车上拔下来，讲天堂的猫什么也不怕……

他一边讲故事，一边又对他的上帝发誓说一切都是真的。

乌迪很喜欢他，甚至借钱给他。可天使却从来没有帮助过乌迪，只是不
住地给他讲那些让人着迷的故事。

军训时，乌迪更需要有人陪他说说话，但天使却突然消失了。回来时胡
子拉碴，脸上的表情分明在说不要问他为什么了。乌迪于是什么也没问。星
期六时他们一起坐在屋顶上晒太阳。乌迪凝望天空，凝望别人的屋顶。他蓦
地想起他们在一起这么多年，竟然没有见过天使飞翔。

"怎么不在空中飞飞呢，"乌迪说，"这会令你振奋的。"

天使说："算了吧，别人会看见的。"

"飞一个吧，"乌迪说，"就飞一小会儿，就算为了我。"天使却毫不理会。

"我知道，"乌迪嘲弄着他，"你肯定不会飞。"

"我绝对会飞。"天使佯装大怒，"我只是不愿意让别人看见。"

街道对面的屋顶上有群孩子把水袋儿扔到了大街上。"你知道，"乌迪微微一笑，"小时候，在认识你之前，我经常在这里往人们身上扔袋子。我会对准两个天棚间的地方扔，"乌迪朝栏杆弯下腰，指着杂货店和鞋店中间的空地，"人们只能看见天棚，他们不知道是谁干的。"

天使也学乌迪俯视下面的大街，乌迪从天使身后轻轻推了他一把。天使像包马铃薯似的从五层楼上摔了下去……乌迪惊呆了，他的天使躺在了人行道上，两只假翅膀摔碎在地上，零乱的羽毛被风吹得满天飞舞。

乌迪飞快地跑下楼，抱着一息尚存的天使。天使艰难地微笑着："你看到了，翅膀是假的。我是住在那堵墙后面的流浪汉，我也需要一个朋友，听到你想找个天使做朋友的喊声后，我就装成天使来和你交朋友……看来我们的友情无法延续了。"说完就闭上了眼睛。

半响过后，乌迪才发现自己泪流满面，孤独的他失去了朋友，他的朋友现在或许真的变成了天使。

与你共品

孤独的乌迪在对着墙上的窟窿说出自己想有一个天使朋友后，结识了一个冒称自己是天使的流浪汉朋友，乌迪始终坚信他是天使，直到他想看天使飞行，把朋友从楼上推下去后，才知道真相，又追悔莫及。

乌迪是孤独的，结识了流浪汉朋友之后得到了友情，但他一再追问朋友的身份，他需要的到底是朋友还是天使呢？如果看重友谊，这样的悲剧还会发生吗？但是乌迪却没有理解，最后真正把朋友变成了天使，却失去了宝贵的友谊。

现实中很多事情，都是选择的结果。抉择成了一门学问。认识到自己的真正需求，听听自己心的声音，满足于自己的选择，知足常乐，生活会美好许多。

（华琼蕾）

第六辑

成长时分

司机是一个满脸胡须的大汉，看起来凶神恶煞。我的脑海中马上浮现出电影里那些杀人不眨眼的恶魔，所以犹豫了很久，我迟迟不敢走过去。

旧金山公路上的 20 美元

〔美〕丹尼斯·爱德华/著　沈　园/编译

我成长于一个单亲家庭，母亲病故后，父亲更忙了，他似乎永远都在工作，有时几天才回一次家。好不容易回来一趟，父亲除了呼呼大睡，就是指责我。

他常常冲我大吼："丹尼斯，你为什么又没考好？"或者说："丹尼斯，贪玩能出好成绩吗？"长此以往，邻居都知道我是个顽劣的差等生。为此，我痛恨父亲，他根本就不爱我，我好想一夜长大，然后尽快逃离这个家。

14 岁那年，我终于等到了机会。趁父亲熟睡，我从他的钱包里偷走了 200 美元，然后爬上一辆不知开往何处的货车。等货车停下来，我才知道自己到了旧金山，于我而言，这是一个相当陌生的城市。

我在旧金山闲逛了好几天，身上的钱很快所剩无几。当我意识到自己只剩 20 美元，而这点钱只够买几个面包圈时，我开始想家了。夜幕降临，我趴在烤鸡店门口流起了口水，这时我突然想起了父亲，离家出走前，他曾买了一整只烤鸡给我吃。

"我要回家！"这念头一旦冒出来，就一发不可收拾。我跑到的士站，想乘车回家。我一辆辆地敲开车窗，可司机们仿佛对我视而不见，他们都不吭声，只是不屑地摇摇头，懒得答理我。走到最后一辆车前，我几乎绝望了。

司机是一个满脸胡须的大汉，看起来凶神恶煞。我的脑海中马上浮现出电影里那些杀人不眨眼的恶魔，所以犹豫了很久，我迟迟不敢走过去。就在我徘徊不定的当儿，大汉却主动和我打起了招呼。

得知我要回加州，大汉不吭声了。当我识趣地转身离开，他突然喊住了我："喂，小伙子，你肯出多少钱？"

我知道自己还剩 20 美元，于是我说："15 美元怎么样？"即使归心似箭，我也得给自己留下 5 美元买个热狗当晚饭。

大汉很认真地考虑了一下，他说："不行，最少得 25 美元！"我壮着胆子小心翼翼地还价："18 美元，再多一个子儿我也不会给的！"

没想到，大汉竟然叹了一口气，他说："那就 20 美元吧，要知道，我可是今天的最后一辆车了。"

夜色渐浓，我以迅雷不及掩耳之势跳上他的车，快送我回家吧！

车一启动，我就开始想心事。等我回到家，父亲肯定要狠狠揍我一顿，这皮肉之苦是免不了的。在我胡思乱想的时候，大汉主动跟我说话："喂，小伙子，你喜欢读书吗？"

这真不是一个好话题，我没好气地回答他："不喜欢！"

"哈哈哈！"大汉爽朗的笑声在狭小的空间里令我毛骨悚然，我紧张地问他："你笑什么？"大汉说："没想到我们还挺有缘，和你一样，我从小就不喜欢读书！"我没觉得这有什么可笑的，更不认为这是缘分，于是我保持沉默。

"喂，小伙子，你喜欢打棒球吗？"大汉肯定很无聊，他又挑起了另一个话题。可我实在没心情和他聊天，于是我没好气地回答道："不喜欢！""那你肯定喜欢钓鱼！"大汉并未察觉我的低落情绪，他饶有兴致地继续发问。

"钓鱼？你怎么知道我喜欢钓鱼？"说起钓鱼，那还真是我的最爱，我有很丰富的经验愿意和别人分享，虽然此时我的内心忐忑不安。

"哈哈哈，我说吧，我们还真是有缘！"大汉得意地笑了起来。"难道你也喜欢钓鱼？"我好奇地询问他。"当然了，我可是远近闻名的钓鱼高手呢！"

这句话激起了我的强烈兴趣，我睁大眼睛问他："真的吗？你钓的鱼最大有多少斤？"

"30 斤！"他向我眨了眨眼睛。我惊讶地张开嘴巴，虽然我不喜欢眼前这个凶巴巴的大汉，可他却是一位钓鱼高手。很快我们就聊得热火朝天，我像遇到了多年未见的老朋友一样，甚至将我离家出走的事、我和父亲的名字都告诉了他。以至于到了目的地，我们都感到意犹未尽。

下车前，我递给他 20 美元。"再见了，大叔！"大汉接过钱，冲我做了个鬼脸："记得有时间来我家玩，我带你去钓鱼！再见了，丹尼斯，祝你和你父亲度过一个美好的夜晚！"

看到我突然出现在家门口，父亲又惊又喜。他不顾一切地抱住我，我发觉他的身体在颤抖。他声音哽咽地说："孩子，你终于回来了！"这时我才知道，为了找我，父亲已经连续几天没合眼，他的眼里布满了血丝，整个人非常憔悴。

当我将自己的遭遇告诉父亲，他惊讶地问："什么，从旧金山到这里有上百公里远，搭的士起码也要两百美元！孩子，你遇上了好人啊！"

很多年后，每当我驾车前往旧金山，都会想起这件往事。那位大汉肯定早就看出我是离家出走的孩子，所以故意和我讨价还价，怕我不信任他不敢上车。我想，当时的他肯定也有一个与我同龄的孩子，看见我漂泊在路上，他想起了自己的孩子。

也许，天下父亲的心都是相通的，而孩子们，只有经历过年少不更事，才能懂得这一切。

与你共品

面对一个流浪在外的孩子，大汉想尽办法取得孩子的信任，目的只是希望作者能够接受他的帮助。虽然这只是一个小小的举动，却蕴含着无数父母对儿女的爱。

大汉能够给予流浪的孩子帮助，本着的是一颗父母的心。或许他也有个这么大岁数的儿子，流浪在外，不理解自己的父亲。但是这不会成为他不爱儿子的理由。所以他把这种无私的爱给予了作者。而作者的父亲又何尝不是这样？他爱自己的儿子，或许只是表达方式有误。但无可置疑的是，天下没有不爱自己儿女的父母。作为父母一辈，当看到别人的孩子需要帮助，他们都会本能地想要帮助他们，因为他们也想自己的孩子在外遇到困难时，有好心人能够给予帮助。

大汉只是茫茫人海中一个渺小的父母缩影，但是他们却是伟大的。他们将自己对儿女浓浓的爱意撒播在世间的众多角落，诠释给孩子们父爱都是相通的道理。

（叶少敏）

钱终于存够了。我带着热恋的人来到城里最好的一座酒吧。这里富丽堂皇，婉转动人的音乐低声地围绕着我们，侍者们悄无声息地来回走动。

第一瓶香槟酒

〔德〕柯里德/著　郝平萍/译

当我爱上英格时，我正好 17 岁。我们是在游泳池里认识的。然而，我们的友谊当时只限制在冷饮店里的约会。

每当我想英格的时候，就兴奋地等待和她的再次见面。当她真的又来到我身边时，我事先准备好的许多美丽动人的句子都不翼而飞了。我胆怯、拘谨地坐在她身边，手脚无处放，不知所措。英格肯定也察觉到了这些，因为她在不断地设法让我活泼起来，或者让我感到我是她的保护人。我的自信心由此也坚定起来了。我拼命地鼓起勇气，开始定期地邀请我的英格去游泳或去冷饮店。

事情朝着顺利的方向发展，直到有一天英格告诉我，她对去冷饮店已感到厌倦了。那是小孩子去的地方。她要正正经经地出去一趟，像她姐姐那样去喝一杯香槟酒。

起初我装作什么也没听见，但我的耳朵里却不停地重复着香槟酒这几个字。我仅有的零钱几乎都花完了。尽管如此，我仍不露声色，而是用漫不经心的口气说道："香槟酒，好呀，为什么不去喝一杯呢！"我的话似乎在表明，喝这种饮料对我来讲就像做任何一件理所当然的事一样。人在热恋中是什么都能装得出来的。

钱终于存够了。我带着热恋的人来到城里最好的一座酒吧。这里富丽堂皇，婉转动人的音乐低声地围绕着我们，侍者们悄无声息地来回走动。在这种高雅、朦胧的气氛下，我的胃也莫名其妙地作怪起来。

当我们在一张小桌旁就座后，我不得不集中精力，以免我和英格在大庭广众之下出丑。我把侍者唤来，激动之中尽可能用无所谓的口气要了一瓶香槟酒。侍者上了年纪，两边鬓角已经灰白，有一双亲切的眼睛。

他默默地弯下腰，认真和严肃地重复道："一瓶香槟酒，赶快。"

他是尊重我们的。在他的脸上没有一丝讽刺的笑容。看来我穿上姨妈送给我的西服和系上新的红领带是对的，周围的客人也都把我们看做是成年人。不管怎样，我已 17 岁了。英格穿的是她姐姐的漂亮的黑色连衣裙。

侍者回来了。他用熟练的动作打开了用一块雪白的餐巾裹着的酒瓶，然后，把冒着珍珠般泡沫的饮料倒进杯子里。太壮观了！我们仿佛置身在另一个世界里。"为了我们的爱情，干杯！"我说道，并举起杯子和英格碰杯。

喝第二杯时，我抚摸着英格的手，她不再抽回去了。喝第三杯时，她甚至允许我吻她一下。香槟酒太棒了。英格说她已微醉了。我也同样浑身发热。可惜，酒已喝完了。我们还能再要一瓶吗？我偷偷地望一眼酒的价格表。哦，不行了。

"快一点来算账，经理先生。"我大声地喊道。真糟糕，我对自己的粗鲁既吃惊，又骄傲。侍者来了。他把账单放在一个银盘子里，默默地将账单挪到桌上。当他转身走后，我拿过账单，读道：一瓶矿泉水加服务费共 1. 10 马克。下面写道：原谅我，孩子。你们尚未成年，不能喝酒，但我确实不想扫你们的兴，所以擅自给你们换了矿泉水。你们的侍者。

我的英格至今也不知道她喝的第一瓶香槟酒竟是矿泉水。

与你共品

文章讲述了一对未成年的恋人到酒吧喝香槟酒，陌生的侍者偷偷用矿泉水来代替的故事。文章从一开始就突出两个主人公是未成年的"17 岁"，为后文作铺垫。当所有读者都认为这对恋人终于喝完他们人生第一瓶香槟酒时，一个意料之外的安排让读者大吃一惊：醉人的香槟酒其实是矿泉水！文中的侍者是一个心地善良，关爱和尊重别人的人，他维护了一个初涉爱河的少年的尊严，让男主人公在恋人面前保持美好的形象。主人公也表达出对这位侍者的善良与聪明的感谢，让他们完成了一次美好的约会。

这是一首朴实而悠扬的颂歌，歌颂了侍者善良的心灵和高尚的职业道德。其实，有时候谎言并不都是可恶的，善意的谎言往往能给人带来尊重和关爱。

（叶少敏）

　　这块大石头裂下一部分之后，露出了里面像大理石一样漂亮的形质，虽然还不算精致，但可以看出这是一只天鹅的优美的脖子。年轻人惊呆了，他想知道女子是不是施了什么魔法。

天鹅的诞生

［美］盖伊·芬雷/著　孙开元/编译

　　一位年轻人听说乡下有个地方住着不少杰出的艺术家，他对那里向往了很久，想学到这些艺术家成功的秘诀，后来，他终于有机会去拜访了那个地方。

　　在一家小旅馆安置好住处后，年轻人走进了一个繁华的露天集市，这里经常有几百位艺术家展示他们的作品。不过，这里的艺术品看上去并不出众，年轻人很失望。

　　他继续往前走，把热闹的集市甩在了身后。忽然，他听到从一道旧木头栅栏后面传来了一下轻轻的敲击声。

　　他走到敞开的门前向里望去，只见一个年轻的女子正静静地坐在院子里，她的身旁摆着各种各样的动物雕塑。虽然这些雕塑都或多或少的尚未完工，但可以看出每尊雕塑都刻得非常精美，活灵活现。

　　就在这时，院中的女子站起了身，从她的围裙兜里掏出了一个小锤子，走到立在基座上的一块大石头前。她仔细地端详了一会儿这块石头上的一小块区域，然后用她的小锤子在上面轻轻敲了一下。她好像一点儿没敢用力，年轻人看着，为女子的怯懦感到可笑。心想：这肯定是个新手，所以不敢下手。

　　但接下来发生的事情让他不敢相信自己的眼睛。只见这块大石头裂成了十几块，起初，他以为是女子干活出了错，弄坏了这块石头，但他马上发现不是这样。这块大石头裂下一部分之后，露出了里面像大理石一样漂亮的形质，虽然还不算精致，但可以看出这是一只天鹅的优美的脖子。年轻人惊呆了，他想知道女子是不是施了什么魔法。

他走进了院子，问道："恕我冒昧，您是怎么用小锤一下就敲出一只天鹅的？"

"哦，你到这儿也就有五分钟吧。"女子微笑着说，"你不知道，在此之前我已经在这块石头上用同样的力量敲了几百次了。我仔细地研究了这块石头的质地和结构，然后又工作了很多天，才有今天你看到的这个结果。这也是所有伟大的事业能够得以成功的秘诀：认真研究，还要有不懈的努力——变化可能是一点一滴的，但功到自然成，只要坚持下去，最终你会成功。无论做什么，都不是一蹴而就的，都要把你的心专注于其中，而且有一个艰苦的过程。"

他们彼此微笑了一下，年轻人向艺术家告了别，他已经学到了成功的秘密，那就是专注和坚持。

与你共品

女子只需轻轻一敲，便可以得到一只天鹅优美的脖子。这真的是什么魔法吗？女子告诉年轻人成功的秘诀：你看到的只是五分钟，但她却在此之前试验了无数次才有这个结果。

为了雕出一只优美的天鹅的脖子，女子需要仔细研究这块石头的地质和结构，并且用相同的力度敲了几百次。其实，任何事情成功之前都需要经历无数次练习。舞蹈家为了给观众展现最完美的舞姿，他们摸黑起早地练习着相同的动作；作家为了完成一部不朽的著作，他们绞尽心思地对作品进行无数次的删改添加；科学家为了研究出新的科技产品，他们在实验室里夜以继日地一次次进行样品测试。

短时间的坚持谁都做得到，但会一直都坚持在同一件事情上的人，为数应该不多。这就是成功者与失败者之间的区别。

（黎欣欣）

他还是经常和爸爸摔跤。但每次都使妈妈担惊受怕，她围着父子俩团团转，干着急，不明白这样激斗有什么必要。不过回回摔跤都是他输——四脚朝天躺在地板上，直喘粗气。

幼 犊

[美] 克莱恩尔/著　温　冰/译

他记得很小的时候，爸爸常常俯下高大的身子，把他拎起来，举向空中。他挥着两只小手乱抓，快活得咯咯直笑，妈妈瞧着父子俩，也乐得合不拢嘴。他在爸爸的头顶上，可以低着头看妈妈扬起来的脸，还有爸爸的白牙齿和蓬乱、厚密的棕色头发。

接着，他就会高兴地尖叫，要爸爸把他放下来。其实，在爸爸强壮有力的手臂里，他感到安全极了。这个世界上，最棒、最了不起的人就是爸爸。

有一次，妈妈嫌钢琴放得不是地方，指挥爸爸把它抬到房间另一头。他们的手挨在一起，扶住乌亮的琴架。他看到妈妈的手雪白、纤细、小巧，爸爸的手宽大、厚实、有力。多么大的区别呀！

他长大了，会"抓狗熊"了。每到晚饭时分，他就埋伏在门背后，一听到爸爸关车库门的声音，便屏住呼吸，紧紧地贴在门背后。于是，爸爸来了，站在门口，两条长腿一碰，笑哈哈地问："小家伙呢？"

这时，他就会瞥一眼正做怪相的妈妈，从后门跳出来，抱住爸爸的双膝。爸爸赶紧弯下腰来看，一边大叫："嗯，这是什么——一只小狗熊？一只小老虎！"

后来他上学了。他在操场上学会了忍住眼泪，还学会了摔倒抢他足球的同学。回到家里，他就在爸爸身上演习白天所学的摔跤功夫。可是，任凭他喘着粗气，使劲拖拉，爸爸坐在安乐椅里看报，纹丝不动，只是偶尔瞟他几眼，故作吃惊地柔声问："孩子，干啥呀？"

他又长大了——长高了，瘦瘦的身材倒十分结实，他像头刚刚长出角的小公牛，跃跃欲试，想与同伴们争斗，试试自己的锋芒。他鼓起手臂上的二头肌，用妈妈的软尺量一量臂围，得意地伸到爸爸面前："摸摸看，结实不？"爸爸用大拇指按他隆起的肌肉，稍一使劲，他就抽回手臂，大叫："哎哟！"

有时，他和爸爸在地板上摔跤。妈妈一边把椅子往后拖，一边叮嘱："查尔斯，当心呀，不要把他弄伤了！"

一会儿工夫，爸爸就会把他摔倒，自己坐在椅子里，朝他伸出长长的两条腿。他爬到爸爸身上，拼命擂着两只小拳头，怪爸爸太拿他不当一回事了。

"哼，爸爸，总有一天……"他这样说。

进了中学，踢球、跑步，他样样都练。他的变化之快，连他自己也感到吃惊。他现在可以俯视妈妈了。

他还是经常和爸爸摔跤。但每次都使妈妈担惊受怕，她围着父子俩团团转，干着急，不明白这样激斗有什么必要。不过回回摔跤都是他输——四脚朝天躺在地板上，直喘粗气。爸爸低头瞧着他，咧嘴直笑。"投降吗？""投降。"他点点头，爬起来。

"我真希望你们不要再斗了。"妈妈不安地说，"何必呢？会把自己弄伤的。"

此后，他有一年多没和爸爸摔跤。一天晚上，他突然想起这事，便仔细地瞧了瞧爸爸。真奇怪，爸爸竟不像以前那样高大，那样双肩宽阔，他现在甚至可以平视爸爸的眼睛。

"爸，你体重多少？"

爸爸慈爱地看着他，说："跟以前一样，190 多磅吧。孩子，你问这干吗？"

他咧咧嘴，说："随便问问。"

过了一会儿，他又走到爸爸跟前。爸爸正在看报。他一把夺过报纸。爸爸诧异地抬起头，不解地看着他。碰到儿子挑战的目光，爸爸眯缝起眼睛，柔声问："想试试吗？""是的，爸爸，来吧。"

爸爸脱下外套，解着衬衫扣子，说："是你自找的啊。"

妈妈从厨房出来，惊叫着："天哪！查尔斯，比尔，别——会弄伤自己的！"但父子俩全不理会。他们光着膀子，摆好架势，眼睛牢牢盯着对方，伺机动手。他们转了几个圈，同时抓住对方的膀子，然后用力推拉着，扭着，转着，默默地寻找对方的破绽，以便摔倒对方。室内只有他们的脚在地毯上的摩擦声和他们的喘息声。偶尔不时咧开嘴，显出一副痛苦的样子，妈妈站在一边，双手捂着脸颊，哆嗦着嘴唇，一声也不敢出。

比尔终于把爸爸压在身下。"投降！"他命令道。

"没那事！"爸爸说着，猛一使劲推开比尔，争斗又开始了。

但是，爸爸最终还是精疲力竭了。他躺在地板上，眼里闪着狼狈的光。儿子那冷酷的手，牢牢地钳住了他，他绝望地挣扎了几下，停止了反抗，胸脯一起一伏，喘着粗气。

比尔问："投降？"

爸爸皱皱眉，摇了摇头。

比尔的膝头仍压在爸爸身上。"投降！"他说着，又加了点劲。

突然爸爸大笑起来。比尔感到妈妈的手指头在疯狂地拉扯着他的肩膀。"让爸爸起来，快！"

比尔俯视着爸爸，问："投降吗？"

爸爸止住了笑，湿润着眼，说："好吧，我输了。"

比尔站起身，朝爸爸伸出一只手。但妈妈已抢先双手搂住爸爸的膀子，把他扶了起来，爸爸咧咧嘴，对比尔一笑。比尔想笑，可又止住了，问："爸，没弄伤吧？"

"没事，孩子，下次——"

"是的，也许，下次——"

妈妈这次什么也没说。她知道不会再有下一次了。

比尔看着妈妈，又看着爸爸，突然转身就跑。他穿过房门——以前常骑在爸爸肩头钻进钻出的房门；他奔向厨房门——曾埋伏在那后面，等待着回家的爸爸，扑上去抓住他的长腿。

外面黑黑的。他站在台阶上，仰头望着夜空。满天星斗，他看不见，因为泪水充满了眼眶，流下了脸颊。

与你共品

幼时父子的往事还历历在目，恍如昨天才发生。然而今天心目中曾最棒、最了不起的爸爸竟然被自己打败了。

整篇文章的父子之情洋溢着一股温暖淳朴的气息，但是时间是无情的，这怎能不让人欷歔。当孩子终于意识到了成长的力量，满怀欣喜地注视自己的成熟时，竟也发现父亲随着时间的推移变老。其实，成长的每一阶段，父亲在我们心目中的形象都会不一样，或是高大或是渺小，但是我们从父亲身上学到的做人做事的态度是一生的宝贵财富，值得细细品味。父亲这本厚厚的大书，我们应该读懂。

子欲养而亲不待。那是多么悲哀的事，所以报恩请及时，不要爱得太迟。

（叶少敏）

我们都预备着听到鱼线崩断时刺耳的响声。然而，说时迟那时快，男孩往前一扑，紧跟着鲑鱼钻进了稠密的灌木丛。

儿子的鱼

［加拿大］P·珀金斯/著　王　悦/译

我环顾周围的钓鱼者，一对父子引起我的注意。他们在自己的水域一声不响地钓鱼。父亲抓住、接着又放走了两条足以让我欢呼雀跃的大鱼。儿子14岁左右，穿着高筒橡胶防水靴站在寒冷的河水里。两次有鱼咬钩，但又都挣扎着逃脱了。突然，男孩的鱼竿猛地一沉，差一点儿把他整个人拖倒，卷线轴飞快地转动，一瞬间鱼线被拉出很远。

看到那鱼跃出水面时，我吃惊地合不拢嘴。"他钓到了一只王鲑，个头不小。"伙伴保罗悄声对我说，"相当罕见的品种。"

男孩冷静地和鱼进行着拉锯战，但是强大的水流加上大鱼有力的挣扎，孩子渐渐被拉到布满旋涡的下游深水区的边缘。我知道一旦鲑鱼到达深水区就可以轻而易举地逃脱了。孩子的父亲虽然早把自己的钓竿插在一旁，但一言不发，只是站在原地关注着儿子的一举一动。

一次、两次、三次，男孩试着收线，但每次鱼线都在最后关头，猛地向下游窜去，鲑鱼显然在尽全力向深水区靠拢。15分钟过去了，孩子开始支持不住了，即使站在远处，我也可以看到他发抖的双臂正使出最后的力气奋力抓紧鱼竿。冰冷的河水马上就要漫过高筒防水靴的边缘，王鲑离深水区越来越近了，鱼竿不停地左右扭动。突然孩子不见了！

一秒钟后，男孩从河里冒出头来，冻得发紫的双手仍然紧紧抓住鱼竿不放。他用力甩掉脸上的水，一声不吭又开始收线。保罗抓起渔网向那孩子走去。

"不要！"男孩的父亲对保罗说，"不要帮他，如果他需要我们的帮助，他会要求的。"

保罗点点头，站在河岸上，手里拿着渔网。

不远的河对岸是一片茂密的灌木丛，树丛的一半被没在水中。这时候鲑鱼突然改变方向，径直窜入那片灌木丛里。我们都预备着听到鱼线崩断时刺耳的响声。然而，说时迟那时快，男孩往前一扑，紧跟着鲑鱼钻进了稠密的灌木丛。

我们三个大人都呆住了，男孩的父亲高声叫着儿子的名字，但他的声音被淹没在河水的怒吼声中。保罗涉水到达对岸，示意我们鲑鱼被逮住了。他把枯树枝拨向一边，男孩紧抱着来之不易的鲑鱼从树丛里倒着退出来，努力保持着平衡。

他瘦小的身体由于寒冷和兴奋而战栗不已，双臂和前胸之间紧紧地夹着一只大约14公斤重的王鲑。他走几步停一下，掌握平衡后再往回走几步。就这样走走停停，孩子终于缓慢但安全地回到岸边。

男孩的父亲递给儿子一截绳子，等他把鱼绑结实后，弯腰把儿子抱上岸。男孩躺在泥地上大口喘着粗气，但目光一刻也没有离开自己的战利品。保罗随身带着便携秤，出于好奇，他问孩子的父亲是否可以让他称称鲑鱼到底有多重。男孩的父亲毫不犹豫地说："请问我儿子吧，这是他的鱼！"

与你共品

男孩钓鱼，父亲当看客。这似乎是一幅不和谐的画面。其实不然，父亲对儿子的一举一动都看在眼里，或是担惊受怕，或是如释重负。

鲑鱼大约14公斤重，而男孩14岁左右，瘦小。这是多么鲜明的对比。可是重压不能把他打倒，他凭着自己那份坚毅不可战胜的倔强性格，终于取得了最后的胜利。男孩为什么会表现得如此勇敢？无可置疑的是，这很大部分都是由于父亲的教育。在教育中，父亲给予了男孩充分的自由与尊重，让男孩培养独立的人格，独立处理事情的能力。这正如题目所写的那样，是"儿子"的鱼，父亲让自己站在了后台，而不是直接站在前台，对孩子的生活进行操纵。男孩只是千千万万成长的孩子中的普通一员，但是他在父亲的教导下，正茁壮地成长，成长为一个独立思考、有着变通能力的孩子。

父母在孩子的教育中，给予爱的同时，教会他一些能在社会上立足的东西才是更重要的。

（黎欣欣）

狂怒之下的男人来了劲头，他一下把妻子推到一边。他用皮带狠狠地抽打着孩子的后背，并凶狠地往孩子的腿上乱抽。孩子被打倒在地，可是他仍然一声没吭。

养家的孩子

［英］莱斯利·霍沃德/著　曾育英/译

一个十四岁男孩的父母正等着他们的儿子，把他挣的头一个星期的工钱带回家来。

母亲摆好餐具，正在切全家人要吃的黑色的奶油面包片。她面庞清瘦，穿着一件蓝色连衣裙，裙子前面系着一条浆洗过的白围裙。她面带疲惫，不住地唉声叹气。

男孩子的父亲长得并不高。此时，他平伸着两只脚，四仰八叉懒洋洋地躺在火炉旁边的旧扶手椅上。他似乎闲得很无聊，不时地伸出舌头舔舔他那浓密的八字胡。

这家人很穷。他们的房间虽然被女主人收拾得很干净，但整个房间的摆设却十分简陋，餐桌上摆放的只是一片片黑色的奶油面包片。

女主人一边准备饭，一边没正眼地瞟着自己懒惰的丈夫。可他却并不理会，有时扬着眉摇头晃脑地哼着小调，显得很得意；有时用黝黑的指甲轻轻地敲敲黄板牙，又显得有点急不可耐。

"不许你动孩子带回来的钱。"女主人一字一句地重复着她已经说了好几遍的话，"我知道钱到你手里会怎么样，让孩子把钱交给我，我用钱可以交房租、买吃的，不能让你把钱都扔到酒馆的钱柜里去。"

"你给我住嘴。"男人不动声色地说。

"不，这次我偏要说！"女人突然发起火来，她大声说，"我为什么总不该说？咱们这个家你一人说了算的年头够长了。你挣钱的时候我总忍着，现在我不忍了！你瞧瞧你那样子，三十多岁的汉子什么都不干，不喝不赌就像散了架似的塌在椅子上。靠你能过日子吗？动不动你还说三道四，你为这个家做什么了？孩子的钱必须交给我。"

"那咱们就走着瞧吧。"男人一边说，一边拨弄着炉子里的火。

大约五分钟的时间他们谁也没有再说话。

一会儿，孩子走了进来。这孩子看上去很瘦小，穿着一条不合身的长裤子，那样子看起来有点可笑。他看见仰坐在火炉边的父亲，脸上立刻显出十分惊恐的表情。

孩子的父亲站起身来。

"钱呢？"他问道。

男孩子看了看父亲，又看了看母亲。他很怕父亲，没敢说话，只是用舌头舔了舔自己那没有血色的嘴唇。

"说呀，"男人逼问着，"钱呢？"

"别把钱给他，"母亲说，"别把钱给他，贝利，把钱交给我。"

孩子的父亲一步步逼近了孩子，在咆哮中露出了他胡子下面的牙齿。

"钱呢？"

孩子直盯着父亲的眼睛。

"我弄丢了。"他回答说。

"什么？你……"父亲大喊起来。

"我把钱丢了。"孩子又说了一遍。

男人立刻挥舞着双手大喊大叫："弄丢了，弄丢了！你说什么？钱怎么会弄丢的？"

"我把钱装在一个包里，"孩子说，"装在一个小信封里，我把小信封丢了。"

"丢在哪儿了？"

"不知道，可能掉在街上了。"

"你找了吗？"

孩子点了点头说："可没找着。"

孩子父亲的喉咙里发出一种声音，半咕噜半呻吟很像动物的叫唤声。

"这么说，你真把钱给弄丢了？"男人追问说。他边说边向后退了两步，接着解下了腰带——他的腰带是一条又宽又厚还带着一个沉甸甸的铜扣环的带子。他对男孩吼道："过来！"

孩子咬着下嘴唇努力不让眼泪流出来，他慢慢走过去，孩子的父亲抬起了胳膊。母亲在这之前一动未动，这时候她快步向前抓住了男人的胳膊。狂怒之下的男人来了劲头，他一下把妻子推到一边。他用皮带狠狠地抽打着孩子的后背，并凶狠地往孩子的腿上乱抽。孩子被打倒在地，可是他仍然一声没吭。

男人打累了，系好皮带把孩子从地上揪了起来。

"睡觉去吧。"他对孩子说。

"孩子得吃点东西。"母亲说。

"让他睡觉去。去，自己洗一下。"

孩子一声不吭地走进洗碗间洗了洗手，洗了洗脸，然后就上楼了。

男人坐在餐桌旁，吃了几块奶油面包喝了两杯茶。母亲什么也没吃，她坐在男人对面，两眼一直盯着男人的脸，恨恨地看着他。就像以前一样，男人并没有注意她，他在桌旁又吃又喝，就像妻子根本不在对面一样。

吃完、喝完，他就出去了。

他一关上门，母亲立刻站起来奔到楼上儿子的房间。

孩子把脸埋在枕头里正在痛哭。她坐在床边把孩子紧紧地搂在怀里，用手抚摩着儿子杂乱的头发，低声地说着贴心话，安慰着孩子。儿子顺从地任母亲轻轻地抚慰着，他从母亲的抚爱中得到了最大的安慰。

过了一会儿，他不再哭了。他抬起头，微笑地看着母亲，他湿润的双眼里放出光辉。他把手伸到枕头底下，抽出一个又小又脏的信封。

"妈，钱在这儿呢。"他小声地对母亲说。

母亲接过信封，打开后从里面抽出了印着人物、数字的纸币——一张十先令的纸币，还有六个便士。

与你共品

当父亲的皮带抽打在孩子的身上时，你的心应该在愤怒吧，心想怎么会有这么狠心的父亲；而当孩子把那一张十先令的纸币和六个便士交给母亲时，你的心情是否又被另外一种感动的心情代替着呢？

多么懂事的孩子啊！他知道父亲会把自己辛苦赚来的钱又拿去喝酒和赌博，所以他宁愿承受着父亲的狠打，也不愿把钱没丢的事实说出来，为的就是保护自己可怜的母亲以及维持贫穷的家庭。孩子的母亲该是多么欣慰，能有个这么懂事的孩子。但是她肯定也会责怪自己的无能为力。我们愿这位狠心的父亲能够及时醒悟，重建幸福的家庭。

俄国著名文学家列夫托尔斯泰说："幸福的家庭都是相似的，不幸的家庭各有各的不幸。"其实，幸福的家庭很简单，就是"负责"二字。个人的颓废不是与家庭无关的字眼，请承担起对亲人的责任吧！

（黎欣欣）

　　"谁还想上来较量?"布莱特面对其他男孩问,"我一直在尽
力避免与班上同学打架,可是你们就是要逼我自卫!"

一个团伙的解散

〔美〕艾德·威切斯/著　佚　名/译

　　加里与新来的同班同学布莱特一起走在运动场上,布莱特是不久前才随
父母从欧洲移居美国的。

　　比尔与一伙男孩朝加里和布莱特迎面走来,比尔面露阴笑,与那几个伙
伴互相使了使眼色。他们走到布莱特面前,比尔说:"你这个女孩子气的家
伙,你妈妈知道你出来玩吗?"比尔的同伙狂笑起来。加里大声说:"走开!
别惹布莱特!"

　　比尔怒视加里,与同伙离去。他们知道,有加里在,还是不惹布莱特为
好。因为加里可以同时打败他们当中的任何两个人,加里是他们这帮人的头。

　　"他们欺负你是因为你穿的服装。"加里告诉布莱特,"你的裤子和长到膝
盖上的袜子看起来几乎像我两岁弟弟穿的那种,还因为你说话的腔调那伙人
不喜欢。你可不可以穿其他男孩通常穿的服装?"

　　"不!"布莱特回答说,"我没有别的服装。妈妈说我的服装很好,而且我
家没有钱买美国式服装。另外,我的英语是在我自己国家的学校里学的,可
这里的人讲英语的腔调与我学的不一样。"

　　加里知道布莱特难以改变自己的服装和讲英语的腔调,心里想:"布莱特
为什么遭人嘲笑的时候不生气,就好像没事一样。或许他从来没有学过怎样
与人搏斗。"加里心里担忧,他那些伙伴不会容纳布莱特,他们迟早会欺负
他的。

　　这天下午,加里及同伙去打篮球,当走到一块空地的时候,加里发现布
莱特手里提着一大袋食品朝他们迎面走来。

　　布莱特似乎没有看见他们，但他们看见布莱特了。比尔和其他男孩警告加里别插手，不然，就不让他做团伙的头。布莱特从人行道上下来，比尔跟着，突然上前用肩使劲撞布莱特。布莱特的食品袋被撞落在地上，拌色拉的调味汁和鸡蛋散落一地。

　　布莱特低头看着散落的食品，然后盯着比尔。其他男孩围过来，对着布莱特大笑。

　　"你们为什么这么做？"布莱特沉着地问，"美国的食品昂贵，就这么浪费了真让我家承受不了！"

　　"是吗？那么你想怎么样呢？女孩子气的家伙！"比尔傲慢地问。

　　"你必须赔偿！"布莱特说。

　　"哈哈，瞧他。"比尔和其他男孩狂笑起来。

　　比尔和布莱特对视了一阵，突然，布莱特一把抓住比尔，那动作像一道闪电。比尔一拳打在布莱特的下巴上，还没等其他男孩反应过来，布莱特迅猛地回击了比尔，比尔躺倒在地上。

　　比尔慢慢爬起来，向布莱特扑过去。另一个男孩——丹从布莱特身后冲上来，企图抓住布莱特的手臂。可布莱特一转身给了丹两拳，紧接着，布莱特又闪电似的拳击比尔。比尔和丹躺倒在地上，其他男孩在旁边目瞪口呆。

　　"谁还想上来较量？"布莱特面对其他男孩问，"我一直在尽力避免与班上同学打架，可是你们就是要逼我自卫！"

　　"你可以成为我们团伙中的一员。"一个男孩对布莱特说，"我们不再因你的服装和腔调而看不起你。伙计，你是强者！"

　　"我不想加入任何团伙。"布莱特说，"学生怎么可以拉帮结派，违法乱纪？你们不好好学习，却恃强欺弱，一定会受到法律和纪律的制裁。"

　　"现在，我要比尔赔偿我的鸡蛋和拌色拉的调味汁。"

　　布莱特转向比尔，问："你打算赔偿吗？"

　　"我明天赔。"比尔挣扎着站起来。

　　"很好。"布莱特说，"你明天给我钱。现在你捡起那袋食品，递给我。"

　　比尔将地上的食品收集起来，小心翼翼地递给布莱特。

　　"谢谢。"布莱特说着转过身，站在一旁的男孩们让开路让他离去。

　　"伙计们，"加里说，"我不再是你们的头。我们是同班同学，不能成为寻衅斗殴的团伙，大家应该成为好朋友。"

　　"我们是朋友！我们不再是寻衅斗殴的团伙！"男孩们齐声回答。

与你共品

原本是一个寻衅斗殴的团体，专门恃强凌弱，但在布莱特"被逼自卫"后，他们出乎意料地解散了。

谁是强者，谁就会受到别人的敬畏；否则，就会受到别人的欺负。这似乎已经成了一些校园的生存原则。但是布莱特，他却不愿这样做，一直不卑不亢地过着自己的生活，直至他们打破了他的鸡蛋和调味汁，他才"被逼自卫"。但他的自卫并不是为了逞强，或者想证明什么，纯粹只是想维护自己的正当利益而已。因为在他心里，大家是朋友，地位平等。作为学生就应该做好自己的本分，而不是拉帮结派。"你强并不代表就要欺压别人。"这是布莱特告诉我们的深刻道理。

在这个世界上，没有注定谁就是强者，也没有注定谁就是弱者。我们能做的就是做好自己的本分。

（黎欣欣）

圣诞节那天，全家都去观看我的表演。我紧紧盯着她的帽子，根本不去考虑在场的人能否听到我的声音，我沉默的歌声是唱给上帝一个人听的。

多莉姑姑的帽子

[美] 马伦达/著　佚　名/译

当我还是小孩子时，曾对 3 件事情笃信不疑：我的家人都爱我；太阳每天早上都会升起；我的嗓音很美妙。对最后一点我尤其有把握。因为每当全家一起唱歌时，我都会扯着嗓门大喊，从来没有人阻止过我。所以当我的二年级老师凯瑟琳嬷嬷宣布她要在圣诞节当天举行一场演唱会时，我别提有多高兴了。

凯瑟琳嬷嬷对全班同学说："歌唱是我们向上帝表达爱意的最重要的方式之一。"她说要根据我们的演唱天赋来编排节目，全班 26 个人都迫不及待地举起了手。"想独唱的同学请站在钢琴右侧，想参加合唱的同学请站在钢琴左侧。"

在嬷嬷还没走到钢琴之前，我就第一个站到了钢琴右侧。她给了我几支曲子，我从中挑选了我们家最喜欢唱的《当爱尔兰眼睛微笑时》。嬷嬷开始弹琴，我则以一个 7 岁女孩儿所能展示的最丰富的感情开始演唱。可没唱几句就被嬷嬷打断了："谢谢你，下一位。"

当我回到座位上时，看到有些同学在窃笑。难道我做错什么事了吗？

独唱的名额很快就招满了。嬷嬷听了每位同学的试唱，然后将声音接近的人编排在同一个声部，最后只剩下我孤零零的一个人。

当其他同学开始熟悉歌谱时，嬷嬷把我叫到她的桌前，温和地看着我。"杰奎琳，你听说过'音盲'这个词吗？"

我摇了摇头。"就是说你发出来的声音与你自己想象的不一样，"她拉着我的手说，"这没什么值得害羞的，亲爱的。你仍然可以参加演唱会。你做出发音的口型就可以了，但不要发声。你明白我的意思吗？"

"我明白。"我是如此羞愧，以至于放学后我没有回家，而是直接坐公共汽车来到了多莉姑姑家。在我眼里，没有什么事情能够难得倒她。在那个大多数女性都要嫁人的年代里，她勇敢地选择独身生活。她还参加过狩猎远征队，和艾森豪威尔总统握过手，吻过克拉克·盖博（好莱坞著名男影星）的脸，并打算环游整个世界。她能理解我的世界是如何被这个可怕的发现搞得翻了天。

多莉姑姑给我端来饼干和牛奶。"我该怎么办？"我抽泣着说，"如果我不能唱歌，上帝会以为我不爱他的。"

多莉姑姑的手指在桌上敲着，眉头皱在一起。最后她眼睛一亮。"有办法了！我将帽子戴上！"

帽子？它能帮我解决"音盲"这个大问题吗？她那棕色的眼睛盯着我，声音忽然降了下来。"杰奎琳，我得透露一点儿天使的秘密，但首先你得发誓不会告诉任何人。""我发誓！"我低声说。

多莉姑姑抓着我的手说："当我在罗马圣彼得教堂祈祷时，曾听到旁边座位上一个人讲话。他也是个音盲，也担心上帝听不到他的歌声。那里的牧师悄悄告诉他，一小块铝箔就可以解决这个问题。"

"我不明白。"

"你在嘴里默默地念出歌词，它们会通过铝箔反射，天使就能捕捉到这些声音，把它们放到特制的袋子里，然后送给上帝。这样上帝就能听到你和同学们一起唱赞美诗的美妙声音了。"

虽然听起来有些玄妙，但我相信万能的天使还是能够做到这一点的。况且多莉姑姑表情严肃，她是不会欺骗我的。

"那我把铝箔藏在哪儿呢？"

"藏在我的帽子里，"多莉姑姑说，"我会坐在演唱会的前排。不要对凯瑟琳嬷嬷和你的父母泄漏一个字。"

圣诞节那天，全家都去观看我的表演。我紧紧盯着她的帽子，根本不去考虑在场的人能否听到我的声音，我沉默的歌声是唱给上帝一个人听的。演出非常成功，多莉姑姑夸我的表演具有"奥斯卡水准"。

4年前多莉姑姑去世了，享年90岁。葬礼结束后，我们晚辈聚在一起，追忆这位令人尊敬的姑妈。我们吃惊地发现，她的"天使帽子"曾帮过我们许多人。一个口吃的外甥盯着她的帽子，完成了自己首次登台演讲；一个胆小的侄女勇敢地参加学校戏剧演出，并在拼写比赛和天才竞赛中获奖，就因为多莉姑姑戴着帽子坐在前排。她让我们相信天使就在我们身边，帮我们完成了许多自以为不可能完成的任务。

即使到了现在，当我在生活中遇到挫折时，还会想起多莉姑姑和她的"天使帽子"。我童年时的信仰仍然没有改变：我的家人都爱我；太阳每天早上都会升起；在那个难忘的圣诞节表演中，我拥有最美妙的声音。

与你共品

多莉姑姑的"天使帽子"是一顶神奇的帽子，只要看着它，就能让人瞬间拥有勇气，去完成自己想做而又不敢做的事情。

很多时候，我们需要的仅仅是一个相信自己能行的理由而已。我们都知道，多莉姑姑的帽子只是一顶普通的帽子，然而多莉姑姑却借助这顶帽子，通过"赋予"它某种特殊的定义来转移孩子们的注意力，让他们拥有足够的自信。而事实证明，多莉姑姑这样做，的确成效显著，而我们也不禁发现，其实真正的"天使"是多莉姑姑。

现实生活中就应该多些这样的帽子，其实很多时候，我们不是缺少做事情的能力，而是缺少相信自己的能力而已。

（朱美桦）

沃夫卡也不答话，扭头就去睡觉。他嘴上说不想吃饭了，心里却在想，祖母肯定会来问他，并会逼着他去吃晚饭。但祖母什么也没问，也没叫他去吃晚饭。

沃夫卡和祖母

［前苏联］阿·阿克谢诺娃/著　　佚　名/译

原先沃夫卡和他的父母住在北部的摩尔曼斯克。三年前，他母亲不幸病逝。他父亲是位船长，经常出海，无法关照他，好心的邻居把小沃夫卡接到自己家里住。后来，父亲决定把他送到乡下祖母那里去度假。

开始，他并不太喜欢祖母。沃夫卡已习惯于所有亲朋好友都娇宠他，可这位祖母却并不溺爱他。

就在第一天，沃夫卡扭伤了脚，疼得他号啕大哭了好久。但祖母却平静地说："别哭啦！你又不是小孩子！"说完，就让他去商店买面包。沃夫卡只得去了。

他把面包买回来，往桌上一扔，说道：

"给你面包。"

"你这是干什么，怎么这样说话？"祖母生气地说。

沃夫卡也不答话，扭头就去睡觉。他嘴上说不想吃饭了，心里却在想，祖母肯定会来问他，并会逼着他去吃晚饭。但祖母什么也没问，也没叫他去吃晚饭。早晨起来，沃夫卡还得打水，买面包，然后到地里帮祖母干活。沃夫卡对这一切老大不痛快。有一次，他对祖母说："您写信让父亲来接我回去吧！"

"没关系，你会习惯的。"祖母答道。

"我要把这一切都告诉我父亲。我为什么整天干活？我现在是放假，我应该休息，可我却整天干活。"

"别人都在干活嘛，你又不是小孩子。"

"可我才上二年级！我不过才 9 岁。"

"所以我说你已经是大孩子了。我 9 岁的时候，早就下地劳动了。"

但沃夫卡还是赌气不再好好干活了。他想，如果他干得很糟，祖母也就不会再让他干了。有一天，他没去商店，晚上祖母说："今天我们不吃晚饭了。因为没有面包吃。"结果沃夫卡只得饿着肚子去睡觉。当祖母明白过来后对他说："这是无济于事的，你还要住在这里，而且也会喜欢上你的祖母。"

沃夫卡生气地瞪着她，一句话也没说。

有一天，沃夫卡跟他的好朋友维佳谈起了他的祖母。可维佳却对他说：

"你还不了解她，她可是个无所不能的人。村里的人谁都非常敬爱她。她懂很多，甚至还会治病。我们有个邻居有一次头疼得很厉害，吃什么药都不管用。而你的祖母很快就用草药把他治好了。"

"她还会干什么？"沃夫卡兴致勃勃地问道。

"什么都会，"维佳答道，"她能识别所有的草木，她还特别善于洞察人们的内心世界。"

"这倒是，"沃夫卡说，"她总能知道我在想什么。"有一次，沃夫卡和祖母一起到大森林里去。祖母在森林里如入家门：每一棵小草，每一棵树木都成了她的老相识。祖母告诉沃夫卡各种各样的小草：瞧，这棵小草专治头痛病，那棵小草专治心脏病。

"你怎么会知道这些的？"沃夫卡问。

"我在乡下住了一辈子，我的母亲特别熟悉这些草木，是她告诉我的。"

"奶奶，那你是怎么把那个人的病治好的？"沃夫卡决心问个明白。

"什么人？"

"你们村上的，他头疼得很厉害，吃什么药都不管用。"

"我已经记不得了，"祖母说，"怎么治好的？你看到了吧，我知道头疼时吃那种草药管用。"

"那吃药为什么不管用呢？"

"因为他并不相信他能康复。"

"那他相信你吗？"

"是的，我把草药给他，并告诉他，过三天就会好的。重要的是他信任我。"

现在，沃夫卡已经喜欢上了祖母，他决心也做一个值得别人信任的人。

现在，祖母让他干什么，他都乐意去干。他喜欢祖母不像小孩子那样娇惯他。

几天过去了。从摩尔曼斯克拍来一封电报，祖母看了电报说："嘿，这下你该高兴了!"

"父亲要走吗?"

"不是父亲要走，而是你要走。"

"为什么?"沃夫卡问道。

"因为你父亲希望你回去。"

"那剩你一个人怎么办?"

"如果你愿意，还可以到我这儿来；如果不愿意，就说明你祖母不怎么样。"

沃夫卡想对祖母说，他非常爱她，但什么也没说出来。他站在那儿，泪水夺眶而出。

与你共品

真正有魅力的人应该是有自己的人格魅力且能令人信服的人。你也许一开始不喜欢他（她），但经过相处了解之后，我们一定会被对方的人格魅力所折服，从而喜欢上他（她）的。

小沃夫卡开始时并不喜欢他的祖母，相比来祖母这里之前大家都十分宠着他，他在祖母这里受到了不一样的待遇。然而经过日后的慢慢接触与相处，通过和好朋友的聊天以及一次与祖母的大森林之旅，他开始慢慢真正认识到了祖母的可"爱"之处并喜欢上祖母，并下决心做一个像祖母那样值得他人信任的人。

做人能够值得被别人信任，那是相当了不起的一件事。现代社会因为种种原因，人与人之间总是充斥着各种猜疑。要做到互相信任，除了要多一些像祖母那样的人，我们自己首先也应该要有一颗可以容纳别人的心。

（朱美桦）

从眼角望过去，我看见外婆在一张纸片上用希伯来语写着什么，她的鼻尖几乎要碰着铅笔顶端了，我很想知道她背着我在写什么。

三分钱的朵拉

〔美〕贝特·克拉姆帕斯/著　陈　明/编译

外公去世后，外婆朵拉从费城来这里和我们同住一周。我对外公外婆了解得不多，特别是外婆。弯腰曲背的外婆，有一张遍布皱纹的活像葡萄干的脸。当妈妈要我亲吻她时，我缩在一边，心里还有些怕她。她从早到晚围着一条褪了色的旧围巾，穿着一套不合身的旧衣服，像一个影子似的在家里走来走去。很难相信，我那充满魅力的妈妈会是她的女儿。

"妈妈和爸爸上班的时候，你要在家好好照顾外婆，和外婆玩，逗外婆开心。"这是妈妈的命令。这会儿正是暑假，想到不能和小伙伴们在一起玩，我心里老大不愉快。但是，不就是一周吗？我想我还是能熬过去的。

第一天早上，外婆把自己重重地扔进藤椅里，百无聊赖地坐在那儿。我自信有了精神准备，我们家每个人都喜欢玩扑克，我说："咱们来玩扑克牌吧！"她耸了耸肩，把牌推开，用依地语说："我不玩扑克。"

"外婆，我的依地语不好，您能用英语跟我说吗？"

她轻蔑地哼了一声，然后说道："你应该学会。"

唉，这会是漫长的一周。

我不再和她说话，拿起了自己喜爱的喜剧连环画，自顾自地看了起来。从眼角望过去，我看见外婆在一张纸片上用希伯来语写着什么，她的鼻尖几乎要碰着铅笔顶端了，我很想知道她背着我在写什么。

一周就这样过去了。在最后的那天早上，我看见外婆在妈妈的衣橱里翻找。妈妈站在她身后。外婆用依地语说了几句严厉的话，把妈妈最好的衣服拿到了楼下。

"她说什么?"我想知道。

"她说我的衣服太多了。"

我知道妈妈根本没有太多的衣服。爸爸拼命干活,只为我们家挣得仅能果腹的面包。我很高兴,外婆终于要回去了。

在送外婆回费城的车上,我悄悄地向妈妈告外婆的状,妈妈很快就不耐烦了。"你应该尊重外婆!"她厉声说道。我赶紧闭了嘴。

到费城后,我宣布说,要找表兄玩,向他展示我用自己的钱买的费城职业垒球队的帽子。

"不行,你还有事儿,你得帮外婆做生意。"什么生意?

这时,外婆已经拿了妈妈的衣服消失在她的房子里。她再次出现的时候,手里拿着一个旧布挎包。妈妈将它递给了我:"贝特,帮外婆背着这个。"

我和外婆走了三个街区到了格拉德大街,这里是犹太人聚居的社区。沿街都是小商店,用金色的字母装饰着橱窗。打扮得花里胡哨的结实的木制推车上,堆满了各色货物,沿着人行道一字儿排开。这里人头攒动,讨价还价之声不绝于耳。

一个摊主叫住了外婆:"嘿!朵拉!这些天你到哪里去了?我说最近怎么没人来和我过不去了呢?"然后他向街对面的摊主叫道:"嘿!莫易西!三分钱的朵拉又回来了!你得好好看住你的钱包。"

我把自己的垒球帽拉得低低的,希望没人能猜出朵拉就是我的外婆。她正忙着在一个卖旧衣服的推车上翻找着。她拽出了一件成色还挺新的,比她自己的身材大得多的旧衣服。

"多少钱?"她用依地语问。

矮胖的摊主摸着自己的胡须,知道自己得准备迎战了。"你想要的话,朵拉,我只卖二十五分。"

外婆瞪了他一眼,伸出了三个指头:三分钱。

"哎,朵拉,我要失去我的房子了,我的孩子得挨饿了。但是我还是给你优惠价吧。"他伸出了八个指头。外婆面无表情地盯着他。摊主举起了双手,投降了。"再拿上这个吧。"他生硬地说,举着一件女士连衣裙,"也许这可以使你少到我这里来几次。"

外婆以胜利者的姿态抽出钱包,拿出三分钱,数了数,递到摊主的手上。她示意我打开旧布挎包,把她新买的衣服塞到妈妈的衣服上面。随即头也不回地向莫易西的鞋摊走去。五秒钟以后，她举着一双结实的女鞋，伸出了三个指头。

莫易西脸上不耐烦的神情变成了愤怒："这是我最好的一双鞋，最低要价得五十分！"

"胡说！"外婆尖声叫道，她的三个指头在莫易西面前晃动。我几乎想躲起来。但是莫易西突然大笑起来："好，好，朵拉，今儿我没有时间和你讨价还价，这双鞋三分钱卖给你啦，再给三分钱买上这双昂贵的鞋吧。"他把一双漂亮的童鞋递给了外婆。

外婆就这样继续着三分钱东西的疯狂购物，直到花光了身上所有的钱。我已走得筋疲力尽，旧布挎包越来越重，我只好用两只手吃力地提着它。快点吧，我唯一想做的事只是给表兄展示一下我的新全球帽。但是，我们还有最后的一站。

我跟着外婆来到了一间小办公室。这里只有一张办公桌和一个叫艾比的工作人员。"朵拉，我们都很想念你。这些天你上哪儿去啦？这小家伙是谁？"

外婆用依地语回答："我女儿的孩子。"

"啊，原来你是朵拉的外孙子。"他向着我微笑，"你一定为你的外婆感到骄傲，你知道，她在这一带可有名了。"

"是的，我知道。"我不耐烦地嘀咕道，"他们叫她'三分钱的朵拉'。"

艾比转向外婆："啊，朵拉，今天你为我们带来了什么？"

外婆费劲地提起挎包，艾比从办公桌后面跑过来帮忙。外婆从挎包里一件一件地往外拿东西。每拿出一件，便把它整整齐齐叠好。然后，她把在我们家时写好的纸条一一拿出来，在每一堆衣服上都放上一张。

"她在干什么？"我问艾比。

"这些纸条上写着需要帮助的人的名字和家庭地址，我们要把这些衣服照地址给他们送去。"

"她把所有的衣服都给出去吗？"

"是的，我们这里是犹太人救济中心。"

我的脸一下子发起烧来，我感到羞愧难当。难怪格拉德大街上的所有人都和她开玩笑，然后把他们最好的东西给她，而且几乎到了不收钱的地步。原来，"三分钱的朵拉"所做的"生意"是慈善事业，那摊主都是她的"合伙人"。

我把自己珍爱的新全球帽脱下来，把它递给了外婆。她抬起头来，疑问地望着我，用依地语问："什么？"

"我想把我的这顶帽子也给你做生意。"

外婆的眼睛突然一亮，她紧紧地拥抱了我。我也紧紧地拥抱着外婆，用我知道的唯一一句依地语对她说："我爱你，外婆。"

"我也爱你，贝特。"她在我耳旁悄悄地说。

妈妈曾经告诉我，外公生前极其慷慨大方，乐善好施，这样做，他感到很愉快。在他去世的时候，口袋里只剩下六分钱。我想，外婆将会剩得更少，她会感到更加愉快的。

与你共品

小贝特一开始很不能理解他的外婆，他觉得外婆既严厉又吝啬。可是当他知道外婆是在做慈善"生意"时，当他知道外婆所做的一切后，他感到羞愧难当。最后，他终于了解了他的外婆并且喜欢上了她。

小贝特的外婆是一位乐善好施的人，帮助别人会使她变得很快乐，所以，即使最后外婆的钱会剩的更少，她也只会感到更加快乐，就如同她的丈夫小贝特的外公一样。文章用先抑后扬的手法，先是对外婆进行外貌描写，字里行间表露出自己的不耐烦，而后通过与外婆的费城之旅，从而发现外婆的伟大，以此来赞扬外婆的善良与无私。

发自内心真诚地去做自己想做的善事，即使这些事会使自己的生活因此拮据，那也会是一件开心的事。希望社会上能够多一点像外婆那样的人，不管别人的眼光，不管自己生活得富不富裕，只是很真心地，并且很开心地去做慈善的事。

（朱美桦）

　　我环视着这里，几分钟前，我还对它艳美不已，而现在只让我感到畏惧。

那一天，我终于读懂了爱

[美] 卡伦·奥菲泰莉/著　蒹葭苍苍/译

　　那已经是很多年前的事了，我上四年级时的第一个星期。那天放学之后，我从学校出来，沿着联合大街向市中心的我爸爸的修鞋店走去。然而，在到达他的修鞋店之前，伍尔沃斯连锁店的橱窗像磁铁一样吸引了我的目光。橱窗正中显著的位置上摆放着一个红色格子花呢的书包。书包上那红色鲜艳的塑料手柄在秋日明亮的阳光下闪烁着绚丽多彩的光芒。书包的前面是一个嵌入式的铅笔盒，它的开口处镶着一条有着黄色拉环的拉链。我靠近橱窗，把脸贴在玻璃上，以便能够看清楚它上面的那两个扣环。它们也是用那种红色鲜艳的塑料做的，而且它们被恰到好处地安装在书包的盖子上。"如果我能有个这样的书包，那我不也就像珍妮特和我们班上其他女孩子一样了吗？"我想道。但是，我知道那是不可能的，我爸爸从来都没有说过要给我买这种书包。

　　想到这儿，我气愤地从肩头把我的那个褐色的书包滑下来，然后使劲将它摔到我前面的人行道上。在这明媚的秋阳下，这个皮书包一点儿光泽都没有，而书包上那黄铜做的扣环也是那么黯淡，没有一丝闪光。此刻，它就这么静静地躺在人行道上，像一头又老又丑的母牛，横亘在我和橱窗里的那个红色格子花呢书包之间。我的书包是爸爸自制的。

　　然而，无论我怎么苦思冥想，也想不出一个合适的理由对爸爸说我不想要他给我做的这个书包。最主要的，那个红色格子花呢书包要 3.98 美元一个，我想我们可能买不起。

　　第二天早晨，当我醒来准备去上学的时候，我感到非常为难。因为今天，珍妮特邀请我们班级所有的女孩放学后到她家里去喝下午茶。在这之前，我不仅从来没有喝过下午茶，而且也从来没有去过珍妮特的家里。我不想背着这个破书包去她家里。在我们班里，珍妮特是一个很讨大家喜欢的女孩，而且，她还拥有我们每一个人想要的任何东西。不仅如此，珍妮特还拥有一头漂亮的金色鬈发，她住在郊区的一栋单门独院里。她的爸爸在一家大公司里工作，而且还有自己的办公室。珍妮特也有一个从伍尔沃斯连锁店买来的配有铅笔盒的红色格子花呢书包。

那天上课的时间好像特别长，没有尽头似的。终于，好不容易熬到了放学，我们8个女孩一起来到了珍妮特的家里。哦，这一趟我真是不虚此行，大开了眼界。她的家比我所想象的还要漂亮。看着她家豪华的装饰，我感到就好像是在拜访一位公主似的。

珍妮特的妈妈端着一个银质的茶壶，帮着她为我们倒茶。而我们则几乎都在等待着吃饼干呢。就在这时候，门开了，珍妮特的爸爸走了进来。

"嗨！爸爸！"珍妮特张开双臂向他跑去迎接他。他没有看珍妮特，只是心不在焉地用手轻轻地拍了拍她的头。"哎，别把我的衣服弄破了。"他一边说一边向后退了一步。

"哦，嗯，对不起，爸爸。"珍妮特说，"您想见见我的朋友吗？"

"我没有时间。"他不耐烦地说，同时，打开公文包，从里面掏出来一摞报纸。

"凯瑟琳，"他对着珍妮特的妈妈粗鲁地问道，"我们家今天要干什么？"

他指的是我们。

"罗恩，"珍妮特的妈妈道歉说，"我知道你想说什么——不过，请原谅这些女孩子们。"她说着离开了餐厅走进厨房。

顿时，这间漂亮的餐厅成了珍妮特父母争吵的回音室。

"你应该知道，我回到家里喜欢安静。"珍妮特的爸爸嚷道。

"是的，我知道，但是，这一次，我认为你不应该介意。"珍妮特的妈妈争辩道。

"如果我回到家里没有一个和睦安静的环境，又怎么能够指望我养家挣钱呢？我想让那些小孩立刻离开这儿！"

接下来，珍妮特的妈妈就没有作声了。然后，厨房的门"砰"的一声关上了，并且，我们听到沉重的脚步声向楼上走去。

一会儿，珍妮特的妈妈回到了餐厅。"姑娘们，我非常抱歉打断你们，"她低着头，眼睛不敢看着我们任何一个人，满怀歉意地说，"现在，大家赶快把饼干吃完，然后你们可以到珍妮特的房间里去玩，等你们的父母来接你们。"

于是，我们只好默默地吃完饼干喝完茶，然后又默默地走到珍妮特的房间里去了。珍妮特的床上盖着镶有荷叶边的床罩，窗户上挂着带有皱边的落地窗帘。不仅如此，她还有一台电视机、一台收音机和一台电唱机。长那么大我还从来没有见过这样的房间——真是太漂亮了。

看着看着，我又想起了自己的房间——在我那个墙上涂着廉价的、略有点晃眼的粉红色油漆的窝里，地板上铺着破烂不堪的油布，家具也都是别人用过的旧家具。我环视着这里，几分钟前，我还对它艳羡不已，而现在只让我感到畏惧。

我的思绪不禁又回到了那个下午。那天，当爸爸伸出双臂紧紧拥抱我的时候。他身上的粗布围裙把我的脸都磨疼了，想到这，我不禁抬起双手揉搓着我的脸颊，我又想到了那块苹果卷饼，爸爸每次只买一块给我吃，而他自己却从来都不舍得吃一口。而且，不论他每天有多少鞋子要修理，他总是要抽出一些时间和我说话，对爸爸来说，我好像是最重要的人。他总是慈爱地看着我，问长问短。

这时，我的目光正好落在了珍妮特的那个红色格子花呢书包上，它正放在白色的写字台上。我情不自禁地伸出手去，满怀羡慕地抚摸着那个漂亮的红色塑料手柄。但是，我突然发现。它的上面布满了一道道划痕，不仅如此，那用来固定背带的铆钉也因为书籍太重的缘故而被拽了出来。仔细想来，这个书包，其实就像珍妮特的生活一样，并不是那么完美。

就在那一刻，我突然非常想回到家里去。我想和我的家人们一起围坐在厨房的桌子旁，大家一边吃着硬皮面包，一边开心地笑着，聊天儿……就这样，我一边想着，一边焦急地盼望着爸爸快点儿来接我。

许多年过去了，我仍然珍藏着那个破旧的皮书包。爱，不是来自于银质的茶壶里——当然，也不是来自于红色格子花呢的书包上。有时候，它却来自于一间不大的房间，来自于一块特意准备的苹果卷饼，当然，也来自于那个自制的褐色的皮书包上——因为，那上面的每一针每一线都是用爱缝起来的啊！就在那天，我终于明白了，爸爸对我的爱就像他用来给我做书包的那块皮子一样坚韧，一样真实。

与你共品

在去珍妮特家做客之前，"我"自卑于自己不像珍妮特一样拥有美丽的书包，做客之后，反而庆幸自己虽过着平凡质朴的生活，但却拥有爸爸最温暖的爱。

小说通过描述"我"在珍妮特家做客前后的思想变化，表现出珍妮特过着富裕的生活，曾经她让我羡慕不已，可当"我"发现她爸爸躲过她的拥抱，并斥责她妈妈对同学们的邀请时，"我"知道她拥有的爱是残缺的，而"我"虽平凡，但拥有一个对"我"关怀备至的爸爸和他对我完整的爱。

小说告诉身在福中的我们，大可不必羡慕别人得到的爱与光华，因为，爱本来就是朴实无华的。

（张玉珊）

　　第二天我发现有一只成年的画眉在专心致志地喂小画眉，不用说这定是小画眉的母亲，果然在她的呵护下，小画眉一口一口地吃了很多类似梅子的东西。

一件小事的震动

〔美〕索尔·贝娄/著　佚　名/译

　　八月的一天下午，天气很热。我住处的前面有一群孩子正起劲地捉那些五彩缤纷的蝴蝶，这使我想起了我小时候的一件往事。

　　那时候我住在南卡罗来纳州，12岁的我常常把一些野生的活物捉来关到笼子里玩，乐此不疲。我家住在树林边上，每到黄昏，很多画眉鸟回到林中休息和唱歌，那歌声悦耳动听，没有一件人间的乐器能奏出这么优美的乐曲。我当机立断，决心捉一只小画眉放到我的笼子里，让它为我一个人唱歌。

　　果然我成功了。那鸟先是不安地拍打着翅膀，在笼中飞来扑去，十分恐惧。后来就安静下来，承认了这个新家。站在笼子前，我听着小音乐家美妙的歌声，兴高采烈，真是喜从天降。

　　我把鸟笼放到我家后院。第二天我发现有一只成年的画眉在专心致志地喂小画眉，不用说这定是小画眉的母亲，果然在她的呵护下，小画眉一口一口地吃了很多类似梅子的东西。我高兴极了，因为由它自己的母亲来照料，肯定比我这个外人要好多了，真不错，我竟找到了一个免费的保姆。

　　次日，我又去看我的小俘虏在干什么，令我大惊失色的是，小鸟竟已经死了，怎么会呢？小鸟不是得到了最精心的照料了吗？我对此迷惑不解。

　　后来著名鸟类学家阿瑟·威利来看望家父，在我家小住。我找到一个机会，把事情说给他听。他听后作了解释。他说，当一只美洲画眉发现她的孩子被关在笼子里之后，就一定要喂小画眉足以致死的毒梅，她似乎坚信，孩子死了总比活着做囚徒好些。

这话犹如雷鸣似的给了我巨大的震动，我好像一下长大了。原来这小小的生物对自由的理解竟是这样的深刻。从此，我再也不把任何活物关进鸟笼，一直到现在，我的孩子也是这样。

与你共品

小时候爱好抓野生动物的"我"有一次抓了一只小画眉，"我"把它关在笼里的第二天，发现有一只成年的画眉在喂小画眉梅子，正当我欣喜有免费保姆时，次日，小画眉却死了。后来我才明白，成年画眉宁愿孩子死也不让它活着做囚徒。

小说的震撼点在于，作者在顺理成章地享受着画眉妈妈在行使"保姆"行为带来的欢乐时，小画眉却在画眉妈妈喂养的次日死去。后来从鸟类学家的解释中得知，原来是成年画眉喂小画眉足以致死的毒梅结束其生命，以免它失去自由而痛苦地活着。小生物对自由的深刻理解震动作者幼小的心灵，使他了解到即使是动物——自由于它们也是高于一切。

万物生而自由。爱，不应该成为其被束缚的理由！

（张玉珊）

她一直希望能把所有的老师全部赶走。汤米就曾经有过一个月的时间不必受老师的逼迫，那是在历史课程暂时结束的时候。

快乐时光

[美] 艾萨克·阿西姆/著　佚　名/译

关于那件事情，玛姬当天晚上就把它写在日记里。

"公元2155年5月17日，"她开始这么写，"今天汤米发现了一本真正的'书'！"那是一本非常古老的书。玛姬的祖父曾经对她说过，在她的祖父的少年时代，他的祖父告诉他曾经有一个时代所有的故事都被印刷在纸张上。他们翻阅那些黄渍起皱纹的纸张，对他们而言，这实在是一件有趣的事，当他们发现所有的字都被固定在纸张上，不同于平时他们在荧幕上所阅读的移动资讯。而且，当他们翻回到先前读过的那一页时，竟然发现那些字和第一次读到的时候一模一样！"对你而言，"汤米说，"这也许是一种浪费。当你看完这本书时，我猜你一定会把它丢掉。我们的电视荧幕上有超过一百万本的书，而且它可以不断地补充。然而，我不会这么做。"

"我也是啊！"玛姬说。她才11岁，读过的书远少于汤米。因为汤米已经13岁了。她说，"你在哪里找到的？"

"在我家，"他专心地阅读着，头也不抬地回答，"在我的阁楼上。"

"它里面说些什么？"

"学校。"

玛姬开始对它觉得轻蔑，"学校？到底有什么好写的，我讨厌学校。"

玛姬一直不喜欢上学，但此时她比以前更讨厌学校了。数学老师曾经给她一连串的几何考试，而她的成绩却都一直每况愈下，终于她的母亲禁不住叹息地摇着头，替她请了一位督学官。那位督学是一位红脸的小胖子，随身带着一只装满电线、指针盘的工具箱。他面带笑容，给了她一个苹果，然后就把她的数学老师分解。然后他开始组合他的新数学工具，玛姬一直希望他无法组成，但是他办到了。大约一小时之后，那台熟悉的、又大又黑又丑恶的机器又出现在眼前，它的荧幕上，同样出现了所有的课程以及许多烦人的问题。那还不算什么，她最讨厌的是那个她要投入作业和考试卷的投入孔。她必须使用六岁时学会的打孔密码来解答问题，然后数学老师立刻就把作业改好，算出分数。当她做完作业时，督学先生对她微笑并轻拍她的头。他对她的母亲说："这并非孩子的错，琼尼斯太太。我想，几何学现在对她而言是有一些艰涩，小孩有时候会不太适应，不过没关系，我已经订了一个十年的学习计划书。事实上，她整体的进步相当令人满意。"

　　然后他又拍了一下玛姬的头。玛姬失望透了。她一直希望能把所有的老师全部赶走。汤米就曾经有过一个月的时间不必受老师的逼迫，那是在历史课程暂时结束的时候。所以她现在对汤米说："为什么还有人要写学校的事呢？"汤米用一种优越感的眼光看着她。

　　"因为那是一种不同于我们的学校，傻瓜。这是数百年前的那种学校。"

　　他轻松地用一种清楚的声音补充说："好几个世纪以前呢！"玛姬有一种被伤害的感觉。

　　"好吧！就算我不知道那么久以前他们到底有怎样的学校，"她靠在他的肩膀上读着那本书，然后说，"不论如何，他们还是有老师啊！"

　　"他们的确有一个老师，但'它'不是正式的老师，而是一个'人'！"

　　"一个人？人怎么能作为一个老师呢？"

　　"嗯——他会教学生们各种事物，然后吩咐家庭作业和问各种问题。"

　　"可是人不够聪明啊！""当然够！我父亲的知识和我的老师一样多。"

　　"不可能的，人的智慧不能和老师比！"

　　"他差不多可以了，我打赌！"玛姬不想在这件事情上做争论，她说："我才不要一个陌生人跑到我房里来教我。"

　　汤米哈哈大笑地说，"你了解得太少了，玛姬，那位老师不会住在你的房子里。而是有一栋特别的建筑让所有的孩子去那里上课。"

　　"难道所有的孩子都学一样的东西吗？"

　　"就同年龄的孩子而言，是的！"

　　"但是，我妈妈说，老师应该自我调整去适应每一个孩子的心灵，所以每个孩子都要用不同的方法来教育。"

"不论如何，当时他们不用这种方法，如果你不喜欢，你可以不要念这本书啊！"

"我没说不喜欢嘛！"玛姬立刻回答。她真的很想知道那些有趣的学校的事情。他们还念不到一半的时候，玛姬的母亲便开始叫唤他们了，"玛姬，上课时间到了！"玛姬抬起头说，"还没有啦，妈！"

"现在，"琼尼斯太太说，"也该是汤米上课的时间了。"

玛姬对汤米说："下课之后，我可以再和你一起念这本书吗？"

"大概可以吧！"汤米不太乐意地回答。他手臂底下夹着那本破旧的书，一边吹着口哨一边离开。玛姬走进了教室。它就在卧室的隔壁。此时数学老师已经打开，正在等着她。除了周末和星期日，它每天总是定时开机，因为玛姬的母亲认为定时规律的课程有助于孩子的学习。荧幕上出现了字幕，它说："今天的算术课程是真分数的加法。请把昨天的作业放进投入孔。"

玛姬一边照着它的指示行事一边叹着气，她一直想着她曾祖父的祖父少年时代的那种学校——所有附近的孩子们一起上学，在校园里嬉戏、欢笑，在教室里排排坐，放学以后一起回家。大家学一样的东西，然后便可以一起写作业，一起讨论问题。而且，他们的老师都是"人"。数学老师在荧幕上闪烁着"真分数二分之一加四分之一……"玛姬幻想着古时候的孩子该会多么喜欢上学，不禁羡慕着他们的快乐时光。

与你共品

对一个小孩子来说，快乐其实很简单，能和同伴一起玩耍，一起学习，一起做自己喜欢的事情，都是快乐的。

文章写了主人公因厌恶自己目前的学习环境，讨厌这种定时规律的机械学习生活，从而产生一种厌学的心情。特别是在她了解到好几世纪之前的人是如何学习的时候，心里不禁泛起了羡慕之光。一起上学，一起玩耍嬉戏，一起做作业……这些事情对于她来说，简直就像是在做梦。本文无疑是孩子对被家长强制性地压制学习，泯灭他们活泼天真天性的一次控诉，引人反思。

很多时候家长总会把自己的想法、要求强压给孩子，然而，对于一个孩子的需要来说，家长该做的，就是让其自由发展，然后给予适当的指导。

（郑珊）

> "哦，这就是仙鹤！这些奇妙的鸟儿！"伏娃喃喃自语，"离
> 得多近啊——脚像一根根长竹竿，尾巴就像女孩子头上的卷发
> 打着圆圈！"

仙　鹤

[前苏联] 贝里耶夫/著　　唐若水/译

一

天蒙蒙亮的时候，爷爷就叫醒了伏娃。

"起床了！"爷爷催促着，"快起来！瞧，是谁上我们这儿来做客了？"

"这是仙鹤，"爷爷又说，"它们正飞向温暖的地方，沿途就在我们这儿的沼泽地里歇歇脚。"

"您该早点叫醒我，爷爷……"伏娃埋怨起爷爷来了。

鹤群正低低地盘旋。

"它们要在农场上降落！可黑麦还没收好呢，"爷爷不安地说，"它们会啄食麦粒，造成损失的……我这就去用枪把它们轰跑！"

二

"等一等，爷爷，别放枪！别放枪！"伏娃低声说，"让我再看一会儿吧！"

他向麦地走去，一不小心滑进沟里。沟里长满了牛蒡草、荨麻和棘刺。伏娃不顾一切地向前爬着。他开始听到了鸟嘴发出的神奇的声音："契克！契克！契克！"仙鹤正在啄食麦粒呢！

伏娃从牛蒡草丛中探出头来——他的心像小鹿似的跳着。

"哦，这就是仙鹤！这些奇妙的鸟儿！"伏娃喃喃自语，"离得多近啊——脚像一根根长竹竿，尾巴就像女孩子头上的卷发打着圆圈！"

突然有只鹤鸣叫起来，紧接着所有的翅膀都开始拍动——鹤群飞向天空。伏娃从沟里爬出来，向鹤群起飞的地方快步奔去。

三

仙鹤不是马上从地上飞走的——它们先得跳跳蹦蹦地向四面跑上一程。有只鹤跑了几步却被草堆绊住了。伏娃眼明手快，迅速抓住了它的脚。

仙鹤拼命挣扎着，但伏娃仍不松手。眼看伏娃马上就要支持不住了，他的胳膊扭伤了。

突然，凶猛的仙鹤用尖嘴死命对准伏娃额头一啄——伏娃眼前顿时一阵发黑。他想捉住鹤嘴，但仙鹤反向他的手指啄去。接着，它扬起脑袋，用自己尖利的长嘴不顾一切地向伏娃身上乱啄！

四

"快点！爷爷！快来帮忙！"伏娃叫嚷着求援了。

爷爷飞奔而来。他抓住了仙鹤的翅膀，说："它会把你啄死的——看，你的眼珠差点被叼出来！放开它的脚，我来捉。"

仙鹤一转身却啄起爷爷来了。

爷爷迅速脱下自己的上衣，猛地把仙鹤的脑袋包了起来！

"现在它就老实了，"爷爷松了一口气，说："好，把你的仙鹤抱回家去吧。"

五

突然，蒙在上衣里的仙鹤悲戚地叫了起来，而天上飞着的鹤群在声声回应着。

"它们在告别哩，"爷爷说，"鸟儿同人一样，也是懂事的……"

伏娃的心抽紧了。他仰头一望：鹤群排着长队，渐渐飞远了，它们的翅膀在早晨的阳光下显得红扑扑的。

"爷爷，"伏娃问，"它的伙伴都飞走了？"

"当然喽，都飞走了。"

"爷爷，把它放了，好吗？"

"那刚才你何苦抓它呢？"爷爷颇感惊讶，"你还没受够它的罪吗？哪怕是拿回村去让大家看上一眼也好啊！"

"再过一会儿它就来不及赶上大家了……"

"那由你作主吧——它是你抓住的，完全是属于你的。"

"爷爷，让它飞走吧！"

伏娃解开蒙在仙鹤头上的上衣。

六

仙鹤先是一动不动地站着，它愣住了。接着，它似乎清醒过来，向前跳跃着，并用力扇动着翅膀。它一边鸣叫着一边飞快地向亲爱的伙伴追去。

伏娃久久地目送着它，心里在思忖：它们将飞向何处？它们会遇见什么？……

"真是个小傻瓜！"爷爷边笑边亲切地抚摸着伏娃的头。

与你共品

仙鹤在沼泽地歇息，伏娃上前观赏，正当仙鹤要离开之时，伏娃迅速抓住了它的脚，任凭仙鹤狠狠地反抗，伏娃仍不松手，后来在爷爷的帮助下终于抓住了仙鹤。然而，眼看着仙鹤的同伴要飞走，伏娃又是于心不忍，决定放走仙鹤。

小说对伏娃捕捉仙鹤的过程进行了大量的细节描写，表现出伏娃对得到仙鹤的无比执著，但在伏娃得到仙鹤的一刻，又把镜头转向仙鹤与同伴的哀声别离，最终，伏娃为了让仙鹤能赶上同伴，决定让仙鹤回归自由。执著地得到所爱，却又默默地把手放开，让所爱获得自由，获得真正的幸福，也许年幼的伏娃也知道，这才是爱的真谛——让其舒心地翱翔。

爱，不一定要真正地拥有，往往更需要用豁达的心去让其自由。

（张玉珊）

　　剩下的就是绣，我用铅笔浅浅地在灰绸上写道："一抽烟就想起我。"说真的，这话不是我自己想出来的，我曾在一个荷包上看到过，我喜欢它就记在了心里。

荷　包

[前苏联] 伊娜戈弗/著　李　明/译

　　我不知道，是不是每个姑娘都会绣上那么一个荷包，不过，我是绣了。

　　那时我十五岁，每天都到一家军医院上班，医院成了我的前线。我有按我的身高缝的白大褂，有自己的头巾，我把它按当时时兴的样式，模仿着娜佳护士缠在头上。说起护士娜佳，她有一对黑色的睫毛和黑色的眼睛，就像来我们医院演出的一位女歌手在歌中唱的那样：火车疾驶而去，铁轨轰隆鸣叫，心上的朋友走了，也许，再无归期。

　　那黑色的睫毛、黑色的眼睛忍着悲伤默默地送他远去……那时，演员们常来我们医院演出。医院里有个不错的舞台，甚至有不大的木雕楼座的礼堂，它从前是所学校的。

　　我不喜欢演员们演唱这首歌。不是歌本身我不喜欢，坦率地说，是听到这首歌，礼堂里所有的人都会想到娜佳，科利亚·阿斯塔什金也不例外。

　　科利亚的伤病已初愈。他是个飞行员，也是我们医院里的飞行员。他是在叶尔尼亚市附近被德国人打伤的，他如今身体已基本复原，每天都在等待着出院，回到自己的飞行部队去。

　　每当演员们来演出时，他总要为娜佳占个座位，如果哪一天娜佳不上班，他就为我。

　　科利亚·阿斯塔什金的一只手负了伤，疼痛不能鼓掌，到鼓掌时，他总对我说："来呀，伸出手来。"于是我们手掌对手掌地鼓掌。他有一张勇敢开朗的脸，就像一个飞行员该有的那样。

他刚满二十岁，却把我当成小姑娘，而娜佳又把科利亚看做是小男孩，因为她二十三。

1941年的年终就要到了，演员伊利亚·纳巴托夫表演了用流行调自编词创作的政治讽刺歌剧。

我随CC师，早抵某森林，……他是用约翰·施特劳斯的《维也纳森林故事》中的华尔兹曲调演唱的，歌中说的是一个德国将军冯·施特劳斯男爵的事情。

我把所有人集结在前沿，用手指那里，莫斯科已隐约可见，我们将在那里烤火、烤白面包……跟着我，向莫斯科进攻！这正是莫斯科保卫战击溃德国人的日子，礼堂里人们愤怒地跺着脚，我和科利亚仍是相互击掌，尽管他的那只手这会儿已经好了，我们仍这样鼓掌只是出于喜欢。我看着科利亚，心里想着，他马上就要走了，我再也听不到他那愉快的嗓音和话语："伸出手来。"他走了也再不会有人叫我黄毛丫头和翘鼻子小姑娘了，尽管我实际上头发既不黄，鼻子也不翘。我不禁感到忧伤，或许，正是在那一夜，我决定给他缝个荷包做纪念。

在医院里，我曾经见过数不尽的荷包，它们什么样的都有：花花绿绿的、鲜艳的、粗布做的、实用型的，荷包上大都有着奇妙有趣的绣织物和名字缩写，并题上字，如"打败可恶的法西斯"、"留做朋友纪念"、"亲爱的赠"等。

我找出些绸布头做里子，缝了个小袋，用根细绳穿过去，使袋子能够系紧，荷包就基本做好了。

剩下的就是绣，我用铅笔浅浅地在灰绸上写道："一抽烟就想起我。"说真的，这话不是我自己想出来的，我曾在一个荷包上看到过，我喜欢它就记在了心里。我坐在我家旁边可将整个院子都能看见的台阶栏杆上绣了起来。"你在绣什么？"我的邻居、同学热尼卡过来问道。

"你没看见吗？荷包。"

"给谁绣呢？""反正不是给你就是了，"我从栏杆高处看着热尼卡，"我绣给一个人，"停了会儿，又补充道，"给一个飞行员。"

我喜欢逗热尼卡，看他难受，我自己也不知这是为什么，热尼卡善良可信，那时我还不知道，这些品质正是一个真正的男人所具有的。

"那你给我也绣一个，行吗？"他问。

"给你，为什么？你又不抽烟。"

我和热尼卡是朋友，有时他送我到医院门口。大门里那幢白色的经常灯火通明的楼房是他所不熟悉的神秘的世界。连我进大门对他来说也，变得同样的不熟悉和神秘，完全不像他了解的那个扎小辫的小姑娘。她为什么每天要去那里？在那里做什么？一个小姑娘在大人们中间……这都成了他不解的谜。

我每天都上医院里去，抬担架，在防疫站值班，往各病房分发书籍，用勺给重伤员喂饭、念书信和代写信。伤员中一些人叫我女儿，另一些人叫我小妹妹，一个脊椎负伤的乌兹别克人叫我"小护士"，而科利亚·阿斯塔什金则叫我黄毛丫头和翘鼻子小姑娘……出院之日，科利亚·阿斯塔什金领取了发还给他的飞行服和带有蓝色领章、每一领章上都有三个三角形东西的军服，还有黄色的熟皮短皮袄，佩有红星的皮护耳帽。

四周一片雪白，雪在西伯利亚蓝色的晴空下眩人眼目。医院的院中已停好汽车，科利亚和其他几个痊愈的伤员，将乘车去火车站。

他们是我们医院里第一批治愈出院返回部队的伤员。大家都明白，战争还将进行得很久很艰难，这些年轻小伙子有的或许还会住进其他医院，有的人则将长眠于地下……医院里每个能抽出身来的人都聚集到了院中的车旁，医院指导员简短地讲了几句话，队长拥抱亲吻了每个要走的伤员，上年纪的女管理员哭出了声，她有两个儿子在前线，其余伤员们从各病房窗口里望着院中的一切。

科利亚听着指导员讲话，安慰着女管理员，还不时向聚在各个窗口的伤员朋友们致意，不过，他看上去并不高兴。他在等着娜佳，而娜佳却一直没来，我不知道是什么事使她没来，也许，他们俩昨天刚闹过别扭。

"唉，黄毛丫头，"科利亚说，"伸出手来！"我伸过右手，他握得我生疼。

"怎么样，翘鼻子小姑娘，我的手不错吧，能拉驾驶杆吧？"他笑着，开着玩笑，而眼睛却始终在寻找着娜佳，我呢，这会儿则一直在想着藏在大衣口袋里的左手，左手里握着我为科利亚缝的荷包，这是我一生中第一个绣有"一抽烟就想起我"字样的荷包。

出院的伤员都上了车，科利亚仍四下张望，寻找着娜佳。我怎么也下不了决心把我的荷包递给他。

"你这样。"他突然抓住我的肩膀，"快去宿舍跑一趟……"我没等他说完，就沿着被人们踏实积雪的通向厢房的小路跑去，护士们的宿舍在那里。我没敲门就跑进屋，屋里空空的，只有刚下夜班的急诊室胖护士卡佳盖着大衣睡觉。

娜佳的床上空空的，床头柜上有一面镜子，镜框里夹着一张穿运动衣的小伙子的照片，这是张战前拍摄的娜佳喜爱的照片……科利亚已站在汽车的脚踏板上。

"怎么样？"他问。

我摇摇头，接着把我绣的荷包递了过去。

他接过来，读罢脸上顿时现出激动的神色。

"这是她的，是吗？"他的眼睛幸福得闪着光亮，"你干吗不说话？唉，你呀，你这个翘鼻子……"司机按响喇叭，科利亚进了车里仍喊着："告诉她，我给她写信！你听见了吗？可别忘了……"下班回家的路上，我一直在想着科利亚，内心里有种说不出的异样的空寂感觉。科利亚走了，我的荷包也随他走了。就让科利亚去想他愿意想的事吧，最重要的是我的荷包将永远相伴着他，科利亚每拿出它，读着上面的字，抽着烟时就会想起……娜佳。

与你共品

爱是无私的，即使对方不知道你的感受，即使他爱的不是你，但是你也会无怨无悔地付出，这就是真爱。

虽然只是一个小小的荷包，但是这荷包承载着女主人公对男主人公满满的爱，她想着，如果男主人公能在抽烟时就会想起她，那是一件多么幸福的事情。然而，故事的结局有点悲凉，原来男主人公爱的是另外一个女孩。为了让他心中保存着那份美好，女主人公宁愿守着自己的秘密，把荷包以那个女孩的名义送给他——只为了留住他心中的那份欢喜。

爱他不一定要拥有他，祝福也能成就另一种美好。或许，这就是爱的无私吧。

（郑珊）

这倒使我很难对他下手。偷一个贪心的人容易，但偷一个粗心的人却很困难——有时，他甚至不知道自己已经被盗，这对干我这行的来说倒没多少意思了。

我是小偷

［印度］拉斯金·邦德/著　郁　葱/译

遇到阿尼尔时，我还是一个小偷。虽然那时我才 15 岁，但干这一行却已经是老手了。

当我接近阿尼尔时，他正在观看摔跤比赛。他 25 岁左右，瘦高个子，看上去随和而善良，是我信手可得的对象。虽然我可能取得这个年轻人的信任，但近来我的运气一直不好。

"你看上去像是个摔跤手啊。"我对他说。没有比奉承话更好接近陌生人的了。

"你也像啊。"他回答道。我一时卡了壳，因为我当时瘦骨嶙峋，没个人样。

"哦，我也凑合摔两下子。"我谦虚地说。

"你叫什么名字？"

"哈利·辛格。"我撒谎说。我经常换新名字，这样做是为了逃过警察和我以前雇主的耳目。

阿尼尔起身走开时，我漫不经心地跟着他，向他恳求似的笑着说："我想为你效劳。"

"可我无法支付你工钱啊。"

我考虑了片刻，"光管饭行吗？"我问。

"你会做饭吗？"

"我会。"我再次撒谎说。

"如果你会做饭，或许我还能养活你。"

他把我带到他在朱木拿甜食店上面的房间，让我住在阳台上。那天晚上，我做的饭一定很糟糕，因为阿尼尔把饭倒给了一条走失的狗。于是他让我走。但我死皮赖脸地求他，并装出一副讨好他的笑脸。看到我那副样子，他禁不住笑了。

后来，他拍了拍我的头，说没关系，他将教我怎么做饭。他还教我写我的名字，他说他将教我写整个句子和数数，我很感激。我知道，一旦我能像一个受过教育的人那样能写会算，那就没有什么我想做而做不到的事情了。

为阿尼尔干活是非常愉快的。早上做好茶点，我就出去采购一天的食品。一般来说，我每天都要捞个把卢比。我想他是知道我从中捞了点小钱，但看上去他好像并不在意。

阿尼尔的钱是靠他的小聪明和机会得来的。他常常是这个星期借钱，下个星期再转手贷给别人。他总是在为下一张支票发愁，但当支票一到，他就要出去庆祝一番。他好像是在为一些杂志撰稿，一种古怪的谋生方法。

一天晚上，他带回一小沓钞票，说是刚把一本书稿卖给一个出版商。夜里，我看到他把钱塞在了床垫下面。

我为阿尼尔干了大约个把月的活。除了买东西时做点小弊，我没有再去干我的老本行。其实我有很多得手的机会。阿尼尔给了我一把房门钥匙，我可以随意进出。他是我所遇到的最信任别人的人。

这倒使我很难对他下手。偷一个贪心的人容易，但偷一个粗心的人却很困难——有时，他甚至不知道自己已经被盗，这对干我这行的来说倒没多少意思了。

是动真格的时候了，我对自己说，长时间不干，手都生了。如果我不把钱拿走，他将把它全部花在他的朋友身上，反正他是不会支付我工钱的。

阿尼尔睡着了。皎洁的月光透过阳台照在床上。我一骨碌从毯子里爬出来，悄悄地爬到他的床前。阿尼尔安详地睡着，他的面孔清晰，没有一丝皱纹。与他相比，我的脸上却布满了伤痕。

我把手伸进床垫下去摸到钞票，轻轻地将其抽出。阿尼尔在梦中叹了一口气，并把身子翻向我。我不由大吃一惊，赶紧爬出房子。

一上路，我便开始跑起来。我用腰带把钞票束在腰间。跑了一阵后，我放慢了步子。边走边数着票子：50 卢比一张，共 600 卢比。真是发了大财！这下我可以像一个阿拉伯石油富翁一样，过上一两个星期好日子啦。

来到车站，我直奔站台。开往勒克瑙的快车刚要出站，尚未加速，我还来得及跳上一节车厢。但我犹豫了——我自己都说不清为什么——我失去了逃走的机会。

当火车离去，我发现自己站在空无一人的站台上。我不知道该去哪里度过这个漫长的夜晚。我没有真正的朋友，我认识的好人却是被我偷了钱的人。

在我短暂的偷盗生涯中，我研究过那些丢了东西的人的各种表情。贪心的人惊慌不安，富有的人怒容满面，贫穷的人无可奈何。但我想，当阿尼尔发现谁是盗贼时，他只能是悲伤失望。这倒不是因为丢了钱，而是因为失去了信任。

不知不觉，我来到一个广场。我在一条凳子上坐下。11月初的夜晚有些凉意，毛毛细雨更使我心烦意乱。不一会儿，又下起大雨。我浑身湿透，衣服紧贴在身上。凉风夹着暴雨，无情地抽打着我的面颊。我摸了摸腰间。钞票都被雨水打湿了。

啊，阿尼尔的钱！如果我不离开他的话，早上他很可能给我两三个卢比，让我去看电影。但我现在把他的钱全部拿走了，再也不用做饭，不用跑集市，不用学写句子了。

学习！偷盗成功的激动，早已使我忘记了学习的事。我知道，学习总有一天会给我带来比几百卢比更大的好处。但偷盗简直是太容易了，有时就像被别人捉住一样容易。可是，要做一个真正的人，一个聪明能干的人，一个受人尊敬的人，则是另一回事。我应该回到阿尼尔身边，我对自己说，即使只是为了学习。

我急忙向阿尼尔的房子走去，心情异常紧张，因为把赃物送回而不被发现，比偷盗更难。我轻轻地推开门，伫立在月色朦胧的门口。阿尼尔仍在熟睡。我悄悄地爬到他的床前，手里捏着那沓钞票。我把手慢慢伸向床边，将钱塞进垫子下面。

第二天早上，我起晚了，阿尼尔早已煮好了茶。他把手伸向我，手指间夹着一张50卢比的票子。我的心提到了嗓子眼，以为我的所为被发现了。"我昨天赚来一点钱，"他解释说，"你将定期得到工钱。"

我精神振奋。但当我接过钱时，票子还是湿的。

"今天我们开始学写句子。"他说。看来他对我所干的事是知道的，但他什么也没表露出来。

与你共品

读罢小说，为"我"能遇上阿尼尔而感到庆幸，一个 15 岁的孩子把一个"偷盗老手"的形容词用在身上，是何等的悲哀，然而，是阿尼尔改变了"我"，他的信任、善良和宽容深深感染了"我"，遇上他，可以说是"我"人生的一个转折。

小说运用细节描写和心理刻画，清晰地写出了"我"接近阿尼尔——偷钱——把赃物送回，在这一系列情节中的心理变化。小说的结尾说到的那 50 卢比的湿票子，更是对小说主旨的深化和升华，从而突出了阿尼尔的人格魅力。

其实，在生活当中，无论对人还是对事，只要多一点宽容，多一点信任，再糟糕的事情，总会有美好的一面被发掘出来的。"我"的改变，就是对信任与宽容的力量所做的最好诠释。

（陈婕）

第七辑

智术深长

别墅里没有人，他的行动自然也就可以从容不迫。进去之后，他先按上等人的习惯，冲了个澡，把房子主人的浴衣穿好，再去查看整个住所。

别墅的主人

[德] 舍伦施密特/著　佚　名/译

郊外一幢豪华的别墅内，星期一上午 10 点钟，一个身着浴衣的男人坐在壁炉前，津津有味地品尝着美味的食物，还时不时地往杯子里斟点葡萄酒。

他伸手拿起一张唱片，正想往电唱机上放时，门开了，一个上了年纪的男人走进来。

"请原谅，门没关。"来人说，"我是施密特兄弟公司的代表。认识您很高兴。您是格雷经理吧？"

壁炉前的男子转过身，明显流露出被打扰后不悦的表情。

"……是的，我就是。您有什么事？"

"经理先生。是这样的，我这里有一张您去年的账单，共 200 美元……"

"好的，我明天从办公室把钱给您转过去。"

"这样的说法您已经重复多次了，"那代表提醒道，"因此，我决定直接来找您，希望今天就可以解决这个问题。"

"请你出去！把账单直接寄到公司办公室。我现在没有钱，你懂吗？"

"是的，我懂，"那职员答道，"我也预料到了这一点，尽管我曾想我俩最好能在私下解决这个问题，而用不着去麻烦执行法官。他也认识您，而且现在就等在门外。"壁炉前的汉子猛地站起身来，慌忙中酒瓶掉在了地毯上，名贵的葡萄酒在地毯上汩汩地浸染着。

"真无聊！"他大声嚷道，"得啦！这是你们要的钱，拿去吧！离开这里，永远别让我再看见你！"

原来，到郊外去的人并不都是为了休闲，去享受阳光和宁静，比如乔伊·斯托克就不是这样。他喜欢造访那些久无人住的别墅，然后再趁机得到点儿实惠，或者别的什么。

乔伊知道，一旦被抓住，钱包装满钱的人总是更容易找到借口，说走错了门，或者只想开个玩笑等等。他亲身体会到，对待身无分文的人，警察的态度会更严厉。

进入格雷经理的别墅对他来说如同儿戏一般。别墅里没有人，他的行动自然也就可以从容不迫。进去之后，他先按上等人的习惯，冲了个澡，把房子主人的浴衣穿好，再去查看整个住所。

因为早上有些凉意，所以他把壁炉生了火，然后舒舒服服地坐在沙发里，享受着美酒佳肴。他心情好极了，自然就想听段音乐。

"正在这时，"事后他对朋友们说，"进来了一个傻瓜，要我付一笔什么账。这着实吓了我一跳。我是一星期之前发现那幢偏僻的住所的。我连续监视了它一个星期，断定它没人居住。幸好，那人把我当成别墅的主人，还说门外的执行法官认识房子的主人。好在，当时我身上带着钱……噢，尽管这次行动使我蒙受了损失，但把它当成必要的生产成本，心里就平衡了许多。"斯托克说完，深深地叹了口气。

斯托克可没做过亏本的事情，所以尽管带着侥幸，他还是去光顾了一下施密特兄弟公司。斯托克想，也许，能挽回点儿成本。

斯托克到的时候，施密特兄弟公司正在开会，显然，格雷经理也在。

"您真是个天才，经理先生。"公司的职员们正在称赞格雷经理，"您竟然能把自己装成收账的人。"

"可我有什么办法呢？"格雷说，"我一拧门把子，门就开了。窃贼穿着我的浴衣，坐在我的壁炉前，还享受着美酒佳肴。那家伙是个大块头……并且，他可能带有凶器。我想抽身退出去时已经晚了，于是就把他当成别墅的主人。但最成功的一招还是我说执行法官就在门外，没想到这一招这么灵，那个坏蛋听说执行法官会认出他是冒牌的房主，吓坏了，赶紧掏钱包。到头来，在这桩买卖里，我也算小有赢利吧。"

与你共品

面对佯装别墅主人的窃贼，为避免一场危机的上演，真正的别墅主人于是装作是上门收账的，两个人互相演着戏，于是，出现了一个意外的结局……

自以为聪明的骗子伪装成别墅主人，仿若披着羊皮的狼，表面一副正派却心存歪念。毫无防备的骗子被金钱、利益所蒙蔽，结果却被人倒打一耙。正义总能战胜邪恶的，只要能在紧急关头发挥自己的智慧，沉着应对，一切就会迎刃而解。

（杨燕）

那只酒杯已安全地躺在大保险箱里了。它上面，既有我的指纹，也有你的指纹。等你打死了我，它会把今晚的秘密告诉警方的。因为你的指纹已经记录在档案里了。

锁进保险箱里的指纹

［美］休斯顿·凯恩/著　佚　名/译

希森探长最近缠上了一宗大案，嫌疑人是州议员朗利，希森有足够的证据表明，这个道貌岸然的家伙以药品公司做掩护，私下里从事毒品交易。与此同时，朗利也知道了希森在调查自己，他曾派人送来大笔款子，想跟希森探长做交易，被希森探长拒绝。于是，他动了恶念，决定收买杀手，除掉这个对头。

杀手名叫兰勃，他参与过一些银行抢劫案，希森没有放过他，因此兰勃坐了两年牢。一般职业杀手慑于希森探长的威名，都不敢接朗利这桩"生意"，兰勃早就对探长心怀不满，决定当一次杀手。

晚上，兰勃带着手枪，在希森家的院子外转悠了半天。他知道，探长只有一条狗陪伴着，他将毒药装进胶囊塞进一只鸟的嘴里，再将这只鸟弄伤，扔到院子里。

那条狗逮住这只受伤的鸟，三口两口就把它吃掉了。不一会儿，毒性发作，狗哼也没哼，就倒毙在院子里。

兰勃大喜过望，跳进院子，大步奔向卧室，一下子把枪对准正在看电视的希森探长，开心地笑道："探长先生，还认得我这个倒霉蛋吗？"

希森一怔，知道杀手已经干掉了自己的狗，只有靠自己来拯救自己了。他镇静地说："我叫不出你的名字，但知道你犯有前科，犯罪档案里必有你的资料。"

兰勃晃了晃手枪，骂道："去你妈的犯罪档案吧！只要你一死，那些档案都可以付之一炬！"

希森探长耸耸肩，微笑着问："难道你就是为了抹去这些污迹来行刺的？"

兰勃狂笑起来，说道："不，有人还准备给我两万美元，你的脑袋还值点钱呢！"

希森身子微微一抖，说道："这人肯定是朗利，我正在办他的案子，对吗？"

"你少打听，反正，我是注定要发财了。"

探长打开身边的酒瓶，在两只杯里倒上酒，说道："如果我给你两万美元，你能否让我从容地喝完这一瓶酒再死呢？"

兰勃是个贪财的人，一听这话，马上说："可以考虑，你快把钱拿出来！"

探长递过一杯酒，说："为了这个可怜的协议，咱们先干一杯。"

兰勃怀疑地望了一眼递过来的酒杯，他也怕酒有问题，将它换成探长身前的那一杯，这才一仰脖喝了下去。希森也一口气喝光那杯酒，慢慢走到大保险箱旁边，拨好密码，打开保险箱，拿出一只鼓鼓的信封，对兰勃说："里面是两万美元，请你数一数。"

兰勃接过信封，看了看，又掂了掂，用枪挥了挥，说："回到你的位子上，继续喝酒吧，我会让你在不知不觉中死去的。"

当希森坐回来时，杀手却发现，他刚才拿着的那只酒杯没有了，忙问："酒杯呢？"

探长轻松地笑了笑，说："那只酒杯已安全地躺在大保险箱里了。它上面，既有我的指纹，也有你的指纹。等你打死了我，它会把今晚的秘密告诉警方的。因为你的指纹已经记录在档案里了。"

兰勃这才发觉大事不妙，他冲到保险箱旁，想拉开它，但保险箱的数字码已被拨乱，他是怎么也奈何不了这铁家伙的。

希森探长又拿出一只酒杯，给自己斟上酒，缓缓喝下，说道："只有最后一条路，你自首，出庭作证，政府甚至会奖励你的。至于那只酒杯，我会在合适的时候把它再擦干净的。"

兰勃扔下枪，选择了探长指明的路。

与你共品

在生死攸关的关键时刻，面对凶残的杀手，孤军奋战的探长凭借一只小小的酒杯，不仅保全了宝贵的生命，还使杀手成为自己另一宗案件的证人。

　　小说中，保险箱里的酒杯像谜一样困扰着我们，但随着故事情节的发展，谜底也慢慢解开。试想，假若我们遇到类似的事情，是否也像这位机智的探长一样，找到救自己性命的"酒杯"呢？

　　任何一种策略都不是铸币，不可能现成的摆在那里，可以拿来藏在衣袋里随时使用。倘若遇事沉着应对，哪怕只有一丝光线，我们也不要让它消失殆尽。或许，我们就能找到属于自己的那只"酒杯"。

（周宁宁）

"我家既没安装防盗系统，也没聘请什么私人保安，我确信天下无贼。"我说这话时的语气非常坚定。

幸运的骗子

［俄］安东·马胡尼/著　李冬梅/译

现在骗子和贼越来越多了，他们的手段也是不断翻新，让人防不胜防，不过对付他们我自有一套办法。这不，昨天我刚一进门洞，就发现门洞里站着两个陌生的男人，我马上提高了警惕。

"我们在进行人口普查。您是住在这个门洞里的吗?"那两个家伙主动迎上来打招呼。

"对。我就住在这儿。"我回答。

"您贵姓?"他们又问。

"你们就叫我伊万诺夫·伊万·伊万诺维奇吧，"我的脑子迅速动了一下，想出了一个好主意后如是说，"你们有什么事?"

"是这样，"那两个人说，"我们需要您回答几个问题。"

"那请问吧。"我答应得非常爽快。

"您是从事什么职业的?"

"银行家。"

"噢! 太好了! 我们太幸运了!"那两个家伙一听喜形于色。

"你们太幸运了?"我装作不解，"这是什么意思?"

"您别多心，我们口误了，是您太幸运了，"那两个家伙慌忙掩饰，"现在请您继续回答我们的问题，您的收入是多少?"

"应该说是很多，但到底是多少，我实在说不清楚。"我一脸诚实地回答。

两个家伙一听更高兴了，又问:"您的汽车是什么牌子的?"

我反问:"你们指哪一辆? 我有三辆车呢!"

可那两个家伙说："好。这个问题您已经回答完了。那您的家和汽车有什么防盗措施吗？是安装了防盗系统还是聘请了私人保安？"

"我家既没安装防盗系统，也没聘请什么私人保安，我确信天下无贼。"我说这话时的语气非常坚定。

"您说得太对了！"那两个家伙已经高兴得忘乎所以了，"我们为有您这样的人而感到非常高兴！您住在几号？您家一般都什么时候没人？"

"怎么，这也是进行人口普查需要问的问题吗？"

"对！"两个家伙异口同声地说，"而且这还是最重要的问题！"

"那好吧。"我看上去很无奈地说，"明天中午11点到下午3点我们家就没人。我住在42号，三楼。"

"非常感谢您如实回答了我们所有的问题。"那两个家伙好像已经迫不及待了，"现在我们就回去了，明天还有很多工作要做呢，我们得准备一下。"

"祝你们工作顺利！"我接着又故意问了一句，"既然你们要问的问题我今天都回答完了，你们以后就不必去我家了吧？"

"对，我们都记清楚了。伊万诺夫先生！"那两个家伙边说还边互相递了个眼色，"您家我们就不去了。"

说完，他们就从门洞里消失了……

那两个家伙刚一离开，我径直就去了42号伊万诺夫的家。伊万诺夫根本就不是什么银行家，而是一个警察。我得提前告诉他一声，让他也做好准备，保证明天能顺利地抓捕这伙骗子和窃贼。

与你共品

自以为聪明的两个骗子乔装打扮上门摸索居民财产信息，却不知螳螂捕蝉，黄雀在后。"我"识破骗术，巧施妙计，诱其落网。

马克思说过："谁要是为名利的恶魔所诱惑，他就不能保持理智，就会按照不可抗拒的力量向所指引的方向扑去。"贪心的骗子被金钱利诱，陷入危险之地不是偶然，而是法制社会的必然结果。生活中为了金钱和名利奔波卖命的人又有多少个是安心幸福生活的呢？提心吊胆的日子会让人活着更累。

金钱可以蒙蔽双眼，可以腐蚀心灵，窥窃不属于自己的东西，最终只会把自己推到悬崖边上。安分守己，理智行事才是明智之举。辛勤耕耘，努力拼搏，财富才会源源不断。

（李丹华）

理发师胆战心惊，因为大爷的样子并不是闹着玩儿，在他旁边的桌子上确实放着一把寒光闪闪的尖刀，听完便溜之大吉，回头便派来了一个伙计。

塞格林根的小理发师

[德] 黑贝尔/著　佚　名/译

人千万不可试探上帝，也千万不可引诱敌人。就说去年秋天吧，一个军队里来的陌生人，走进了塞格林根的一家酒店里。他满脸长着大胡子，模样怪里怪气，看上去很不好惹似的。他在要吃要住之前，先问老板：

"贵地难道连个能给我刮脸的理发匠都没有吗?"

老板回答有，连忙去把理发铺的师傅给找了来。陌生人便对理发师说：

"给我修修面，我这脸皮可有点儿敏感啊。要是你能不刮破我的脸皮，大爷我赏你四个克隆塔勒（约合四百五十芬尼）。可要是你敢伤了我，大爷我便一刀捅死你。你可并非头一个哦。"

理发师胆战心惊，因为大爷的样子并不是闹着玩儿，在他旁边的桌子上确实放着一把寒光闪闪的尖刀，理发师听完便溜之大吉，回头便派来了一个伙计。陌生人照样说了刚才那些话，伙计也逃之夭夭。最后派来了个小徒弟。这小家伙可就叫钱把眼睛给打花啦，心里想："咱来干。要是刮得好，没刮伤他，咱就可以拿这四个克隆塔勒去年市上买件新上衣外加一根放血器，就算没刮好吧，咱也自有办法对付他。"一边儿想一边儿就动起手来。陌生人也静静待着，全不知道自己正处在可怕的死亡的危险之中，大胆的小徒弟呢，不慌不忙地让剃刀在陌生人的脸上和鼻子周围游来荡去，就跟在挣六芬尼和割一块火绒或者吸水纸什么似的，根本不是为了四个克隆塔勒在干着一件性命攸关的事。终于，他刮干净了陌生人脸上的胡须，侥幸地既未碰伤他的皮，也未刮出他的血，可在做完活儿后仍在心里嘀咕了一句："感谢上帝保佑!"

陌生人站起来，在镜子里把自己端详了一下，用毛巾擦干面孔，然后一边儿给小学徒四个克隆塔勒，一边儿说：

"我要问你，小伙子，是谁给你胆量替我刮胡子的？你的师傅和师兄可都吓得逃回去了啊。须知你只要刮破我一点儿皮，我就会一刀捅死你。"

小徒弟笑嘻嘻地谢过了客人给他的丰厚报酬，回答道：

"老爷，您才捅不到咱哩。只要您一哆嗦，表明咱把您脸皮刮破了，咱就会抢在您前头，用剃刀割断您的喉管，然后拔腿便跑。"

听了这番话，陌生人才想到自己刚才所冒的风险，顿时面无人色，心中产生了极大的恐惧。他额外又赏了小伙子一个克隆塔勒。他从此再不对任何理发师讲：

"当心别刮破咱一点儿皮，否则咱一刀捅死你！"

与你共品

在陌生人的威恐下，小徒弟利用了自己的机智和勇气从容不迫地为陌生人刮脸，最终没有导致血腥场面的发生。

生命的珍贵在于它的价值，它能享受精彩人生，能尝尽世间酸甜苦辣。陌生人拿自己的生命当赌注，威胁别人。但他未曾想过，他的生命也在别人的手里掌握。不要拿自己的生命开玩笑，尊重生命，珍惜生命，在有限的生命中活出无限精彩。

"每一朵花，只能开一次，只能享受一个季节的热烈的或者温柔的生命。我们又何尝不一样？我们只能来一次，只能有一个名字。而你，你要怎样地过你这一生呢？你要怎样地来写你这个名字呢？"著名诗人席慕容这样问。在仅一次的生命中亲手写下自己的名字，为自己的一生划上精彩的句号的人是幸福的。

（李丹华）

——"不，不。你不能以抽彩的方式去卖一头死了的骡子！"

——"那你就瞧我的吧！我们城里人有的是点子。"

精明过人的城里人

［美］*R*·诺林/著　　闻春国/译

一个从城里来的伙计正在他经营的田地里耕作。耕到一片湿地面时，他的拖拉机陷入泥潭，动弹不得了。

这时候，当地的一位老农开着卡车路过这里，见此情形便停下车子，走到围栏边，朝这位城里人喊道："在这样的湿地里，你最好还是用一头骡子来耕作。"

"我去哪儿可以买到这样的一头骡子呢？"城里人问。

"哎呀，巧了！我正好就有一头骡子。它要卖100美元。"农夫说道。

"那我就把它买下。"

城里人掏出一沓钞票，点了点，然后交给了这位农夫。

"今天，我没有办法给你牵来了。星期天，我休息。明天如何？"

"没问题。"

第二天，老农开着那辆卡车过来了。老农下了车，走到城里人面前。"抱歉，我给你带来了一条不好的消息。今天，吃完早饭后我出去了一下，回来后就发现我那头骡子死了。"他说道。

"你把我的钱还给我就行了。"城里人说道。

"不行。那钱我已经花了！"

"嗯……那就只有把骡子变卖了。"

"那你准备怎么去卖呢？"

"我就以抽彩的方式把它卖出去！"

"不，不。你不能以抽彩的方式去卖一头死了的骡子!"

"那你就瞧我的吧！我们城里人有的是点子。"

一个月过去了，那个城里人和农夫碰巧又在理发店里相遇了。

"那头死骡子你是怎么处理的?"农夫问。

"我以抽彩的方式把它卖出去了。我总共卖了 100 张彩票，每张彩票 2 美元，我赚了 98 美元。"

"难道就没人抱怨吗?"

"只有一个人在抱怨——哦，就是那个中了彩的人。所以，我就把他那 2 美元退给他了!"

与你共品

能在没有亏本反而盈余的情况下，用抽彩的办法把一头被人们认为没有价值的骡子处理掉，这不得不让人感叹城里人的"精明过人"。

小说形象地折射出在处理问题时，人们往往受思维定式影响，故步自封，无法找到问题解决的突破口。中国著名的思想家、文学家鲁迅先生曾经说过，"第一个吃螃蟹的人一定是个勇士"。我们与其蹲在角落里畏首畏尾，不如放开手脚搏上一搏。要懂得，作了茧的蚕，是不会也不可能看到茧壳以外的世界的。

"山穷水复疑无路，柳暗花明又一村"。想出新办法的人在他的办法没有成功以前，人家总说他是异想天开。可是，若想成功，我们就应该朝新的道路前进，不要跟随被人踩烂了的成功之路。假使我们换一种思路、观点，多去走走别人不曾亦不屑于去探寻的弯路，或许就能得到意想不到的收获，看到别有趣味的风景……

（周宁宁）

雷恩注意到那块表的外壳破损了，指针好像也不动了，这让他有了主意。

老手表：100 英镑的典当

佚　名/著　阿　美/编译

圣诞夜终于来临了。大街上火树银花，人们喜气洋洋地往家里赶。南大街上的一家修理钟表的店铺依然灯火通明，满头银发的店主雷恩正在调整壁炉上的时钟。

8点整，瑞士工匠制造的杜鹃和跳舞小人从时钟的小木屋中跳出来，好像对其他几十座时钟示意，不能让这欢聚的时刻无声无息过去。顿时，所有的钟都敲打起来，一场美妙的大合奏开始了。雷恩望着这番热闹的景象，露出了会心的笑容，虽然他根本听不见时钟的乐声。

雷恩生下来就听不见声音，父母因此遗弃了他，一位善良的老钟表匠收留了他。老钟表匠有一个可爱的女儿露西，她和雷恩一样两耳失聪，但这并没有让她的父亲感到失望，他带着露西和雷恩学习修理钟表的技术。老钟表匠一直试图告诉这两个孩子：虽然他们没有听觉，但是在触摸精巧时针的颤动的时候，他们会比一般的孩子更有灵感；虽然无法与这个世界直接沟通，但是他们的心灵会因此而充满包容和关怀。

后来，雷恩和露西结婚了，他们遵照了老钟表匠的遗嘱，开了一家钟表店。他们日积月累地收集修理各种旧钟所需要的零件，又把这些"宠物"从过分拥挤的居室搬到闹市的店铺中。两人工作得非常协调，雷恩修理机械，露西擦洗钟框，有时还得修整钟框的表面，他们的勤奋和热心赢得了许多顾客，钟表店的生意蒸蒸日上。

此刻，露西正在后院准备圣诞晚餐，雷恩还在店铺忙碌着，他想，也许这个时刻还有人需要他们的帮助呢，于是推迟了关门的时间，直到感觉到威斯敏斯特大钟的钟声所传来的振动，他才抬头仰望着店铺里的时钟。这些座钟分别镶在红木和樱桃木制成的钟框中，钟上的罗马数字和云形指针闪耀着已逝岁月的尊严。

雷恩起身准备关上玻璃门，他忽然看到一个衣衫褴褛的男人向店铺走过来。那人二十多岁的样子，身着一件单薄的夹克衫和牛仔裤，两眼露着凶光朝柜台走来。雷恩慢腾腾地把账本推到柜台后面的另一端，尽力不露声色，抑制愈来愈强烈的不安。

雷恩注意到那人插在上装右口袋中的手，那只手在不安地颤抖着，暴露来者的不良企图。"也许那里面有一把手枪。"雷恩怒火中烧，但内心有个声音把这怒火压下去了，那就是"要保持镇静，千万不要惊动露西"。

来人靠近雷恩，用低沉的声音说："快把钱拿出来，圣诞节你们店铺一定生意很好！"他的眼睛狠狠地瞪着雷恩。对付这样一个店主，他确信自己可以在10分钟内得手。

雷恩深深地吸了一口气，然后朝那张紧绷着的脸微笑了一下，用手指指自己的耳朵，摇摇头。那个人露出一丝吃惊的神情，他显然没有预料到这家店主居然没有听觉，此刻他就是暴跳如雷，恐怕雷恩也无法听见他的吼声。

两个人一时都手足无措，很长一段时间，他们就这样对峙着，空气中凝结着紧张的气氛。那个人不想惊动外面的行人，雷恩也不能惊动屋后的妻子，她胆小，他不愿让她因惊吓而受到任何伤害。

年轻人的手足无措让雷恩感到他其实并不是个穷凶极恶的人，他显然和自己一样紧张。雷恩忽然发现他的腕上戴着一块手表，那是一块老式手表，价值不超过5英镑，但是这已经是他身上比较值钱的东西了。雷恩注意到那块表的外壳破损了，指针好像也不动了，这让他有了主意。

雷恩指了指那人手腕上的手表，做了一个摆手的姿势，顺手拿起修理手表的起子。难道他要帮我修理这块表吗？那人忽然变得有点尴尬。雷恩用尽量温和的眼神望着这个年轻人，那双灰色的眼睛中流露出的窘迫神情令他震撼。雷恩明白，是穷途末路把这个年轻人逼到了店中。在这个合家团圆、共享天伦的日子里，有些人却正因贫穷激起了邪念，这让他的心中生出了一丝同情。

那块损坏了的表很普通，不过此时却拥有巨大的力量——它使两个人保持平衡，也使雷恩争取了摆脱困境的时间。

　　大钟滴答滴答地响着，时间一分一秒地流逝。雷恩的手灵巧地舞动着，他所表现的敬业精神让人感觉这块表价值连城。这一举动似乎博得了那人的信任，他的手从裤袋里拿了出来，气氛不再如刚才那般沉重了。他甚至开始饶有兴趣地望着雷恩修表。

　　但是，雷恩故意没有补上最后一个细微的零件，指针依然无法正常走动。他耸耸肩，叹了口气，放下那块手表。显然他已经尽力了，这块表好像实在顽固得令人难以修复。

　　在年轻人疑惑的目光中，雷恩十分抱歉地指了指放满挂表和怀表的"典当柜"。这里其实并不是典当铺，但是，每当雷恩看到一些人把心爱的东西放在他面前要求典当时，就于心不忍地收下了。而当货主来取的时候，这些东西总是原封不动地放在雷恩那里，并且货主只需付给雷恩收货时付的同样价钱，不用付分文利息就可赎回了。

　　雷恩打着手语告诉他，自己实在无能为力，但是如果他愿意典当这块手表，自己会按它的价值付给酬金。雷恩从衣袋里拿出一张 100 英镑的钞票塞在那人的手中，同时镇静地打开典当柜，把那块手表放在了柜中比较显著的位置上。

　　年轻人握住钞票，他望着这位仁慈的钟表工，心里充满了感激，其实他明白这块表值不了 5 英镑。

　　雷恩望着年轻人远去的背影，欣慰地笑了。火鸡的香味已经从后院传了进来，他可以坦然享受妻子的好手艺了。

　　3 个月后，雷恩的钟表铺收到了一张 100 英镑的汇款单，那上面还附着一行字："我现在找到了一份工作，虽然薪水很少，但是可以养活自己了。感谢您给我典当了那只手表，愿好人一生幸福。"

与你共品

　　圣诞夜，一位双耳失聪的钟表工用他的善良与智慧，化解了一场危机，也挽救了一个因陷入生活困窘而铤而走险的年轻人。

　　小说是以一块外壳破损、指针也不动的老手表为主要线索，演绎了仁慈善良的钟表工与衣衫褴褛、二十多岁的男子之间的让人震撼的动人故事。现实生活中，善良之举是遍布整个社会的。正因如此，社会上有爱心的人也越来越多，无数的温情弥漫在整个社会的上空，给生活添上了一道亮丽的风景线。

做好事不仅可让自己内心感到欣慰与喜悦，还可能会改变一个人的一生，让误入歧途的人们改邪归正，正如美国著名的作家马克·吐温所说的："善良，是一种世界通用的语言，且盲人可感之，聋人可闻之。"

（佘芳婷）

塔达失声痛哭着跑回屋里，他觉得爷爷肯定是疯了！老人继续点燃他家的稻田，一直到稻田全部燃着为止，然后将火把扔在地上，凝神等待。

逃离海啸

佚 名/著 毛伸合/编译

日本一个濒临海边的小村庄。

村庄后面有座大山，一条蜿蜒曲折的山路通过山坡上的稻田一直向上伸展，这里的农民一年到头都在田里辛勤地劳动。大山之巅可鸟瞰大海和村庄，那里住着一位睿智的老人，他跟孙子塔达生活在一起。村民每遇到难题便登门向老人请教。

有一天，天气异常闷热，老人坐在门口歇凉。他望着山下的村庄，那里有 90 间房屋和一座庙，随着海湾的曲线延伸开去。山上山下是一片金黄的稻田。村民们正在庙里为庆祝今年的丰收而载歌载舞。

塔达走到爷爷身边，往山下望去，家家屋顶竖着竹竿，挂着灯笼。屋顶上色彩鲜艳的旗子，垂挂在阴沉闷热的空气中。

"这是发生地震的天气。"老人说。不久，大地便开始微颤了。但由于地震是日本司空见惯的现象，所以并未引起塔达的重视。但这次与以往不同，有点怪：幅度大，间歇长。房子轻微地摇晃了几次，然后又静止不动了。在地震暂时停止的时候，老人注视着海岸周围，只见海水突然间变成黑色，从村庄周围的海岸退回去了。老人和塔达看见海滩上一个个小小的人影儿，那是成群的村民在劳作。

海水全都退走了，只剩下光溜溜的沙滩和礁石。老人预料即将发生可怕的海啸！必须立刻向村民们发出警报。因为山路很远，送信儿已来不及，告诉山下庙里的僧人撞钟报警也一样没有时间了！

千钧一发之际，老人对塔达说："快给我点着一个火把！"

塔达立刻跑进屋内点着一个松枝火把，跑出去送给爷爷。老人拿着燃烧着的火把向自家稻田跑去。田里的水稻已成熟待收，十分干燥，这一片宝贵的稻子是他一年辛勤劳动的结晶，也是他第二年的生活资源。但老人毫不犹豫地将稻田点着了，稻谷立刻燃烧起来，四周浓烟滚滚。

塔达慌忙跑到祖父面前大喊："爷爷！你为什么这样做？"但他爷爷没有回答——他没有时间解释。

塔达失声痛哭着跑回屋里，他觉得爷爷肯定是疯了！老人继续点燃他家的稻田，一直到稻田全部燃着为止，然后将火把扔在地上，凝神等待。山下庙里的和尚看见山上稻田着火，立刻将大钟撞响！海滩上的村民们听见钟声又看见火光浓烟，便纷纷往老人的稻田跑去。"快！快跑！"老人高声对村民们喊着，但没有人听得见。

海水仍然飞快地从海滨向海中心流去。

老人没等多久，山下便有几个村民赶来救火了，但老人伸手阻止他们，并且高叫："让火继续烧，巨大的灾难将要降临了！"

不一会儿，所有的村民都上来了，先到的是青年人，然后是拖儿带孙的中年人和老年人，他们大多手提水桶，是准备来救火的。然而这时老人的稻田已化为灰烬了。

这时塔达从屋子里走出来，向村民们哭诉："我爷爷已经失去理智了！他疯了，他竟放火烧自己的稻田！"

老人说："是的，是我有意点火烧掉稻田，所有的人都到齐没有？"

村庄的头头儿听了很生气。村民们答道："所有的人都来了。"他们暗中嘀咕："这个老头儿是疯了，现在他烧自家稻田，下一步就会烧我们的稻田！"

老人抬手指向大海："看！"只见一条又长又模糊的黑线，像海岸线的影子似的——但那里从来就没有过海岸线——正向着他们冲来。这是向陆地袭来的巨浪，这巨浪像悬崖一样高、像恶鹰一样迅猛异常地向他们扑过来！

"是海啸！"人们惊呼，接着人群一片骚乱，发出各种惊恐的叫喊声。瞬间，可怕的海啸到了，它冲击着海岸，势如排山倒海，远近的山峰也在轰鸣震动。只见闪电一般的白沫翻涌，巨浪腾空扑向山头。一切都消失了，他们的家园被咆哮的海水吞没了。大海先后掀起五阵巨浪，一次又一次地冲击海岸，然后势头逐渐减弱。站在老人房屋周围的人们一片沉默。人们惊恐地看着山下90间房屋和一座庙宇瞬间消失，眼前是一片废墟。

老人说话了，他语调平静："这就是我放火烧稻田的原因。"

这位大智大勇的长者，如今站在人群中，和赤贫者差不多了。他的劳动果实被自己烧毁，但却换回了400条宝贵的生命。

与你共品

海啸来临之际，一个日本老人不惜点燃自家辛苦劳作一年的麦田，只为能够挽救村民的生命，这种魄力让人敬佩。

小说描写了一幅让人惊心动魄又感激涕零的画面，惊心动魄的是海啸来临之前的安静与来临之后的凶猛形成了巨大的落差，感激涕零的是住在山上的日本老人利用烧掉自己辛勤劳动成果来向山下村庄里的人们告知海啸的来临。现代社会，也有不少默默做好事不留名的人经常被别人认为是"疯子"或是"笨蛋"，有些甚至是做了好事反倒不被理解。最为关键的是，自己付出去成全别人是一件值得去做的事，付出了并不一定要求回报，不管别人会不会误解。

曾有言曰："事常与人违，事总在人为。"相信在茫茫人海中，像日本睿智老人这样的人是无处不在的。

（佘芳婷）

破钞票是变着法子花出去了，可是，我惶惑不解的是哪来这么多千元一张的残票。如果是同一人所为，那家伙一定不正常。

残破的钞票

［日］村田浩一/著　佚　名/译

衣兜里有三张一千日元的钞票，这是昨天在火车站前商场买东西时售货员退给我的零钱。

仔细查看不由得心里一怔：其中一张是破票。那张钞票被从正中一撕两半，然后又用透明胶带随随便便地粘上。粘贴手法十分笨拙，接缝不齐，票子的形状也歪斜着。我想：反正也是粘一次，为什么不弄得更整齐些？与其他钞票相比，唯独这张让人感到与众不同。这样的票子还能花吗？

由于它形状不整，恐怕在自动售货机上是不能用的。它可能被当做假钞，机器可不通融。

在这点上人倒是好对付一些，我不就是在毫无察觉的情况下收下这张残票的吗？

听说到银行去倒是可以兑成新票。可是，这钞票又不是我扯的，特地为它跑一趟银行不值得。它是被别人夹在其他钞票里当做零钱找给我的，凭什么我就不能这样干？

不过，赤裸裸地把这一张残票给人家总是有些欠妥，即使把它叠成四折交给店里，恐怕售货员交到收款机时也是要展开的。

售票员要是发现这是张破票子的话大概脸色好看不了，说不定还会拒绝收它。最让我难以忍受的是人家还可能认为是我把票子粘了个七扭八歪的呢。

我跑到饭店花二千元吃了顿饭。付账时，我将一张崭新的1000元钞票放在上面，底下是那张残票，两张一齐递给女收款员。

我心里砰砰直跳，真担心被她看破。而那个女孩子似乎全然没有留意她收进了什么样的钞票。

我大功告成了。

几天以后，收报纸订金的人走了之后，我猛然发现在他找给我的零钱里竟不露痕迹地掺着一张残破的千元钞票。眼前这张虽然不像是上次到我手里来过的那张，可是，那随随便便的粘贴方法太令人难忘了，一定是同一个人干的。

糟糕！我懊悔着。但是，为时已晚，收款人早骑着车跑了。

我马上出门在书店买了一摞杂志、新书什么的，照旧是用两张千元钞票蒙混过关。这些读物对我来说并不是非买不可，然而，当我处理掉这个麻烦时，觉得肩上轻松多了。

从那以后，每个星期总有那么一两张残破的千元钞票转到我手上。这些钱经常巧妙地混迹于零钱之中，藏身于整齐的钞票之下。说不定就是售货员故意把破钞给我的。

每当收进了这样的钞票我就到站台前的商店街去花千几百元买些东西或吃顿饭。

破钞票是变着法子花出去了，可是，我惶惑不解的是哪来这么多千元一张的残票。如果是同一人所为，那家伙一定不正常。他为什么要把这样多的纸币撕破？说不定他是个对撕钞票有特殊爱好的偏执狂。

但不管怎么说，这些破钞票的流通一直在巧妙地进行着。其中最关键的是使用它们时如何不被对方发现。在这种时候我总是倍加小心，同时，也随时提防售货员在找零钱时大模大样地把破票塞给我。

一天，我到药店去买感冒药，在售货员找钱时我不禁失声叫了出来。售货员竟然把一张残破的千元钞票放在最上面！这下可让我抓了个人赃俱在。

售货员发现自己做错了事而大惊失色，正当她惊慌地想把那张票子收回去时被我一把摁住。

"这件事，你怎么说？"

"对……对不起。"售货员的话音里带着哭腔。

"请您到这里来一下好吗？"

我被引进里面的一个小房间。不一会儿，进来一个胖墩墩的中年人。

"真对不住您。"

"你是这里的老板吗？"

"不，我是商会会长。"

"噢，可是，为什么那种……"

"刚才，这家商店的人干了件蠢事。听说她是勤工俭学的学生。我曾经千叮咛万嘱咐地提醒他们一定要多加小心，可是……"

"您说的是千元钞票吗?"

"是呀，您感到吃惊?"

"喔，就算是吧。"我点了点头，"最近，破钞票好像一下子多起来了。"

"实话对您讲，这些全是我们策划的。"

"什么?"

我简直不相信自己的耳朵。

"最近，市场需要促销，商会为此大伤脑筋。最后想出来的办法就是这个残破千元钞票战术。一张这种贴歪了的钞票是不容易花出去的吧?"

"哦，确实如此。"

"一般持有这种票子的人都会把它掺在其他钞票里两三张地花出去，这样一来，为了凑够几千元的购买额，顾客就要买一些实际上不需要的或超量的商品。正因为如此，商业街总的销售额已大为增长。"

"不过，我听说银行可以把破票兑成新钞。"

"您说得不错。可是，您这样做过吗?"

"没……"

"就是嘛，谁也不会去找那个麻烦。钞票又不是自己撕的，早花出去早完事，这跟打扑克的甩废牌心理一样。同时，它又关系着活跃地方经济的问题。"

"乖乖，这种做法可真是别出心裁。"

商会会长向前探了探身子。

"我有一事相求，您想不想捞点儿外快? 这事很简单，但收入可观。我给您一部分撕开的一千元钞票，您只要把它再粘上就行了，关键在于故意把它贴歪。每天您在家里抽出一个小时就能干了。这活儿没多少人愿意干，所以我们的人手很紧张，请您务必帮忙。当然，您得向我保证：不能把这个秘密泄露给任何人。"

与你共品

小说中，主人公多次拿到残破的千元钞票，不过这些残破的千元钞票都被主人公想着法子、不动声色地花出去了。可是，对此主人公一直感到惶惑不解。

　　小说的结局让人出乎意外。这么多残破的千元钞票能够在市场上如此频繁地流转，竟然是商会会长抓住了顾客懒惰、多一事不如少一事的心理，为了促进市场的销售，所以才推行这样的措施。人们这种逃避心理的普遍存在不仅仅对生活产生巨大的影响，还对人们自身产生一定的影响，影响自身的利益和身心健康发展。

（余芳婷）

"嘿，你不只会这样吧!"他马上接口说,"我记得法兰克·佛森提起过你。我本来以为他是哄我的。他说你以前曾是保险箱大盗——最伟大的保险箱大盗!"

小精灵

[美] 劳伦斯·威廉斯/著　佚　名/译

即使在这么明显的麻烦中,让警察紧紧地抓住他的手腕,强尼·达金的眼神依旧是那么自然、坚持而又一副不在乎的样子。卡斯楚先生以前曾经在那一对黑溜溜的眼睛里看到过这种眼神。他明白它们意味的是什么,因此他立刻就做了一个决定。

"你大概搞错了吧!卡尔,"卡斯楚微笑着对警察说,"这个男孩并没有拿我的锁。"

卡尔不耐烦地摇着他的大头,"别耍我,卡斯楚先生,"他说,"我明明看见他从你的架子上拿的!"

"当然啦,他是从架子上拿的。但,是我叫他去拿的。"

卡斯楚轻松地编造了一个谎话,他一向精于此道。卡尔警官并没有放开男孩的手。

"你正在造成大错,你知道吗?卡斯楚,"他大声地说,"这已经不是他的第一次了。如果你现在不提出控诉,只会使他更变本加厉罢了。你应该比其他人更明白的。好了,你愿意挺身而出了吧!还有其他的事吗?"卡斯楚先生回想起过去自己的记录——那些曾经被列入档案的,他瘦削的脸上转变成一种宽容的微笑。

"但是,我不想提出任何控诉,卡尔。"他说。

"你看!"警官突然打断他的话,"你以为这么做是在给小孩子一个机会吗?因为他只有十四五岁吗?我告诉你,大错特错!你只是让他再回到法兰克·佛森的手下，让那个恶棍再教他更多犯罪的伎俩罢了！我们这一带的情况你是知道的，卡斯楚。小孩们把佛森奉为英雄，而他正把他们聚结成一群不良少年来供他驱使。总归一句话，还是你自己决定。如果是佛森本人，难道你也要袒护他吗？"卡斯楚脸上的笑容顿时失去了大半，他透过玻璃橱窗望着外面的街道。

"不，"他轻轻地说，"不，我绝不会袒护法兰克·佛森。"

"但我们现在讨论的并不是佛森，对吗？我们说的是关于强尼·达金，当我叫他去取锁匙却被你误认为小偷的那个男孩，对吗？"卡尔不想再做任何争辩。他冷峻地瞪着卡斯楚那张固执的脸孔，过了几秒后便放开强尼·达金的手腕，转过他那肥胖的身子走出店门。他们两人——一个是六十岁的老人，一个是十四岁的小鬼，仿佛有了无言的默契，一直等到沉重的脚步声踏出门外。此时卡斯楚摊开手掌。

"现在，"他用认真的语气说，"你可以把锁还给我了吧?!"强尼·达金一语不发地松开手腕，把锁挂回架子上。他闪烁的眼光移动在架子和卡斯楚先生之间。

"这只是一个普通的锁头，"卡斯楚把它拿起来，继续说，"把你的鞋带借我。"

一种类似命令的语调使强尼·达金不得不弯下腰，解开那双又破又脏的鞋子左边的鞋带。卡斯楚先生拎起鞋带，检查了一下带有金属片的一端，把它夹在手指中间，像夹铅笔那样。然后他把鞋带的那一端穿进钥匙孔里。他那看起来似乎毫无用处的手指轻轻挑动了三四下，锁头"啪"的一声就开了。强尼·达金惊讶地探过头来。

"嘿，你怎么弄的？"他说。

"别忘了！我是一个锁匠。"

小男孩的表情立刻改变了。

"嘿，你不只会这样吧！"他马上接口说，"我记得法兰克·佛森提起过你。我本来以为他是哄我的。他说你以前曾是保险箱大盗——最伟大的保险箱大盗！"

"以前的兄弟是这么称呼我的。"

卡斯楚先生顺手把东西整理了一下，"强尼，我们来谈个交易如何？刚刚我已经对你略施小惠了。我需要一个孩子来替我看店，一天三小时，放学以后来；星期六则是全天。我每小时付七角五分，你想不想做？"原先在强尼·

达金脸上好奇、惊异的表情这时变成不屑一顾的神色。

"留着吧!"他说,"把机会留给那些呆小子吧!"

"你太聪明了,是吗?"

"如果我要钱的话,我知道该怎么去弄。才不要整个礼拜为了工作而操劳呢!"

"而且,如果你找不到门路,"卡斯楚先生接着说,"你的朋友佛森也一定能帮你。对吗?"那种骄矜、自恃的神色又出现在强尼的脸上。

"没错!"他说,"他很厉害的。"

卡斯楚露出轻蔑的笑容。

"厉害?那种偷银行的小把戏也算本事?我说,不出一年,他就要锒铛入狱了。"

强尼仰着头说:"不可能!"

"当然,他在一年之内也还能做一些案子。"

卡斯楚先生坚持地说。

"好吧,"他的口气变得粗暴了,"我不再给你建议了,让我给你看一样东西吧!"卡斯楚先生从柜子底下搜出一本泛黄的报纸剪贴簿,他把它摊开在小孩面前。

"保险柜大盗之王,"他指给小孩看。卡斯楚先生现在的表情显得缓和多了,微微地笑着。

"强尼,我不会傻到把其中的奥秘告诉你的。连佛森都一无所知。曾经有专家用了二十年的时间请我传授,我都还不答应呢!"

"我已经把它们写在回忆录里,"卡斯楚继续说,"我把那本活页笔记簿放在房间的一个上了锁的抽屉里。我所知道的各种技巧都写在里面,等我死了就会出版。那时,一夜之间,每一个人——包括小偷、大盗、锁匠等等的每一个人都会知道。当然,只要每个人都知道,里面的秘密就没有用了。"

强尼若有所思地摇摇头,"唉——"他说,"你本来可以大捞一票的,为什么不……"

"大捞一票?"卡斯楚先生插嘴说道,"没错,别人口袋里的二十五万美元。可是,那得花二十年的功夫才偷得到。其中还要扣掉一半的开销,至少一半,到最后,我每年只能存下二千美元。按照正常的情况,这家五金店的收入比那个好多了。去年我赚了超过三倍的钱。"

"等一下!我还有话说,"强尼·达金说,"你本来可以赚更多的。"

"是吗?"卡斯楚先生向他笑了一下,"也许我忘了告诉你,我当中被关了二十三年,使我的平均收入大大降低了。"

"二十三……你怎么会被捉呢?"

"人算不如天算啊!迟早会有出错的一天,愈早犯错就愈容易回头。没有人是绝顶聪明的,强尼——你不是,你的好朋友佛森也不是。"

强尼·达金渐渐又露出自恃、固执的神色。

"那是你认为的,"他说,"你不知道世上还有许多聪明的人,因为他们根本不会被抓。"

卡斯楚先生叹了一口气。

"再见了,强尼。"

他失望地说,"我要工作了。"

第二天晚上,大约深夜一点钟左右,卡尔警官已经在卡斯楚先生的房里埋伏了两个晚上了。他手握着左轮枪,轻轻地走上前,在佛森还来不及拿到那本笔记簿之前,将他逮捕了。隔天下午,卡斯楚先生正在看一本活页笔记簿。强尼·达金放学经过他的店前。

"进来吧!强尼,"他说,"已经没什么事做了。"

男孩慢慢地走近柜台。

"我听说法兰克·佛森搬走了,"卡斯楚先生继续说,"搬进市立监狱去了。现在,终于逮到这个大傻瓜了。他破门而入就是想偷这本笔记簿。"

"他大概以为这本小簿子里有什么大秘密吧!"卡斯楚先生接着说,"记得我好像跟你说过一个有关回忆录的笑话。其实啊!现在谁不晓得,像我这样的人怎么可能写回忆录呢?!如果写了,便会引起人们邪恶的念头,不是吗?强尼,那是不可思议的。偏偏有佛森那种傻瓜。有一天,我会找时间告诉他,我这本笔记簿里面全是账单。"

强尼·达金自始便一语不发。他敏锐的眼睛盯着卡斯楚先生的脸,在他的眼中流露一种与过去完全不同的眼神——一种崇拜、尊敬的眼神。

"也许,大部分的人并非想象中那么聪明吧!"他轻声地说。

与你共品

昔日"最伟大的保险箱大盗"为了挽救被恶势力迷惑、控制的小男孩,巧妙地运用自己的智慧,将恶棍送进了监狱。

小说描述了一番精彩又耐人寻味的对话,这番意味深长的对话后,小男孩的眼神发生了重大的变化，由自然、坚持、不屑一顾演变成后来崇拜、尊敬，深切认识到卡斯楚先生才是真正聪明的人。社会中，总有一些人，利用小孩子的天真无邪之心进行违法犯罪活动，这可谓是极恶之举。因此，我们要让小孩们认识到依靠旁门邪道而发财的人是不值得崇拜、学习的。若要让他们改邪归正而避免误入歧途，就需要一些像卡斯楚这样的先生来教导他们。

正如唐代著名诗人韩愈所说："业精于勤，荒于嬉，行成于思，毁于随。"因此我们要想生活得更平稳、更美好，就要付出自己的努力与勤奋，这才是聪明之做法。

（余芳婷）

　　歹徒正好从塔玛拉的烟盒里取走了一支烟在点火，他无可奈何地一手拿着火机，一手按动车窗的升降钮。

意外赏金

[德] 梅洛利/著　佚　名/译

　　昨天晚上，他们还吵了一架。但在餐桌上，塔玛拉好像什么事也没有发生似的，边吃边和丈夫商量道："威廉，我要开车去一趟丹佛，找银行好好地谈一次，也许银行能同意我们分期付款，这样的话，我们家那笔债就不难偿清了，咱们也不用三天两头为此吵架了。"

　　汽车在一条僻静的道路上行驶。突然，塔玛拉看到路边躺着一个人，"救人要紧！"她赶紧停车。

　　那人在痛苦呻吟。就在塔玛拉伸手的一刹那，那人突然跃起，用枪顶住塔玛拉："别出声！我叫左林，是个讨人喜欢的人。快，快开车！"

　　塔玛拉心中一惊，清晨，电话里说有个叫左林的杀人犯从中央监狱逃出来。

　　车厢里响起轻轻的嗡嗡声，"什么声音？""是无线电话"左林威胁道："快接！放老实点！"

　　话筒中传来威廉的声音："塔玛拉，我为昨晚吵架的事向你道歉，你现在在什么地方？""快到丛林古堡了，咱们的小宝贝，莎莉坦乖不？你替我好好亲亲她！"

　　汽车驶到加油站，"咱们该加油了。"塔玛拉说，"要不然车子会抛锚的！"歹徒瞅了一眼汽油计量表，"好吧，你待在车里，闭上嘴！"

　　歹徒冲着加油站的管理员叫一声："把油箱加满！"塔玛拉从汽车后视镜看到一辆警车驶来。

　　两名警察把车停在一边测车胎的压力，塔玛拉故意把车门开了又关，关了又开，没有想到警察根本没有注意这一细节，而是和两个管理员有说有笑地聊天。

汽车继续行驶，在路口遇上红灯，并行的两条车道上停满了各式轿车。这时，从左边的一辆车上走下来一名男子，敲了敲塔玛拉的车窗。

"对不起，先生，"此人礼貌地对坐在塔玛拉身旁的歹徒说："借个火，可以吗？"

歹徒正好从塔玛拉的烟盒里取走了一支烟在点火，他无可奈何地一手拿着火机，一手按动车窗的升降钮。

就在这一刹那，车门外那个人拉开车门，把枪顶住歹徒的太阳穴："别动，我是警察！"另一侧的车门也被打开了，"别害怕，塔玛拉！"另一名警察对她说。

"谢，谢谢两位！"她噙着眼泪结结巴巴地说。

"您该谢谢您的先生。"警察说，"你俩根本没有孩子，所以，当他听到您要他好好亲亲你们的宝贝女儿时，他就意识到出事了，我们的同事在加油站认出您身边的正是越狱的杀人犯左林，塔玛拉太太，您也真够勇敢的，顺便告诉您个好消息，抓住杀人犯左林的赏金相当高，我想，您正需要这样一笔钱呢！"

与你共品

聪明机智的塔玛拉，面对凶狠歹徒的挟持，找寻各种时机进行自救，最终不仅将歹徒绳之以法，还解决了困扰她很久的债务问题。

小说运用了细节描写，尤其是在描写塔玛拉在加油站向警察求救时的动作，刻画出了塔玛拉的谨慎和聪明才智。描写警察向歹徒借火的情景，体现了警察的机智勇敢。生活中正因有塔玛拉和警察这种机智聪明的人存在，社会治安才能有条不紊，歹徒也不敢轻举妄动。

现实生活中，许多人在面对恶势力时往往因缺乏勇气而惶恐不安，最终让恶势力得逞。此时，我们需学习塔玛拉那种大智大勇的品质。这样一来，不仅能够保护自身的生命财产，还能为社会的治安贡献自己的一份力量。

（余芳婷）

就在 N 先生早已将此事抛至九霄云外，大概过了四个月左右的时候，他却得到一条消息：那个备受关注的 G 产业公司的董事长因心脏病医治无效，死了。

我是杀手哦

〔日〕星新一/著　清　澈/编译

这是一个别墅区的清晨。N 先生正独自一人在林间小路散步。他经营着一家大公司，每逢周末都会来这里散心。空气如此清新，直沁人心脾，环境如此静谧，唯鸟语啁啾。就在这时，从树荫下出来一个年轻女子。她衣着鲜亮，妆容可人，笑意盈盈地给他打了个招呼："您好。"N 先生停下脚步，不解地问道："你是？抱歉，我想不起来了。"

"这是当然啦。因为咱们是第一次见面嘛。实际上，我有点小小请求……"

"可你到底是谁啊？"

"如果我说了，您可能会吓一跳的……"

"不，我一般不会吓一跳。"

"我是杀手哦。"女子简洁地回答道。然而，看上去，她连虫子都杀不了。N 先生笑了："不会吧。"

"若是开玩笑的话，我就不会专程在这里等您了。"女子的语气和表情都很认真。意识到这一点，N 先生突然感到一股寒意。他脸色发白，脱口而出："这么说，是他干的了。真没想到，他竟会采取这么卑劣的手段。等，等一下！求求你！别杀我！"

在他反复哀求多遍之后，女子说话了："我希望您不要误解，我不是来杀您的哟。"

"啊，怎么一回事？杀手在这里埋伏我，却又说目的不是要杀我。杀手们应该是以杀人为职业的吧。"

"您这样匆忙就下结论，真是让我为难。杀手也会为了接受委托而登门造访的嘛。现在就是了。怎么样，我可以为您效劳吗？"N先生稍稍搞清楚了些状况，松了一口气。

"是这样啊。吓了我一大跳。不过，现在我没有事情要你做。"

"您不必隐瞒的。刚才您说过'这么说，是他'，这个'他'，应该就是G产业公司的董事长吧。"

"嗯，我刚才想到，对于G产业公司来说，我们公司是他们最大的生意对手，为了赢得竞争，他们也许会采取非常手段。换而言之，对于我们公司来说，G产业公司也是我们最大的生意对手。只是在这里讲讲啊——其实，作为我来说，也是想'他要死了就好了'。"女子眼睛里闪出喜悦的光芒，探过身来："这件事，我来帮您做吧。"

"听起来倒是不错……"

"既然接受了任务，我一定会做到天衣无缝，完美无缺。"N先生重新打量了她一番，然而，却看不出她能够胜任此事的迹象。另外，她也不像有一众冷酷部属齐集麾下的样子。他略一沉思，说道："承蒙你的好意，但还是算了吧。即便我想完全信任你，也毫无信赖的根据啊。万一你失手被捕，乃是受我委托之事被公之于众，可就连我都完了。我可不愿冒这么大的险去杀他。"

"您说得极是。不过，请您不要仅凭小说和电视里面的知识来想象杀手。我不会用什么开枪呀、下毒呀、伪造交通事故之类常见而容易暴露的方法的。"

"那你怎么杀人？"

"让人绝不会引起怀疑的死——病死。"

N先生皱着眉头，苦笑了一下。

"你别开玩笑了。哪有那种方法！特别是，你怎么让他生病啊？"

"诅咒他。"她接着说，"如果'诅咒'这个词太陈旧，我们也可以改个说法——利用巧妙的手段，提升他周围的精神压力，使其心脏衰竭致死。根据现代医学的定论来讲，所谓'精神压力'……""这回又一下子变得晦涩难懂了。总而言之，是让他自然死对吧？可是，我还是难以相信。如果进行得顺利的话，……"N先生抱着胳膊，歪着头思考。女子可能是猜出了他的想法："您是在担心这一点我说得天花乱坠，却光拿钱不办事吧？请放心，我可以事情办完之后再收取报酬，而且，无须定金。"

"可是……"

"我和您约好期限：三个月之内，如果您能放宽时间等待六个月的话，我就能确保完成所托。"

"你自信啊，若你成功了我却不支付你报酬，你岂不无可奈何？"

"您一定会支付的，只要您见识了我的本事。"

"是吗？那么，嗯，你做做试试吧。成功了的话，我会付给你报酬。若不成功，我也没什么损失。"N 先生经慎重考虑后，终于点头同意了。女子于是匆匆离开。

就在 N 先生早已将此事抛至九霄云外，大概过了四个月左右的时候，他却得到一条消息：那个备受关注的 G 产业公司的董事长因心脏病医治无效，死了。警方没有表示怀疑而介入调查的动向，葬礼也顺利地举行了。几天之后，N 先生清晨在别墅散步时，上次的那个女子又在林荫道上等着他了。这次是 N 先生先开口打的招呼："真没想到你的本事这么厉害！多亏有你，我公司很快就能战胜 G 产业公司了。我现在还简直难以相信哪。"

"如我们所约吧。该请您付给我报酬了。"如果拒绝支付的话，可能他自己就会成为目标了："这我知道，会付给你的！"女子收下钱，告别了 N 先生，然后前往市区。一路上，她只提防着一件事，那就是千万别被跟踪了。一旦身份暴露，可就麻烦了。

她回到家里，把服装、发型和妆容全都改成非常朴素的样子。接着，她去上班，换上白色的工作服，成了一名像模像样的护士小姐。"医生，刚才回去的那位，病情如何啊？"她问。"不好。老实说，还有五个月吧。长了也撑不过八个月吧。不过，这话绝对不能告诉患者本人及其家属啊，会打击到他们的。"

她才没有告诉患者本人或其家属的打算呢。不过，她会从病历上查明他的住所和职业，告诉给憎恨他的人或者商业对手……

与你共品

一个外表看似柔弱的女"杀手"，利用自己的护士身份，与病人的对手或仇家进行了一次又一次价格不菲的交易，结局出乎意料，令人错愕。

小说中的女护士由于受到利益诱惑，不惜利用自己的特殊身份，一次又一次地把自己的良心出卖。其实，在这个世界上，没有良心的才智是可怕的，巴尔扎克也说过："良心比天才更难得。"每个人都应该按自己心灵的良心来生活。如果使良心屈从于信条，或理念，或传统，甚至是内在冲动，那是我们的堕落。

中国著名诗人郭沫若先生说："一个人最伤心的事情无过于良心的死灭，一个社会最伤心的现象无过于正义的沦亡。"我们一定要找回那缺失了的良知，坚守良知，就是坚守希望，让心中常存一分热情，让素养多留一分宽容，让记忆焕发一分快乐，让岁月留驻一些感叹！

（吴海琳）

到这时，"聪明人"的脸上浮现出迷惑不解的神色。"这下可难倒我了，"他低声说，"我一点也看不透它。"

魔术师的报复

[加拿大] 李柯克/著　吴万里/译

"现在，女士们，先生们，"魔术师说，"已经让你们看过的这个布袋完全是空的，我现在就要从它里面拿一碗金鱼出来。变！"整个剧场的人都说："哦，多么不可思议！他是怎样做的呢？"但在前排座位上的"聪明人"对旁边的人压低嗓门说道，"他－本－来－袖－子－里－就－藏－着－的。"

人们恍然大悟，对着"聪明人"点头说道："哦，当然。"全场的人都低声传道："他－本－来－袖－子－里－就－藏－着－的。"

"我的下一套把戏，"魔术师说，"是著名的印度斯坦环。你们注意这些环是分开的，一击之下它们将全部连接起来。（哐啷，哐啷，哐啷）——变！"观众被这套把戏迷住了，直到听见"聪明人"悄悄说："他－肯－定－另－有－一－套－藏－在－袖－子－里。"

每个人都再次点头说："环－本－来－就－藏－在－袖－子－里。"

魔术师眉头紧皱。

"我现在准备，"他继续说，"为你们表演一套最有趣的把戏。我能从一顶帽子里拿出许多鸡蛋。哪位先生借顶帽子给我好吗？啊，谢谢。——变！"他从帽子里拿出17个蛋，观众认为他真是太神奇了，才35秒钟！

"聪明人"沿着前排的长凳传道："他－把－－－只－母－鸡－藏－在－袖－子－里。"

很快所有的人都传遍了：""他－把－－－只－母－鸡－藏－在－袖－子－里。"蛋的把戏被破坏了。

所有的演出继续像这样被破坏掉。根据"聪明人"的说法，魔术师肯定在他的袖子里藏着除了环、母鸡和鱼之外，还有几副扑克牌、一条面包、一只活兔、一枚五十分硬币，以及一张摇摆椅。

魔术师的名誉扫地。在这晚闭幕之前，他做出最后的努力。

"女士们，先生们，"他说，"最后我将献给你们一套最近发明的、著名的日本魔术。请你，先生，"他转身对着"聪明人"继续说，"请你把你的金表给我好吗？"金表被交给他。

"我是得到你的允许，把表投进研钵并捣成碎片的吧？"他客气地问道。

"聪明人"微笑着点点头。

魔术师把表丢进研钵中并从桌上抓起一个锤子。接着是一声猛烈的撞碎声。"他已把它藏进袖子里了。""聪明人"小声说。

"现在，先生，"魔术师继续道，"请你允许我拿你的手帕并在上面钻几个洞好吗？谢谢。你们看，女士们，先生们，这里没有诡计，这些洞是明摆着的。"

"聪明人"的脸依旧微笑着。

"还有，先生，请你递你的大礼帽给我并允许我在它上面跳舞好吗？谢谢。"

魔术师迅速踩了几脚，然后展示那顶压扁了的帽子，帽子皱得几乎不能认出来了。

"请你现在，先生，摘下你的领带，并准许我用蜡烛来烧它好吗？谢谢你，先生。还有，请你让我用我的锤子为你砸碎眼镜好吗？谢谢。"

到这时，"聪明人"的脸上浮现出迷惑不解的神色。"这下可难倒我了，"他低声说，"我一点也看不透它。"

观众席中死一样沉寂。然后魔术师站起身来，盯着"聪明人"，他宣布："女士们，先生们，你们看到我已经在这位先生的同意下砸破他的手表，烧掉他的领带，打碎他的眼镜，踩烂他的帽子。如果他给我更进一步的许诺，在他的外衣上画绿色条纹，或把他的吊裤带打成结，我将很乐意为你们取乐。否则，演出到此结束。"

乐曲从乐队中传出，幕布落下。观众们纷纷离开剧场，但他们绝对相信——有些把戏，无论如何，不是被藏在魔术师的袖子里的。

与你共品

"聪明人"一而再再而三地揭穿了魔术师精心演出的魔术表演以展示自己

的聪明才智。然而，最终被魔术师耍得团团转却是一无所知。

小说中的"聪明人"，自以为看破了魔术的所有玄机，不外乎就是魔术师事先把各种道具藏在袖子里罢了。结果，弄巧成拙，聪明反被聪明误，为此付出沉重代价。许多时候，有些事情，之所以会导致失败，并不是因为你不够聪明，而是因为你太过自作聪明。聪明的人总是用别人的智慧填补自己的大脑，而自作聪明的人却总是用别人的智慧干扰自己的情绪与思想。

19 世纪美国思想家、文学家爱默生曾说过："聪明人并不是无论何时都聪明。"其实，在这个到处充满着魔术、变幻莫测的社会里，看待问题千万不可想当然的自以为是。只要你能不自作聪明，你便是最大的聪明了……

（吴海琳）